낭만의 에뜨랑제
세상을 향해 나아가다

심규식 소설가의 자전적 수상록

내 삶의 작은 삽화들과
생각의 편린들

청어

낭만의 에뜨랑제 세상을 향해 나아가다

심규식 소설가의 자전적 수상록

발 행 처 · 도서출판 **청어**
발 행 인 · 이영철
영   업 · 이동호
기   획 · 이용희
편   집 · 방세화
디 자 인 · 이해니 ┃ 이수빈
제작이사 · 공병한
인   쇄 · 두리터

등   록 · 1999년 5월 3일
(제1999-000063호)

1판 1쇄 인쇄 · 2019년 8월 20일
1판 1쇄 발행 · 2019년 8월 30일

주소 · 서울특별시 서초구 남부순환로 364길 8-15 동일빌딩 2층
대표전화 · 02-586-0477
팩시밀리 · 0303-0942-0478

홈페이지 · www.chungeobook.com
E-mail · ppi20@hanmail.net
ISBN · 979-11-5860-682-4(03810)

이 도서의 국립중앙도서관 출판시도서목록(CIP)은 서지정보유통지원시스템 홈페이지
(http://seoji.nl.go.kr)와 국가자료공동목록시스템(http://www.nl.go.kr/kolisnet)
에서 이용하실 수 있습니다.(CIP제어번호: CIP2019030111)

심규식 소설가의 자전적 수상록

낭만의 에뜨랑제
세상을 향해 나아가다

-내 삶의 작은 삽화들과 생각의 편린들

지난 밤 기다리던 좋은 비가 흠뻑 내렸다. 희우(喜雨).

며칠 전 텃밭에 심어놓은 고구마순이 번쩍 고개를 들었다. 고구마 두렁 옆에 심어놓은 감자들도 꽃이 피었다. 상추, 고추, 부추, 쑥갓, 땅콩, 도라지, 더덕, 들깨, 아욱, 오이, 가지, 토마토, 호박 등도 빗물을 흠씬 빨아올려 생신한 모습이다. 별로 넓지 않은 텃밭이지만 우리 집엔 두 군데 텃밭이 있고, 우리 부부는 봄부터 가을까지 이 텃밭을 가꾸며 즐겁다. 그 작은 씨앗에서 땅을 뚫고 나오는 새싹이며, 부지런히 자라나는 갖가지 잎이며, 어느 날 수줍은 듯 벌어지는 꽃과 앙증스럽게 매달린 열매……. 일신우일신(日新又日新)하는 텃밭이다. 잠깐 나가서 잡초를 뽑아주고, 상추와 쑥갓을 뜯어다 점심을 먹었다. 소박하나 만족스런 점심이다.

이 책에 실린 글들은 나의 체험이나 생각을 기록한 것들이다. 자전(自傳)적인 글들이다. 나같이 평범한 사람이 이런 글을 쓴다는 게 외람되지 않을까 적잖이 망설였다. 그럼에도 내가 이 글을 쓸 작정을 한 것은, 위대하고 훌륭한 사람들의 삶 못지않게 모든 평범한 사람들의 삶 또한 그 나름의 의미와 가치가 있다고 믿기 때문이다. 이 세상은 소수의 비범한 사람들보다는 오히려 평범한 대다수의 사람들로 이루어져 있고, 그들의 삶 또한 비범한 사람들의 삶 못지않게 소중하다고 생각한다. 장미나 모란이 그 화사한 자태와 눈부신 색깔로 우리의 사랑을 받지만, 이름 없는 야생화 또한 그 나름의 빛깔과 향기로 스스로의 존재를 증명하고 있지 않은가.

특히 우리 세대는, 전통적인 농경사회가 근대적인 산업사회로 전환하는 격변기를 살아왔다. 해방과 6·25전쟁 직후의 피폐한 상황에서 태어나, 경제 성장과 민주화의 진통을 온몸으로 겪으면서 오늘날에 이르렀다. 좋은 작품을 쓰진 못했지만, 글 쓰는 것에 의미와 가치를 두는 사람으로서, 나는 그간 내가 보고 듣고 느끼고 생각한 것을 기록해 둬야 한다는 부채감 같은 것을 가지고 있었다. 이글의 내용은 나와 동시대 사람들은 거의 누구나 지니고 있는 체험일 것이다. 그러나 산업사회에서 태어나 성장한 나의 아들이나 딸에게는 옛날 일처럼 느껴질 것이다. 나의 자식뻘인 젊은이들에게 그들의 앞 세대가 어떤 삶을 살아왔는지 보여 주는 것도 전혀 의미 없는 일은 아닐 것이라는 판단에 따라 이 글을 쓰게 되었다.

공자의 말씀에 '술이부작(述而不作)'이란 말이 있다. 있는 그대로 말하되 거짓을 꾸미거나 없었던 일을 창작하지 않는다는 뜻이겠다. 또한 공자가 〈춘추(春秋)〉를 저술할 때의 엄정한 자세를 '춘추필법'이라 한다. 아무리 막강한 권세를 휘두른 황제나 왕이라 해도 잘 한 것은 잘 한 것으로, 잘못한 것은 잘못한 것으로 기술하지 않으면 사서(史書)로서의 의미가 없다는 말이다. 역사적 진실을 왜곡하거나 창작한다면 그것은 한 편의 작품은 될지언정 이미 사서(史書)가 아닐 것이기 때문이다.

이 글을 쓰면서 내가 마음에 새긴 말이 바로 '술이부작'과 '춘추필법'이다. 가능한 한 과장하지 않고 있는 그대로 쓰려고 했다. 그럼에도 불구하고 불분명한 기억에 의존한 기록이란 인상주의적이고 단편적이 되게 마련이다. 또한 인간이란 태생적으로 나르시스적인 존재가 아닌가. 눈살 찌푸리게 하는 자화자찬이 있더라도 너그럽게 웃어넘겨주길 바란다.

이 책에 실린 글들은, 내 유년 시절의 체험과 농촌 풍경, 학창 시절 정신적 편력과 사색의 궤적, 그리고 우리 시대의 역사적 사선에 대한 나의 생각, 그리고 살아오면서 내 마음에 머물렀다가 간 여러 기억의 편린(片鱗)들이다. 요즈음 쓴 것도 있고 전에 쓴 것도 있다. 두서도 없고, 정리되지도 않은 글들이지만, 내 삶의 모습을 거칠게나마 조감(鳥瞰)할 수 있어, 나에겐 나름의 의미가 있다.

이 글들을 흔쾌하게 책으로 엮어 주신 청어출판사 이영철님과 직원분들께 감사드린다.

2019년 여름
심규식

| 차례 |

| 차례 |

| 차례 |

1.
소년, 세상에 눈뜨다

마을 풍경

나는 곡성군 대명리란 마을에서 태어났다. 조부모님, 부모님, 삼촌과 고모, 8형제들이 한 집에서 살았다. 거기에 일꾼도 한두 명 있었다. 해방과 6·25전쟁 등 어수선한 시기였고, 다들 가난하여 살기 어려운 시기였으나, 우리 집은 전답이 제법 있었고, 그런대로 끼니 걱정은 하지 않고 살았다.

우리 마을은 전형적인 농촌이었다. 마을 뒤로는 대나무들이 푸르게 우거진 나지막한 동산이 있고, 그 동쪽 기슭에 50여 채의 초가집들이 자리 잡고 있었다. 마을 앞엔 위에서 아래로 길이 나 있고, 길 옆에 개울물이 흐르고 있었다. 맑고 깨끗한 물이 사철 마르지 않았다. 마을 사람들은 아침에 이 개울물에 세수를 하고, 일을 마치고 나서도 으레 이 개울물에 손발을 씻은 다음 집으로 들어가곤 했다. 여자들은 이곳에서 빨래를 하고, 채소나 과일 등을 씻고, 설거지도 했다.

특히 이 개울은 아이들의 즐거운 놀이터였다. 이곳엔 붕어, 피라미, 버들치, 미꾸라지, 가재, 새우, 우렁이 등이 지천으로 많았고, 아이들은 이놈들을 잡기 위해 늘 개울에서 살았다. 특히 피라미가 혼인색을 띨 때면 노랑, 파랑, 흰색의 가로 줄무늬가 나타나는데, 이놈들이 줄지어 유영하는 모습은 무척 아름답다. 그리고 여름 한철엔 마을 위쪽 개울 상류에 바닥을 깊이 파고 미역을 감곤 했고, 겨울에 얼음이 얼면 썰매를 타기도 했다.

마을 동서남북으로 수백 년 묵은 아름드리 느티나무가 몇 그루씩 있는데, 마을이 처음 생겼을 때 심은 것이라고 한다. 마을 초입의 느티나무 아래엔 마을 사람들의 쉼터인 넓은 공터가 있었다. 느티나무 큰 가지엔 그네가 매여 있고, 공터 한쪽엔 크고 작은 들돌(사람들이 근육 힘을 기르기 위해 들어보는 둥근 돌)이 몇 개 놓여 있었다. 아이들은 그곳에서 그네도 타고, 팽이치기, 제기차기, 씨름 등을 하며 놀았고, 느티나무 위에 올라가기도 했다.

마을 동쪽에 있는 느티나무 밑에는 '유상각'이라는 정자가 있었다. 정자 한쪽은 나이 많은 어른들, 나머지 한쪽은 젊은이들 차지였다. 여름 한낮에는 이곳에서 쉬었다가, 더위가 조금 누그러지면 일을 나가곤 하는 쉼터였다.

2.

우리 마을에선 이 느티나무를 당산나무라고 부르고, 마을의 수호신으로 여겨, 해마다 성대한 당산제를 올리곤 했다. 원시 신앙의 하나인 애니미즘(Animism)적 발상이겠지만, 마을의 재앙을 물리치고, 주민의 안녕을 기원하는 무속행사로서의 당산제는 우리나라 거의 모든 마을에서 오랜 동안 행해져 왔던 마을의 제사이며 동시에 축제이기도 했다.

우리 마을에선 정월 대보름날 밤에 당산제를 지냈다. 당산나무 앞에 성대하게 차린 제수를 진설하고, 제주가 축문을 낭독한 다음, 꽹과리가 요란하게 제(祭)의 시작을 알린다. 이어 징과 장구, 북, 소고, 태평소, 나발이 함께 어우러져 신명나는 굿판이 시작된다. 울긋불긋한 풍물옷을 입은 풍물대가 신나는 풍물에 맞춰 덩실덩실 춤을 추기 시작하면, 마을 사람들은 남녀노소 없이 어깨춤을 추며 춤판에 뛰어들어, 노래하고 춤추며 축제를 즐긴다.

그리고 다음날부터 지신밟기, 또는 마당밟기라 하여, 마을의 집들을 차례로 돌며, 풍물을 치며 굿판을 벌인다. 집 주인은 이들을 대접하기 위해 막걸리를 빚고, 국수나 닭죽을 준비하여, 풍물을 치는 사람은 물론, 구경하러 온 마을 사람들을 골고루 대접한다. 정월 대보름부터 며칠 간 마을은 흥겨운 축제에 묻혀 지낸다.

마을 위쪽 산에 올라가 우리 마을을 내려다보면, 마을 모양이 영락없는 활 형상이다. 마치 누가 일부러 만들어 놓은 것처럼 활 모양을 하고 있다. 그 때문에 옛날부터 우리 마을엔 나라를 구할 대장군이 나온다는 전설이 전해 내려오기도 했다. 마을 위쪽으로 800미터쯤의 거리에 저수지가 있는데, 계곡지(溪谷池)인지라 물이 깊고 맑았다. 해가 저물녘이면 수십 마리의 잉어가 검푸르스름한 등을 드러낸 채 저수지를 유유히 헤엄치기도 했다.

그때 우리 농촌은 너나없이 가난했고, 집집마다 아이들이 많았다. 대개 벼와 보리를 재배하여, 생계를 유지했고, 반찬이 될 채소를 텃밭에 심어 먹었다. 그리고 땔나무로 밥과 국을 끓이고 아궁이를 덥혀 겨울을 났던 까닭에 땔나무를 마련하는 게 큰일이었다.

고향을 떠올리면 마음은 늘 아궁이의 불을 쬐는 것처럼 따뜻해진다.

치알봉과 빨치산

1.

우리 마을 위쪽으로는 온통 산이다. 바랑골, 잉골, 절골, 붓당골, 큰 골, 작은 골 등 크고 작은 골짜기들이 손금처럼 펼쳐져 있고, 골짜기마다 맑은 석간수가 흘렀다. 산에는 온갖 종류의 나무와 풀이 우거지고, 철따라 갖가지 꽃이 피었다. 머루, 다래, 으름, 개암 등 열매가

지천이었고, 크고 작은 산새들과 산짐승들, 풀벌레들이 그곳에 깃들여 살았다.

우리 마을에서 제일 멀고 높은 산이 치알봉이다. 마을 사람들은 치알봉에 오르는 걸 꺼려했다. 산에 오르는 시간이 많이 걸리기도 했지만, 그보다는 예전에 그곳에서 빨치산이 많이 죽었기 때문이었다. 나도 초등학교 상급생이 되어서야 치알봉에 가 보았는데, 언뜻 보면 사람이 살았던 것을 모를 만큼 수풀이 우거져 있었다. 자세히 살펴보니 땅 속에 거의 묻힌 돌확이 한 개 있었고, 여기저기 깨진 옹기 조각과 주춧돌을 놓았던 흔적이 좀 남아 있었다. 그리고 땅 속에 굴을 팠던 듯 주변의 땅보다 뚜렷하게 움푹 꺼진 곳이 눈에 띄었다.

2.

빨치산이란 말은 러시아어 파르티잔에서 유래한 말로서, 정규군이 아닌 민간인 유격대나 별동대를 이르는 말이다. 전라도 지방에선 주로 지리산에 빨치산이 주둔했다는데, 이들은 1948년 여순반란사건에 가담했다가, 군경의 토벌작전에 밀려 지리산에 들어갔거나, 6·25 때 유엔군의 인천 상륙작전 이후 미처 북한으로 돌아가지 못한 인민군들이라 한다. 소설가 이병주의 대하소설 『지리산』은 1943년 해방 이전부터 일제에 항거하던 지식인, 사회주의자들이 덕유산과 지리산을 거점으로 빨치산 투쟁을 했다고 기록하고 있고, 작가 이태의 자전적(自傳的) 기록인 『남부군』은 지리산과 회문산, 백련산에서 활동한 빨치산 투쟁을 상세하게 묘사해 보여 준다.

치알봉을 경계로 하여 그 너머는 화순군인데, 치알봉 바로 밑에 있었던 산골 마을 '방촌'은 빨치산 토벌 때 없어지고 지금은 그 흔적만 남아 있다. 빨치산들의 이른바 '보급투쟁'을 막고, 그들을 소탕하기 위하여,

우리 군경이 주민을 소개(疏開)시키고, 마을을 불태워 버렸다 한다.

보급투쟁이란 빨치산들이 밤에 몰래 인근 마을에 내려와, 먹을 것을 훔쳐가거나 빼앗아가는 것을 이르는 말로서, 우리 마을에도 여러 차례 치알봉 빨치산들이 출몰했었다는 얘기를 들었다.

그날도 집 뒤 대밭에 파 놓은 땅굴에 들어가서 잠을 자는데, 이상하게 배가 고프더라고. 별 일 있으랴 하고 싸목싸목 집으로 내려갔제. 마침 삶아놓은 고구마가 있어서, 그걸 먹고 있는데, 그놈들이 딱 들이닥치지 않냐. 댓 놈이 총을 들이대는데, 숨이 턱 막히더라. 시키는 대로 해야지 별 수 있겠냐. 그놈들이 시키는 대로 지게에다 보리 한 가마니를 지고 산 속으로 들어가는데, 환장하겠더라고. 뒤에선 그놈들이 총을 들이대고 있지, 그대로 끌려갔다가는 그놈들한테 죽거나, 아니면 토벌대 총에 맞아죽거나 할 게 뻔한데. 나는 죽기를 작정하고 기회를 엿보다가, 바랑골 산등성이가 가장 가파른 곳에 이르자 슬그머니 몸을 옆으로 굴려 버렸다. 바랑골로 나무를 하러 다녀서 그곳 산세(山勢)를 훤히 알고 있었제. 살려고 그랬는지 그곳에서 굴러버리면 그놈들에게 붙잡히지 않고 도망칠 수도 있다는 생각이 나더라고. 토끼 용궁 갔다가 돌아온 셈이제.

우리 옆집 지실 아저씨는 어느 날 밤 갑자기 콩 볶듯 총소리가 나자 대밭으로 도망치기 위해 담을 뛰어넘다가 딱 가슴에 총을 안 맞아버렸냐. 그런 허망한 죽음이 없제. 또 어느 날 밤엔 땅굴에서 자는데, 한바탕 총소리가 요란하더니, 조용해지더라구. 이놈들이 다녀갔구나 생각하고 집으로 내려갔더니, 우리 집 안방 문 옆에 소총 한 자루가 놓여 있지를 않냐. 자세히 보니 그게 소총이 아니라 소총과 똑같이 나무로 깎아 만든 목총이더라구. 그놈들이 총이 부족했던 게야. 가끔 경찰이 마을에 와서 잠복하기도 했는데, 어느 날 빨치산이 내려와, 총격전이 벌어졌다. 탕! 탕! 타쿵! 타쿵! 요란하다가 한 순간에 쥐새끼 소리도 없이 조용해지더라구. 그놈들이 물러난 게지. 다음날 마을 위쪽 쫑뫼에서 총에 맞아 죽은 빨치산 한 명이 발견 되었는데, 놀랍게도 열댓 살밖에 안 되어 보이는 아이가 아니더냐. 너무 안 됐더라구. 총 맞고 도망가다가 죽은 것이제. 우리 마을 젊은이들 몇이서 잉골 기슭에 묻어 주었다. 지금도 잉골을 지나가다 보면 나도 모르게 눈이 갸 묻힌 곳으로 간다. 그때 치알봉에서 빨치산들이 많이 죽었제.

나의 숙부 재구님이 들려준 그 시절 얘기였다.

감나무와 대나무

1.

시골집치고 우리 집은 드물게 넓은 편이었다. 집 뒤에 수백 평 되는 대밭이 있었고, 본채와 사랑채, 2동(棟)의 한옥이 마당을 사이에 두고 서 있었다. 집 앞과 옆 뜰은 넓은 텃밭이었다. 집을 빙 둘러 십여 그루의 커다란 감나무가 있었고, 감의 종류도 월하시, 장둥이감, 새감, 물감, 꽹과리감 등으로 다양했다. 특히 꽹과리감은 그 생김새가 꼭 꽹과리같이 납작하고 여러 겹의 동그란 무늬가 있어 그런 이름으로 불렸는데, 초여름부터 두어 달 동안 줄기차게 홍시를 떨어뜨려 우리는 매일 그 홍시를 주워 먹느라 감나무 밑을 들락거리곤 했다. 먹을 것이 별로 없었던 그 시절 홍시는 농촌 어린이들의 중요한 군것질거리였다.

따뜻한 기후를 좋아하는 감나무는 다른 나무들이 다투어 잎을 피운 뒤에야 뒤늦게 잎을 틔운다. 다 자란 감잎은 다른 나무 잎들보다 크고 두툼하며, 반들거리는 광택이 있어, 관상수로도 제격이다. 감꽃이 필 때면 집 안팎이 온통 노란 색 꽃대궐이 되는데, 감꽃이 떨어지면 우리들은 그 감꽃을 실에 꿰어 목에 걸기도 하고, 주워 먹기도 했다. 감꽃은 그 맛이 순하고 달짝지근하여 먹을 만하다. 꽃이 지고 나면 그 꽃자리에 조그만 도토리 같은 감이 얼굴을 내밀고, 그 감은 하루가 다르게 무럭무럭 자란다. 집을 빙 둘러 수만 개의 감들이 주렁주렁 열린 모습은 가히 장관이다.

우리는 마음껏 홍시도 따 먹고, 떫은 감을 따서 물에 우려먹기도 했으나, 월하시만은 손을 대지 않았다. 월하시는 여러 감 중에 으뜸으로 가격이 비쌌다. 아마 월하시가 귤처럼 속이 여러 조각으로 갈라져 있을 뿐 아니라, 오래 두어도 물러지지 않아서 그렇게 높게 대접받았던 것 같다. 가을이 되면 장사꾼들이 감을 사러 마을에 들어오는데, 주로 월하시를 사러 오는 것이다.

장사꾼들이 사 가지 않은 감은 곶감으로 깎아 처마 밑에 가지런히 매달아 놓거나, 몇 조각으로 쪼개서 감말랭이를 만든다. 나머지는 병아리를 기르는 어리에 담아, 감나무 가지에 올려놓곤 한다. 먹음직스런 곶감이 여러 개의 발(簾)을 쳐 놓은 듯 처마에 걸려 있는 모습은 늦가을 정취 있는 농촌 모습 중 하나였다. 곶감은 주로 명절 제수(祭需)나 손님 접대용으로 쓰고, 어리의 감은 겨울밤이 깊어 군것질이 생각날 때 몇 개씩 꺼내 먹거나, 사랑방에 놀러 오신 노인들 입맛 다시도록 가져다 드리곤 했다. 한겨울 차가운 홍시는 별미였고, 귀물이었다.

우리들이 감나무에 올라가 홍시를 따 먹을 때면 할아버지는 "너무 많이 따 먹지는 마라. 뒤 보기 어렵다." 하셨다. 감을 너무 많이 먹으면

변비가 온다는데, 그걸 걱정하신 것이다.

2.

대나무는 사철 푸르다. 그리고 다른 나무에 비해 가는(細) 줄기가 하늘을 향해 곧게 뻗어 있다. 속이 비어 있고, 칸막이가 되어 있다. 늘 푸름은 변하지 않는 지조를, 속이 비어 있음은 탐욕스럽지 않음을 상징하여, 예부터 대나무는 사군자(四君子)의 하나로 일컬어져 왔다.

눈으로 보면 장미나 모란이 아름답다. 그러나 우리 선조들은 장미나 모란보다 매란국죽을 예찬하고 이를 그림으로 즐겨 그리기도 했다. 사물을 감각주의가 아니라 정신주의로 파악했던 것이다.

봄이 되어 날씨가 풀리면 대밭에는 죽순이 땅바닥을 뚫고 힘차게 솟아오른다. 일신우일신(日新又日新). 하루가 다르다. 가히 우후죽순(雨後竹筍)이란 말이 생긴 연유를 알 만하다. 이 시기의 연한 죽순은 봄나물로 식탁에 오르기도 한다. 담백하면서도 졸깃한 맛이 일품이다. 그러나 우리 집에서는 한두 번 맛만 볼 뿐 죽순 나물을 즐기지 않았다. 대나무를 아껴서, 할아버지가 죽순 채취를 금했기 때문이다.

대나무에 대한 에피소드 한 토막.

옛날 함경도 삼수갑산은 오지(奧地) 중에 오지인지라, 그곳 사람들은 험준한 산에 가로막혀, 머리 위의 하늘만 바라볼 뿐, 대처엘 나간다거나 타지를 여행한다는 것은 꿈도 꿀 수 없었다. 그런데 어떤 사람이 큰 뜻을 품고 고향을 떠나 팔도를 두루 구경하고 돌아왔다. 그의 집엔 매일 그의 이야기를 들으려는 사람들이 몰려왔고, 그는 신바람이 나서 대처에서 보고 들은 것들을 얘기했다. 그러다 하루는 대나무 얘기를 했다. 대나무는 속이 비어 있고, 한 철에 다 커버리고 나면, 몇 년, 몇 십

년이 지나도 조금도 안 자란다고. 그러자 얘기를 듣던 사람들이 그의 말을 반박하고 나섰다. 세상에 속이 빈 나무가 어디 있나. 저 산 속에 있는 나무들을 보게. 모든 나무들이 해마다 조금씩 자라는데, 어찌 한 해에 다 커버리고 평생을 안 크는 그런 나무가 있겠나. 결국 그들은 서당 훈장에게 가서 누구 말이 맞는지 묻기로 했다. 그 마을에서 가장 유식한 사람이 훈장이었다. 그들의 말을 들은 훈장은 난처했다. 대나무가 사군자 중의 하나로 사철 푸르단 말은 익히 들었지만, 어떻게 자란다는 말은 들은 적이 없었던 것이다. 체면 때문에 모른다고 할 수도 없었다. 소나무도, 전나무도, 참나무도, 가문비나무도, 수천 수백 가지 나무가 모두 해마다 조금씩 자라는데……. 유독 대나무 하나만 다를 리가 있나. "대나무도 해마다 조금씩 자란다." 훈장의 대답이었다.

여러 가지를 생각하게 하는 일화이다.

우리 일상에서 대나무처럼 유용하게 쓰이는 나무도 드물다. 대나무는 우선 줄기가 가늘고 길며, 가볍고, 질기다. 속이 비어 있어 가늘게 쪼개도 끊어지지도 부러지지도 않는다. 이런 특성 때문에 예전에 집을 지을 땐 벽 속에 반으로 쪼갠 대나무를 엮어 뼈대를 만든 다음 그 위에 흙을 발랐다. 지붕 속에도 대를 넣었다. 대나무를 쪼개서 대자리를 만들기도 하고, 평상(平床)의 바닥에 널판 대신 대나무를 깔기도 했다. 바람을 잘 통하게 하기 위함이었다. 대나무 공예품으론 우선 석작(대나무 줄기를 엮어 만든 육면체의 그릇으로, 뚜껑도 있음)이 대표적이고, 소쿠리, 바구니, 용수, 채반 등 갖가지가 있다. 특히 대나무는 균 번식을 막아주는 성분이 있어, 정초엔 석작에 떡이나 강정, 유과, 엿 등을 담아두기도 하고, 여름철엔 쉬기 쉬운 보리밥을 소쿠리에 담아두기도 했다.

또한 대나무는 정월 대보름 달집태우기 민속놀이에서 주된 재료로 쓰였다. 속이 빈 대나무가 터지면서 나는 요란한 폭음 소리가 잡귀나 재앙을 쫓는다는 의미가 있었던 것이다. 어릴 적 우리는 가늘고 긴 대로 낚싯대를 만들어 저수지에서 낚시도 하고, 가을걷이가 끝나고 논밭이 텅 비면, 그곳에서 대나무로 만든 활을 쏘며 놀곤 했다. 또한 정월 대보름쯤엔 대나무로 연을 만들어 날리기도 했다.

우리 집 대밭에는 여순반란사건과 6·25 때 빨치산을 피하기 위해 파 놓은 'ㄴ' 자(字) 모양의 땅굴이 있었다. 여순 반란사건과 인공(人共) 치하 때 남자 어른들이 숨어 있던 곳이다. 우리 역사의 아픈 흔적이라 할 만하다. 그러나 우리 어릴 적에는 그냥 우리의 재미있는 놀이터 중 하나였다.

할아버지의 손

1.
나의 삶에는 항시 할아버지가 거인의 모습으로 자리 잡고 있다.
어린 시절 잠에서 깨어 마루로 나서면 할아버지는 거의 언제나 사랑채에서 쇠죽을 쑤고 계셨다. 할아버지는 새벽 아직 날이 채 밝지 않은 미명(未明)에 꼴망태기를 메고 들로 나가, 꼴을 한가득 베어 돌아와서 쇠죽을 끓이는 것인데, 그때에야 우리들은 자리에서 일어나곤 했다. 평상시 할아버지는 들에 나갈 때에도 소를 끌고 가서 풀이 좋은 곳에 매어놓고 풀을 뜯게 하고, 수시로 개울가에서 목욕도 시키고, 털 솔질을 해주며 보살피셨다. 그 덕택에 우리 소는 늘 깨끗하고 윤기가 자르

르 흘렀다. 할아버지가 하도 소를 보살피는 일에 정성을 기울이자 그때 이미 90살이 넘으셔서 정신이 맑지 못했던 증조할머니는 늘 소를 팔아버리라고 종주먹을 대며 떼를 쓰곤 하셨다.

"상태야! 소 아직도 안 팔았냐? 소 팔아 버리고 나 업고 다니라고 했더니!"

증조할머니는 할아버지가 당신을 업어주는 것을 좋아했고, 할아버지는 허깨비처럼 피골이 상접한 증조할머니를 업고, 증조모가 시키는 대로 마을 안팎을 다니곤 하셨다.

나도 초등학교에 다닐 나이쯤부터 할아버지가 만들어 준 작은 꼴망태기를 메고 꼴을 베러 다녔고, 나이를 먹을수록 나의 꼴망태기도 점차 커졌다.

우리 집은 상당한 정도의 전답과 산을 지니고 있었다. 우리 마을과 이웃 동네의 벼와 보리를 도맡아 찧는 동구 밖의 물레방아도 우리 집 소유여서, 먹고 사는 게 유족한 편이었다. 이 모든 것이 할아버지와 할머니의 근면한 노동에 의해 이루어진 것이었다. 우리 할아버지와 할머니는 문자 그대로 적수공권(赤手空拳)으로 시작해서 근면 하나로 그러한 삶의 터전을 이룩한 것이다.

겨울이 되면 농한기라서 마을 노인들이 우리 사랑채로 이른바 '마실'을 오곤 했다. 마을에서 제일 널찍한 사랑채가 있는 집이 우리 집이었다. 밤이 어느 정도 깊어지면 어머니는 으레 삶은 고구마나 홍시, 두부, 떡, 혹은 팥국수나 찰밥 같은 밤참을 내가곤 하셨다. 나는 노인들의 이야기에 호기심이 많아 자주 사랑채에 나가 놀곤 했는데, 할아버지는 늘 다른 어른들의 이야기를 듣는 편일 뿐 별 말씀이 없으셨다. 그리고 이야기를 들으면서도 손을 쉬지 않으셨다. 볏짚으로 새끼를 꼬고, 멍석과 멱서리, 망태기를 엮는 등, 이듬해 농사에 필요한 것들을 미리 준비하셨다. 싸릿대를 베어다 삼태기 같은 것도 만들고, 대나무로 갈퀴나 도리깨 같은 것도 손수 만드셨는데, 손끝 여물고 솜씨 좋기로 근동에 소문이 자자했다.

나는 할아버지에게 꾸중을 들어본 적이 별로 없다. 내가 특별히 기특한 아이라서가 아니라 할아버지가 관대하셨기 때문이다. 할아버지는 평소 말씀이 거의 없고, 특히 남을 꾸짖거나 험담을 하지 않으셨다. 마을 사람들과 목소리를 높인 적도, 얼굴 붉힌 적도 없고, 송사(訟事)에 얽힌 적도 없으셨다. 마을 사람들은 그런 할아버지를 '대부님'이라 부르며 존경하였고, 우리 집은 '큰 어르신 댁'으로 불렸다.

할아버지는 사치와 낭비를 모른 채 당신을 위해서는 거의 돈을 쓰지 않고, 검약으로 일관하신 분이다. 그러나 할아버지가 구두쇠였거나 써야 할 데까지 재물을 아끼신 건 아니다. 할아버지는 늘 마을의 어려운 사람들에게 넉넉하게 베푸셨다. 보릿고개에 식량이 바닥난 사람들이 찾아오면 사정이 허락하는 대로 곡식을 빌려 주고, 농사철엔 소가 없는 사람들에게 소를 가져다 논밭을 갈게 하셨다. 그리고 우리 형제가 중학교와 고등학교, 대학교에 진학할 때 할아버지는 그렇게 아끼던 소는 물론, 당신께서 평생 땀으로 이룩한 전답을 팔아 학비를 마련해 주셨다. 할아버지에게 그 전답이 어떤 의미인지를 잘 아는 아버지가 그걸 팔기를 주저하면, 할아버지는

"다 이럴 때 쓰려고 장만한 것이다. 더한 것이라도 팔지 못하겠느냐?" 하며, 과감하게 전답을 처분하셨다.

할아버지는 옛날 분으로선 드물게 큰 키와 거쿨진 풍채를 지녔고, 젊었을 때는 인근에서 장사로 소문났을 만큼 힘이 좋으셨다. 특히 할아버지의 손은 어린 나에게 늘 경이(驚異)의 대상이었다. 그만큼 손이 컸다. 거칠고 강인한 거인의 손. 일을 많이 하셔서 커진 손. 할아버지

의 손을 볼 때마다 나는 우리 집안의 모든 것이 그 손에서 나왔다고 생각하며, 경이감을 가지고 그 손을 만져보곤 했다. 그리고 마땅히 사람의 손은 이래야 한다는 생각을 하곤 했다.

2.

내 어린 시절 할머니는 나에게 당신들의 젊었을 적 이야기를 자주 들려주곤 하셨다.

나는 고흥 바닷가 사람으로 스무 살에 할아버지와 혼인을 했제. 그때 네 할아버지는 키가 육척이고, 부지런하다고 소문이 났었어. 우리는 혼인을 한 뒤 곧 이곳 대명리를 찾아왔다. 대명리는 네 할아버지의 고향으로, 형님 두 분과, 많은 전답과 집이 기다리고 있으리라 생각했었제.

원래 네 증조할머니는 많은 전답을 혼수(婚需)로 가지고 증조부한테 시집을 오셨더란다. 민촌(民村)에서 반촌(班村)으로 시집을 오신 것이제. 그런데 위로 두 아들을 두고 셋째인 네 할아버지가 태어나자마자 증조부가 갑자기 돌아가셨더래. 증조모는 남편 없이 어린 아들 셋을 키우며 살아가기가 쉽지 않았다는데, 제일 어려운 것은 남편의 형님들이었다는 게야. 그들은 "계수 씨의 사주(四柱)에 공방살(空房煞)이 끼어서 시퍼런 청대 같은 우리 아우가 죽은 거요! 남편 잡아먹은 주제에 무슨 염치로 이곳에 버티고 있는 게요?" 하면서, 증조모를 친정으로 쫓아내기 위해 갖은 악담을 퍼부었고, 사사건건 트집을 잡아 괴롭히곤 했다는 것이제. 심지어 나중에는 한밤중에 집 뒤란 대나무 숲에서 어흥! 어흥! 호랑이 울음소리를 내면서 흙과 자갈을 집 뒷문에 흩뿌리기까지 하고! 증조모는 결국 많은 전답과 두 아들을 시숙들에게 맡기고,

젖먹이인 네 할아버지만 업고 친정으로 가셨단다.

네 할아버지는 성인이 될 때까지 고흥 외가에서 자라, 나와 혼인을 한 뒤에야 고향을 찾아온 것이제. 그런데 우리가 와 보니, 전답은 깡그리 없어지고, 집마저 다른 사람 손으로 넘어가고, 두 형들도 남의 집에서 머슴살이를 하고 있지 않더냐. 기가 막혀도 여러 번 막힐 일이제.

우리는 남의 전답을 빌려 소작도 하고, 남의 집 일도 해 주면서, 한 푼 두 푼 돈을 모았다. 밤에도 손을 쉬지 않았제. 네 할아버지는 왕골을 재배하여 돗자리를 짜기도 하고, 새끼를 꼬고, 망태기나 삼태기를 엮기도 하고, 가마니도 짰다. 나는 누에를 치고, 밤새 길쌈을 하고. 우리는 남의 송아지를 데려다 '배내'도 하고…… 다행히 네 할아버지나 나나 몸 하나는 타고나서 평생 앓아 누워본 적이 없었다.

겨울이 되면 네 할아버지는 어머니가 계시는 고흥으로 바닷일을 하러 갔다. 추수가 끝나면 농촌에는 일이 없기 때문에, 일을 찾아 바다가 있는 고흥으로 간 것이제. 겨울 한 철 고흥에서 일한 품삯이 쌀 한 가마니였는데, 그 쌀 한 가마니를 벌기 위함이었어.

한밤중에 길쌈을 하다가 '나 왔네.' 하는 소리에 깜짝 놀라 방문 밖으로 뛰쳐나가보면, 네 할아버지가 지게에 쌀가마니를 지고 마당으로 들어서야! 고흥에서 여기까지가 180 리 길인데, 그 먼 길을 새벽에 떠나 하루 만에 온 것이제.

네 할아버지는 10여 년이 넘게 해마다 겨울이 되면 고흥으로 일을 하러 다녔고, 그때마다 쌀 한 가마니를 짊어지고 돌아오곤 하셨다. 우리는 안 먹고 안 입고 안 쓰면서 밤낮 일을 하였제. 이 집도 네 할아버지의 백부(伯父)와 중부(仲父)가 남에게 팔아버린 것을 나중에 우리가 다시 사들인 것이다.

아버지와 어머니

1.

어린 시절 우리 집 안방에는 벽장이 있었다. 벽장이란, 벽 한편에 구멍을 뚫어서 문을 짜 달고, 그 안에 장롱만 한 작은 공간을 만들어서 물건을 보관하는 곳이다. 집문서나 전답문서 등 귀중한 물건을 깊숙이 보관하고, 값나가는 패물이나 상비약 상자 등을 넣어 두는 곳인데, 어렸을 적 우리는 그 벽장을 수시로 드나들곤 하였다. 그곳에 할머니가 보관해둔 꿀단지, 엿이나 사탕 같은 군것질거리가 있었기 때문이다. 그러다 어느 날 벽장 깊숙한 곳에서 종이로 둘둘 말아둔 묵직한 물건을 발견하였다. 권총이었다. 아버지가 경찰 간부였을 때 사용하던 것을 그곳에 보관해 두었던 것이다. 우리는 그 권총을 가지고 장난을 치다가, 아버지에게 크게 꾸중을 들었다. 5·16 이후 군사정부는 민간인이 가지고 있던 총기를 자진 신고하게 하여 수거했는데, 아버지는 그때 그 권총을 경찰서에 반납하셨다.

나의 아버지 심석구(沈碩求)님. 아버지는 1921년 5월 12일 대명리에서 심상태님의 장남으로 태어나셨다. 아버지의 성장기는 일제 식민지 시대였을 뿐 아니라 집안이 빈한해서 아버지는 늘 배를 곯고 사셨다. 아버지는 어린 시절 마을 서당에서 한문을 익히고, 겸면초등학교를 졸업한 다음, 열네 살에 돈을 벌기 위해 일본으로 가셨다.

그때는 일본인 요인(要人)의 추천을 받으면 취직이 용이했는데, 아버지는 일본인 교장의 추천서를 받기 위해 교장네 집에서 여섯 달 동안이나 아기를 보아주고 그 추천서를 얻어낸 뒤, 현해탄을 건너가셨다. 그때는 버스 같은 교통수단이 없었기 때문에 여수까지 걸어가서, 배를 타셨다.

아버지는 우여곡절 끝에 오오사카에서 군복을 만드는 군수공장에 취직을 하여, 낮에는 공장에서 일을 하고, 밤엔 야간 학교를 다니셨다. 아버지는 성실하여 회사에서 신망을 받았고, 공장 기숙사에서 합숙을 하면서 급료를 다달이 고향으로 보내셨다. 전쟁이 끝날 즈음 아버지는 공장에서 한 부서를 지휘하는 책임자가 되었고, 급료도 제법 받게 되셨다.

해방이 되자 많은 한국인들이 귀국하거나 귀국할 준비를 했으나, 아버지는 그냥 일본에 머물러 계셨다. 아버지를 신임하는 일본인 윗사람이 전후 복구로 한참 잘 돌아가는 공장을 함께 하자며 붙잡았고, 또 고향으로 돌아가 봐야 아버지를 기다리고 있는 것은 낙후된 농촌의 현실과 가난밖에 없었기 때문이었다. 아버지가 귀국하지 않자 할아버지는 당신께서 사망했다는 전보를 쳤고, 아버지는 귀국하지 않을 수 없었다.

귀국한 아버지는 곧 경찰이 되셨다. 아버지가 경찰이 된 것은 우리 마을 심형택이란 분의 권유 때문이었다. 심형택 님은 일찍이 일본 유학을 마친 인텔리로서, 해방된 조국의 초대 전라남도 경찰국장이 되어, 전남의 경찰을 새로 조직하는 임무를 맡게 되었다. 당시 미군정 초대 경무국장 유석 조병옥 선생의 추천에 의한 것이었다. 심형택 님 덕분에 우리 마을과 인근 마을의 많은 젊은이들이 경찰이 되었고, 아버지는 하루아침에 경찰 중간간부가 되셨다.

"그때는 지금 같은 개명된 세상이 아니어서, 사람 목숨이 파리 목숨이었지. 여순반란사건이 진압된 후와 인공(인민공화국)이 쫓겨난 후엔 빨갱이나 빨갱이 가족이라고 하면 무조건 잡아다가 씨를 말리던 시절이었다. 재판? 재판이 어디 있어야? 그 사람들 말 한마디 안 들어 보고 막 쏴 죽였지. 그때 네 아버지가 많은 사람들의 목숨을 구했다. 다른 경찰들이 빨갱이라고 잡아다 놓으면, '이 사람을 내가 잘 아는데, 빨갱이는 무슨! 자네, 빨리 집에 안 가고 뭐하고 있나?' 하면서 등을 떠밀어 내보내주곤 했다. 그 덕택에 네 아버지가 계신 곳에선 인명 피해가 거의 없었다. 네 아버지가 보통 덕인(德人)이 아니다. 네 형제들이 지금 다들 이렇게 잘 사는 것도 다 그 양반이 그때 사람들 목숨을 많이 구해 적덕(積德)한 은덕인 줄 알아라."

나의 외사촌 고재필 형님이 언젠가 들려준 이야기이다. 재필 형님은 광주 사범학교에 다닐 때 아버지 밑에서 몇 년간 숙식을 함께 하며 살았기 때문에 그 시절의 아버지에 대해 소상하게 알고 있었다.

그러나 아버지의 경찰 생활은 순조롭지 못했다. 이승만 대통령 독재에 반대한 조병옥 선생이 야당의 영수(領袖)가 되어 반독재 투쟁을 하자, 자유당 정부는 심형택 님을 조병옥의 사람이라 하여 숙청하였고, 아버지도 함께 경찰에서 물러나신 것이다. 아버지는 4·19 이후 다시 심형택 님과 함께 정치 활동을 재개하였으나, 1년 후 5·16이 일어나고 군인들이 모든 것을 장악하자 향리로 돌아오셨다.

귀향한 아버지는 훌륭한 농사꾼은 되지 못하셨다. 몸에 익지 않은 힘든 농사를 하기엔 아버지의 힘이 부치셨던 것이다. 농번기가 돌아오면 어린애 일손까지 아쉬운 판에 일을 안 할 수 없고, 고된 일을 하다 보면 몸이 견디지 못해 탈이 나곤 하셨다.

2.

할아버지의 성품이 관후 인자하신 데 비해 아버지는 대쪽같이 곧은 성품에, 과감하고 결단력이 강하셨다. 한번 마음먹은 일은 곧바로 실행에 옮기고, 옳지 못한 일을 보면 결코 참지 않으셨다. 특히 아버지는 통솔력이 강하고, 한번 입을 열면 좌중을 압도하는 언변으로 인근에 널리 이름이 알려지셨다. 그 때문에 우리 마을은 물론 인근 향리의 크고 작은 문제가 생길 때마다 사람들은 아버지를 찾아오곤 했다. 그때마다 아버지는 열 일 제쳐두고 떨쳐나섰고, 자연히 고향의 어른으로, 유지(有志)로 존경과 경외를 받게 되셨다.

1971년 〈칼텍스 석유공사〉가 여수에 들어서고, 대민 봉사사업을 한다는 광고가 신문에 났다. 아버지는 그 광고를 보자마자 곧바로 칼텍스 본사로 달려갔다. 우리 마을 앞 냇물(섬진강 지류)이 해마다 장마철이면 범람하니, 견고한 시멘트 다리를 놓아 달라는 요청을 하기 위함이었다. 회사에서 난색을 표하자 아버지는 국회의원도 찾아가고, 당시 안면이 있던 국방장관도 찾아가 기어이 일을 성사시켰다. 다리 이름이 '희망의 다리'인데, 나는 지금도 고향엘 갈 때마다 그 다리를 건너가며 아버지를 생각한다.

아버지는 아우들을 생각하는 마음이 남다르셨다. 광주 경찰청에 근무하실 때 아우인 판구님을 데려다가 숙식을 함께 하며 사범학교(당시 5년제)를 졸업할 때까지 뒷바라지를 했고, 막내인 옥구님이 광주상고를 졸업할 때까지 마찬가지로 뒷바라지를 해 주셨다. 중년에 첫째 아우 재구님이 중병으로 거의 죽게 되어, 광주에 있는 병원들도 다들 방도가 없다며 손을 떼었을 때도 아버지는 끝까지 포기하지 않고 백방으로 주선하여, 결국 전주예수병원의 외국인 의사에게 수술을 받게 하여 아우를 살려내셨다. 의료보험제도가 없었던 당시에 아버지는 막대한 병원비를 대기 위해 논까지 팔아가면서 아우를 살린 것이다. 이런 아버지에 대하여 숙부나 고모들의 존경과 우애도 남달라서, 다들 분가를 한 뒤에도 크고 작은 모든 일을 아버지와 의논하고, 그만큼 아버지의 의견을 중히 여기셨다.

내가 순천중학교 1학년 때다. 성적통지표를 본 아버지가 대뜸 얼굴빛이 변하더니, 마당 한 쪽에 놓여있던 대빗자루로 나를 후려치셨다. 내가 엉겁결에 어머니 뒤로 몸을 피하는 바람에 애먼 어머니가 벼락을 맞았다. 그 전(前) 성적이 전교 2등이었는데, 3등으로 떨어졌다는 것이다. 2등 할 능력이 있는 놈이 나태해서 3등이 되었다는 걸 용납할 수 없으셨던 것이다.

1972년 내가 공주사대 4학년이었을 때, 늦은 가을 갑자기 아버지가 공주로 나를 찾아오셨다. 〈10월 유신〉이 단행되고 학교는 강제 휴교를 당해, 어수선할 때인데, 뜻밖이었다. 전에 없었던 일이었다. 나는 초등학교 입학도 혼자 했고, 졸업도 혼자 했다. 중학교 입학시험도 혼자, 졸업식도 혼자였다. 물론 고등학교 입학과 졸업도 마찬가지였고, 대학 입학시험도 혼자 보러 갔다. 다른 형제들도 매한가지였는데, 자식을 강하게 키우려는 아버지의 뜻이었다.

"지금 계룡산에서 오는 중이다. 우리 군(郡)에서 말깨나 하는 사람들이나 지역의 유지(有志)들 중 야당(野黨)하는 사람들이 영문도 모르고 잡혀 왔다가 한 달 만에 풀려났다. 귀가(歸家) 중에 마침 네 학교가 이곳에 있어서 한번 들러봤다."

당시 박정희 대통령이 〈10월 유신〉을 선포하기 전에, 그에 반대할 만한 요주의 인물들을 미리 체포하여, 계룡산 어느 산장에 한 달이 넘게 억류하였다가, 〈10월 유신〉을 선포한 다음, 석방한 것이다. 아버지는 생각이 깨어 있는 분으로, 당연히 3선 개헌과 장기 집권을 도모하고 있던 당시 정권에 비판적인 생각을 지니고 계셨다.

아버지는 내가 군대에 있던 1975년 2월 뇌일혈로 사망하셨는데, 애통하게도 향년 55세였다.

3.

어머니 고점순님은 본관이 장흥(長興)으로, 담양군 원강리에서 1923년 3월 17일 태어나셨다. 원강리는 장흥 고씨 일족들이 대대로 살고 있는 곳으로, 임진왜란 때 의병장으로 이름을 떨쳤던 고경명(高敬命) 선생의 직계 후손들이다. 외사촌들은 지금도 고경명 선생과 그의 자제 고종후, 고인후 선생의 사액(賜額) 사당인 광주 포충사에서 1년에 두 번 국가에서 주관하는 제사에 참례하고 있다.

어머니는 장남인 아버지와 결혼하여, 조부모님을 모시며 아버지의 아우 다섯을 다 뒷바라지하여 분가시키고, 10명의 자녀를 낳아 기르셨다.(2명은 어려서 사망했음) 평생을 새벽에 일어나 밤중까지 일에 묻혀 사셨다. 그 많은 식구들 세 끼 식사를 준비하고, 빨래하고, 길쌈하고, 밭일도 하고, 누에도 치고……. 어머니의 일은 한도 끝도 없었다. 특히 명절이 돌아오면 여러 날 전부터 눈코 뜰 새 없이 바쁘셨다. 그러나 어머니는 그러한 자신의 신세를 운명으로 받아들이고, 태연하고 대범하게 감당하셨다.

어머니는 자애롭고 마음이 열린 분으로, 마을의 가난한 사람들에게 늘 인정을 베푸셨다. 보릿고개로 끼니가 어려워진 집엔 곡식 말이라도 보내고, 마을에 큰일이 났을 땐 그 한가운데 으레 어머니가 계셨다. 농사철 마을 사람들이 우리 집 일을 하고 저녁 식사 후 돌아갈 때면, 어머니는 으레 그 집 식구들을 위해 안다미로 밥을 담아 들려 보내곤 했다. 아이들이 많은 집은 세 그릇, 아이들이 적은 집은 두 그릇.

"아이들은 벌써 밥을 먹었을 것인데……."

일꾼이 겸연쩍어 사양을 하면,

"그래도 그런 것이 아니요. 갖고 가시오." 하며 밥그릇을 들려 보내곤 하셨다. 그 집 아이들이 아버지가 밥을 가지고 오기를 기다리고 있음을 아셨던 것이다.

어머니는 1978년 신부전증으로 별세하셨다. 향년 55세. 자식을 여덟이나 두고 눈을 감기가 얼마나 어려우셨을까. 생각하면 할수록 가슴이 찢어진다.

낳실 제 괴로움 다 잊으시고 // 기르실 제 밤낮으로 애쓰는 마음
진자리 마른자리 갈아 뉘시며 // 손발이 다 닳도록 고생하시네.
하늘 아래 그 무엇이 높다 하리오 // 어머님의 사랑은 가이 없어라.

나는 지금도 어머니 생각이 날 때면 '어머니의 마음' 노래를 불러보는데, 눈물이 앞을 가려 노래를 마치지 못한다. 어머니는 사랑과 은혜, 희생, 그 자체이시다.

무명 장사 유기홍 아저씨

나의 어린 시절 우리 집엔 유기홍이라는 일꾼이 있었다. 기계화가 되기 전 농경 사회에선 많은 일손이 필요했고, 살림살이가 좀 윤택한 집에선 젊은 일꾼을 집에 두고 일을 시켰는데, 그를 머슴이라고 했다. 추수가 끝나면 일꾼에게 지급하는 품삯을 '세경'이라 했는데, 대개 쌀로 계산했고, 상일꾼이 쌀 10가마니를 받았다. 우리 집엔 늘 두어 명의 일꾼이 있었지만 특별히 유기홍 아저씨를 내가 기억하고 있는 것은 그가 여느 사람과 많이 달랐기 때문이다.

우선 다른 머슴들과는 달리 유기홍 아저씨는 우리 집에서 여러 해

를 함께 살았다. 우리 식구들은 누구나 그를 한 식구같이 대하고, 그도 우리 조부모를 부모처럼, 아버지를 형님으로 대했다. 그는 원래 고흥군 사람인데, 무슨 일 때문인지 고향을 떠나 우리 집에서 머슴살이를 했다. 어른들이 수군대는 소문으론, 그가 군대를 가지 않기 위해 도망쳐 왔다고도 하고, 해방과 6·25 동란 때 그의 가족이 좌익 활동과 관련되어 도피해 왔다고도 했다.

유기홍 아저씨는 키가 육척이 넘었고, 몸무게도 보통 사람의 두 배가 넘는 거인이었다. 힘 또한 장사였다. 봄 가을 보릿단이나 볏단을 집으로 옮길 때 상일꾼들이 대개 10단을 지게에 짊어지는 데 비해, 그는 20단을 짊어졌다. 그 뿐이 아니다. 다른 일꾼들은 중간에 한두 번 지게를 받치고 쉬었다가 가는데, 그는 그 커다란 짐을 지고 논에서 집까지 춤을 추듯 경중경중 한 번도 쉬지 않고 단숨에 내달리곤 했다. 산에서 나무를 해 올 때도 그의 나뭇짐은 다른 사람의 나뭇짐보다 2배는 더 컸다. 엄청나게 큰 나뭇짐을 지고 출렁출렁 산길을 달리듯 내려오는 모습은 가히 장관이었다. 물론 먹는 것도 다른 사람보다 2배는 더 먹었고, 일하다가 한 사발씩 들이키는 막걸리도 그만큼 많이 마셨다.

그는 우리 집에서 머슴을 살면서도 멀고 가까운 곳에서 열리는 여러 씨름대회를 용케 알고 며칠씩 집을 비웠다. 상으로 황소를 타 온 적도 있고, 무명베를 동으로 짊어지고 오기도 했다.

겨울이 되면 그는 가끔 아버지나 할아버지에게 허락도 받지 않고 집을 나갔다가, 10여 일 혹은 20여 일이 지난 후 돌아왔고, 그에 대해 구차한 변명 같은 것도 늘어놓지 않았다.

"그냥 답답해서 바람 좀 쐬고 왔구먼유." 하고 말았다.

그는 무언가 마음이 내키지 않으면 아무리 바쁜 농사철이라 해도 손가락 하나 까딱하지 않았다. 그러다가도 마음이 내키면 순식간에 여러 사람 몫의 일을 뚝딱뚝딱 해치워, 사람들을 놀라게 했다.

나는 거인 같은 그에게 마음이 끌려, 그가 거처하는 사랑채의 작은 방엘 자주 놀러가곤 했고, 그는 나에게 친절했다. 썰매도 만들어 주고, 팽이도 깎아 주고, 사랑채 아궁이에 감자나 고구마를 묻어 놓았다가 주기도 했다. 우리 집 사랑채엔 방이 두 개가 있었는데, 큰 사랑방은 할아버지 방이었고, 작은 사랑방은 유기홍 아저씨의 거처였다. 할아버지 방엔 마을 노인들이 늘 마실을 오셔서 진을 쳤고, 작은 사랑방엔 마을 젊은 일꾼들로 항상 떠들썩했다. 그 젊은이들의 왕초가 유기홍 아저씨였다.

할아버지는 그에게 줄 세경을 '색갈이'를 놓아 주었다. '색갈이'란 봄에 곡식을 빌려 주고 가을에 이자까지 합쳐 되돌려 받는 것인데, 그는 해마다 세경을 받는 족족 색갈이를 놓았고, 10여 년 지나자 상당한 전답을 소유하게 되었다.

유기홍 아저씨는 머슴살이를 그만두고 우리 집을 떠나, 우리 마을의 곱고 얌전한 처녀에게 장가를 들었고, 아들, 딸 낳고 금슬 좋게 살았다.

그러나 몇 해 뒤 겨울, 그는 이웃마을 월경리의 점방(店房)집에서 사기 놀음꾼들에게 속아, 며칠 만에 전 재산을 모두 털리고 말았다. 본래 성품이 우직하고 남에게 지기를 싫어하는 그를 사기 놀음꾼들이 꼬여내어, 그의 전답과 집문서까지 모조리 털어먹었던 것이다. 우리 아버지가 그걸 알고 몽둥이를 들고 쫓아갔을 땐 이미 모든 것이 끝난 뒤였다.

그 후 유기홍 아저씨 눈엔 항상 붉은 핏줄기가 돌았고, 더 이상 일도 못하게 되고 말았다. 그는 거의 폐인이 되다시피 하여 얼마 후 솔가하여 마을을 떠났다. 하루아침에 알거지 신세가 된 게 부끄럽고, 자신의 어리석음을 견디기 어려웠던 것이다. 경기도 여주 어딘가로 가서 남의 일을 해주며 산다는데, 나는 그 후로 유기홍 아저씨를 본 적이 없다.

내 동무 진돗개 진구

내 어렸을 적 동무 중 하나가 진돗개 진구였다. 온몸이 누렁 털로 덮인 진구는 내가 사물을 인식하기 전인 두어 살 때부터 나와 함께 살았다. 경찰이셨던 아버지가 화순군 일대의 빨치산을 토벌하러 가셨다가, 빨치산들이 도망친 아지트에서 채 눈도 뜨지 못한 강아지를 발견하여, 가져오셨다고 했다. 강아지였던 진구는 가끔 내 이불 속에 들어와 함께 잘 만큼 나를 따랐는데, 다 늙어 죽을 때까지 변함이 없었다.

개가 다른 동물에 비해 지능이 높다는 건 널리 알려져 있는 사실이지만, 진구는 그 중에서도 특별했다. 사람의 말을 거의 다 알아들을 만큼 영리했다. 시각과 후각, 청각이 뛰어나고, 몸이 번개같이 날쌨다. 그리고 충직했다.

그 시절은 6·25전쟁 직후라서, 거지들이 떼로 몰려다니면서 구걸을 하곤 했다. 여러 명이 함께 다니면서 곡식을 내놓지 않으면 금방 무슨 일을 저지를 것처럼 험상궂게 굴었다. 그리고 전쟁에서 부상을 당한 상이군인들도 쇠로 된 의수(義手)를 휘두르며 사납게 구걸을 다녔다. 그런데 진구는 그들이 골목에 나타났다 하면 귀신같이 알아차리고, 대문 문턱에 두 앞발을 올려놓고서, 크르르르 위협적인 소리를 내며 목덜미 털을 바늘처럼 꼿꼿이 곤두세웠다. 금방이라도 달려들어 요절을 낼 사나운 기세였다. 거지나 상이군인들은 진구 때문에 우리 집엔 얼씬도 하지 못했다.

또 그 시절에는 농촌에 쥐가 많았다. 쥐들이 가마니나 멱서리에 구멍을 뚫고 그 속의 곡식들을 쏠아먹거나, 부엌이나 창고, 골방을 드나들며 식품을 버려놓곤 했다. 심지어 허술한 집은 천장에 올라가 밤새 이리저리 퉁탕거리고 찍찍거려, 주인의 잠을 설치게 하기 일쑤였다. 이 놈들은 생식 본능도 뛰어나, 쥐약이나 덫으로 잡아도 그 숫자가 좀체 줄어들지 않았다. 그런데 우리 집에선 쥐들이 기를 못 폈다. 쥐가 나타났다 하면 진구가 번개같이 달려가 물어죽였기 때문이다. 쥐를 쫓아가다가 쥐가 구멍 속으로 들어가 버리면, 진구는 그 쥐구멍 앞에 그림자처럼 소리 없이 앉아 있다가, 쥐가 나오면 앞발로 탁 쳐서 잡곤 했다.

그때 우리 집엔 머슴살이를 하는 유기홍 아저씨가 있었는데, 아저씨가 산에 나무를 하러 갈 땐 자주 진구를 데려갔다. 아저씨가 나무를 할 동안 진구가 혼자 토끼를 사냥했기 때문이다. 토끼만이 아니다. 오소리도 고라니도 잡은 적이 있다.

"진구가 저게 영물은 영물입니다. 고라니를 못 쫓아가겠으니까, 방향을 바꿔 지름길로 달려가, 고라니를 저수지로 몰아넣지 않았습니까. 사람보다 더 영리하다니까요."

진구는 새끼도 많이 낳았다. 한번에 7~8마리씩 십여 년을 줄기차게 새끼를 낳아, 우리 마을은 물론 인근 마을에 진구가 낳은 개들이 널리 퍼져 나갔다. 품종이 뛰어나다고 사람들이 젖을 떼기가 바쁘게 가져갔던 것이다.

어느 해 학교에서 돌아와 진구와 놀고 있는데, 동급생 복식이가 놀러왔다. 복식이는 나와 육촌 간으로, 방과 후엔 거의 매일 우리 집에 놀러와, 한 식구 같았고, 진구에겐 주인이나 다름없는 사람이었다. 나는 무심히 복식이를 가리키며, "진구야, 물어!"하고 말했다. 그 순간 진구가 번개같이 복식이에게 달려들어 그의 허벅지를 물고 늘어졌다. 그렇게 주인에게 충직했다. 나는 그날 아버지한테 크게 혼났다.

진구가 열댓 살 되어 늙자 온몸의 털이 무이어서 그 몰골이 심히 흉해졌다. 우리 집에 마실 온 이웃 분이

"저것 늙어서 이제 영물(靈物) 다 되어버렸네. 후딱 잡아 버려야제. 안 그러면 집에 해를 끼친다네." 하고 말했다.

그 말을 들은 뒤부터 진구는 어른들 옆에는 가까이 가지 않았다. 어른들이 밥을 주려고 불러도 자기를 해칠까 경계하여, 2~3미터 거리를 두고 그 주변을 베돌다가, 어른이 자리를 뜨고 나서야 밥을 먹곤 했다.

진구는 늙어 고종명(考終命)할 때까지 우리 집 식구였고, 나의 충직한 벗이었다.

시골 초등학교의 추억

1.

나는 1957년 홍산초등학교(당시엔 홍산국민학교)에 입학했다.

홍산초등학교는 우리 마을에서 1㎞쯤 떨어진 홍복리에 있었는데, 대명리, 백운리, 송강리, 운교리, 죽산리, 신흥리, 괴정리, 상덕리, 초곡리의 어린이들이 다니는 학교였다. 우리 학년은 전체가 60여 명으로, 6년간 한 반으로 생활했고, 10여 명이 중도에 학교를 그만두고 50여 명이 졸업을 했다. 10여 명의 학생 중 2명은 중간에 다른 학교로 전학을 했고, 나머지는 가정이 어려워서 학교를 못 다니게 된 것이다. 우리 마을에선 심복식, 심태구, 심봉식, 심후남, 이경남이 나와 동급생이었다.

6·25 전쟁이 끝난 지 얼마 지나지 않은 때라 우리는 비가 새는 낡은 가건물에서 수업을 받았고, 틈틈이 학교 환경을 정비하기 위해 일을 했다. 우리는 선생님이 시키는 대로 학교 운동장의 돌을 골라내고, 모래를 옮겨다가 운동장을 고르고, 화단을 만드는 등 힘든 노역을 했다. 학교 옆 냇가에서 모래를 퍼올 때는 선생님이 한 번 갔다 올 때마다 손목에 도장을 한 번씩 찍어 주었는데, 우리는 그 도장을 많이 받기 위해 책보에 모래를 가득 싸서 짊어지고 냇가에서 운동장까지 줄달음을 치곤했다. 화단에 갖가지 꽃을 심고, 산에서 나무를 캐다가 옮겨심기도 했다.

용돈이란 개념 같은 것이 아예 없었고, 군것질 같은 것은 생각지도 못할 시대였기에 우리는 다들 배가 고팠다. 우리는 학교가 파해서 귀가할 땐 길가 밭에 들어가서, 오이나 가지를 따 먹기도 하고, 참외나 수박을 서리하기도 했다. 고구마를 캐거나 무를 뽑아 먹기도 했고, 감자는 날것으로 먹기가 어려워 냇가에 가서 찜을 해 먹곤 했다. 찜이란 야외에서 감자나 고구마, 콩, 동부 같은 것을 익혀 먹는 방법인데, 우리는 여름철이면 하교하다가 으레 냇가에서 물놀이를 했고, 자주 감자찜을 하곤 했다. 냇가엔 자갈과 모래 천지인데, 그곳에 구덩이를 파고, 그 구덩이에 자갈을 빈 틈 없이 깐 다음, 나뭇가지를 주워다가 불을 피운다. 그리고 자갈이 달궈지면 그 위에 감자를 넣고, 다시 달궈진 자갈로 감자를 덮는다. 그리고 논에서 파 온 흙반죽으로 자갈을 덮어 봉분을 만든 뒤, 그 위에 또 불을 지핀다. 그리고 고무신으로 냇물을 떠다가 봉분에 구멍을 뚫고 물을 부은 다음 다시 구멍을 메운다. 그리고 물 속에 들어가 자맥질을 하며 한참 놀다가, 봉분을 열어보면 잘 쪄진 감자가 나온다. 보리가 익어갈 무렵이면 약간 덜 여물어 푸릇푸릇한 이삭을 꺾어다가 풀나무에 불을 지펴 구워서, 손바닥으로 비벼 먹기도 했는데, 그 고소하면서도 달착지근한 연한 맛은 참으로 일품이었다.

이 시절 기억에 남는 것 중의 하나는, 학교에서 분유를 나누어주고, 옥수수죽을 끓여 준 일이다. 6·25전쟁으로 우리나라 산업과 경제는 괴멸적인 타격을 입었고, 전답까지 파괴되어, 먹고 살 방도가 막연했다. 그 때문에 우리 국민은 한 동안 미국이 보내준 구호물자에 의존하여 입에 풀칠을 하고 살았다. 우리 국민들은 미국 사람들이 보내 준 헌옷을 입고 살았고, 그들이 보내준 먹거리로 생존을 유지했다. 학교에선 가끔씩 분유를 나누어 주었는데, 우리는 그것을 어떻게 먹는지 몰라서 가루 째 입에 털어 넣거나, 밀가루로 개떡을 찌듯 네모난 도시락 통에 넣고 쪄서 먹었다. 도시락 통에 분유를 넣고 찌면 돌덩어리

같이 딱딱해지는데, 우리는 그것을 야금야금 이빨로 갉아먹곤 했다. 어쩌다가 미군 군용식인 C레이션을 배급 받은 적도 있었는데, 봉지에 든 커피를 어떻게 먹는 것인지 모르고, 그냥 입에 털어넣었다가, 그 쓰디쓴 맛에 혼이 난 적도 있었다.

옥수수죽은 학교 뒤쪽 공터에 커다란 가마솥을 걸어놓고 끓였는데, 우리는 선착순으로 나란히 줄을 서서 옥수수죽이 익기를 기다렸다. 죽이 끓으면 선생님이 노란 알루미늄 양재기에 국자로 옥수수죽을 떠 주었다. 옥수수 가루에 소금만 넣고 끓인 죽을 아무런 반찬도 없이 먹는 것인데, 먹을 것이 귀했던 당시엔 그게 그렇게 맛있을 수가 없었다.

그 시절 우리는 겨울에 등교할 때면 꼭 장작을 한두 도막 가지고 갔다. 학교에 미국이 보내준 커다란 무쇠 석탄 난로가 있었는데, 석탄이 없으니 학생들이 장작을 가지고 가서 불을 지핀 것이다. 때때로 우리들은 학교 뒷산에 올라가, 그루터기나 죽은 나뭇가지를 주워와 불을 피우기도 했다.

2.

방과 후면 우리들은 농사를 짓는 부모를 도와 함께 일했다. 모내기, 벼 베기, 보리타작, 밭일 등 모든 일을 했다. 소 먹이 풀인 꼴을 베기도 하고, 산에 나무도 하러 다녔다. 어떤 애들은 농번기엔 아예 여러 날 결석을 하기도 했다. 집에 일꾼이 없어서 일을 해야 했기 때문이었다.

그러나 농사가 없는 농한기나 방학 땐 그만큼 자유로웠고, 마음껏 놀았다. 우리 마을은 동네를 감싸고 있는 뒷동산이 모두 대나무 밭이었고, 그 때문에 집집마다 집 뒤란에 대밭이 있었다. 우리는 가늘고 늘씬하게 자란 대를 베어 활과 화살을 만들어서, 곡식을 거두어들인 넓은 논밭을 뛰어다니며 하늘을 향해 힘껏 활시위를 당기고, 다시 그 화살을 주우러 달려가곤 했다. 그리고 겨울에는 대를 쪼개서 얇게 다듬은 다음 창호지를 붙여 연을 만들고, 동산 위에서 누가 더 높이 연을 날리나 시합을 했다. 연도 가지가지여서, 방패연, 가오리연, 반달연 등이 하늘을 향해 높이 더 높이 날아오를 때면 우리들의 마음도 함께 날아올랐다.

집 안이나 마을의 공터에서는 주로 제기차기와 팽이치기를 했다. 제기는 옛날 엽전에 창호지를 끼워 만드는데, 우리는 누가 그 제기를 땅에 떨어뜨리지 않고 더 많이 차는가 내기를 했다. 팽이도 우리가 손수 만들었다. 팔뚝 굵기의 나무를 낫으로 뾰쪽하게 깎고 톱으로 자른 다음 매끈하게 다듬는다. 꼭지가 닳지 않게 하기 위해 못을 박고, 팽이의 몸에 띠를 두르듯 여러 가지 색깔의 크레용으로 색칠을 한다. 팽이채는 새끼손가락 굵기의 싸리나무를 다듬은 뒤에 삼베를 짜기 위해 만들어 놓은 삼나무 껍질을 묶어 만든다. 우리는 팽이가 돌기 시작하면 누구의 것이 더 센가 윙윙 소리를 내며 도는 팽이를 부딪치게 했는데, 그 충돌에서 쓰러지는 팽이가 지는 것이다.

여름철에는 주로 물놀이를 많이 했다. 학교에서 귀가할 땐 으레 옷을 입은 채로 냇물로 뛰어들었다. 그 즈음 처음 우리나라에 보급된 나일론 옷은 물 속에 들어갔다 나오면 금방 물이 말랐기 때문에 우리는 옷을 입은 채 물 속으로 뛰어들곤 했다. 섬진강의 한 지류인 냇물은 물 깊이가 우리 허리를 넘었고, 깊은 곳은 키를 넘었으나, 우리는 자맥질도 하고 붕어나 피라미, 메기 등도 잡으며 물놀이에 시간 가는 줄 몰랐다.

3.

4학년 때 우리 담임선생님은 건강이 안 좋아, 가끔 결근을 하셨다. 그는 〈전과 지도서〉라는 참고서를 나에게 주고서, 자기 대신 급우들을 가르치도록 하였다. 나는 그때 그런 책이 있다는 걸 처음 알았는데, 국어·산수·사회·자연 등 전 과목에 걸쳐 우리들이 학습해야 할 내용이 상세하게 설명되어 있었다. 나는 선생님이 결근할 때마다 그 책을 보며 우리 반 학생들을 지도했고, 나중엔 잘 가르치기 위해 전과 지도서를 달달 외웠다. 그리고 가르치는 일이 바로 확실하게 배우는 일이라는 것을 깨달았다.

또한, 선생님은 한글을 못 깨우친 급우들 대여섯 명을 방과 후에 공부 좀 잘하는 애들에게 1:1로 가르치게 했는데, 나는 그 일이 조금도 귀찮게 여겨지지 않았다. 4학년이 될 때까지 한글을 몰랐던 친구가 내가 가르치자 얼마후 글자를 알고 쓰게 된 것이 신기했다. 보람 있는 일이었다. 이 경험은 훗날 내가 사범대학을 가고, 교직을 직업으로 선택하는 데에 큰 영향을 미쳤다.

5~6학년 2년 동안 우리 담임선생님은 김덕수라는 분이었다. 드물게 성실한 분이었다. 그는 우리가 6학년이 되면 수학여행을 가야 한다면서, 5학년 때부터 농사철이 되면 우리를 데리고 나가, 인근 마을의 모내기와 보리베기를 시켰다. 오전 수업이 끝나면 미리 계약해 둔 집의 보리를 베고, 모내기를 하는 것이다. 그리고 그 삯으로 받은 돈을 우리 학급 이름으로 비축하였다. 가을에는 벼베기를 하고, 또 그 돈을 비축했다. 주로 노인들만 계시거나, 할머니 혼자 사는 집에서 일을 맡겼다. 모내기할 땐 새참으로 삶은 감자가 나왔고, 가을 벼 베기를 할 때는 고구마가 나왔다. 그때까지 우리 학교에선 수학여행이란 것을 한 번도

가본 적이 없었기 때문에 우리는 수학여행이 어떤 것인지 잘 몰랐다. 드디어 6학년 11월 우리는 각자 자기가 먹을 쌀 서너 되씩을 갹출하여, 버스로 곡성역까지 가서, 그곳에서 기차로 여수까지 갔다. 항구 도시 여수가 우리 여행지였다. 우리는 그때 바다를 처음 보았다. 온갖 물고기가 살아서 펄쩍펄쩍 뛰는 어시장도 구경하고, 오동도의 등대에도 올라갔다. 돌산도에서 사진을 찍기도 했다. 그리고 생전 처음 여러 명이 함께 여관에서 잠을 자기도 했다. 그러나 우리는 잠을 거의 안 자고 장난을 치고 이야기를 하며 날을 새웠다. 평생 잊을 수 없는 수학여행이었다.

김덕수 선생님은 6학년 2학기쯤 중학교에 진학할 아이들을 모아놓고, 방과 후 과외 공부를 시켰다. 물론 무료였다. 배움의 소중함, 진로의 중요성, 헌신의 가치를 깨우쳐주신 고마운 스승이었다.

유래 깊은 사찰 관음사(觀音寺)

1.

우리 이웃 면 오산에 관음사라는 절이 있다. 흥산초등학교 상급학생들이 소풍을 가는 곳이다.

하급생들은 으레 학교 가까이에 있는 냇가나 초곡 저수지로 소풍을 가고, 상급 학년이 되면 좀 멀긴 하지만 관음사로 소풍을 갔다. 지금 같으면 당연히 차를 타고 오산면 쪽으로 가겠지만 그때는 신흥리와 운교리를 거쳐, 산길을 걷고 또 걸어서 관음사를 찾아갔다. 절 앞에는 작은 계곡물이 흐르고, 그 물을 건너면 관음사인데, 그 계곡물 위에 금랑각이란 건물이 다리 역할을 하며 세워져 있었다. 대개의 절들이 입구 쪽에 개울이 있고, 다리를 건너 절 안으로 들어가게 되어 있는데, 나는 나중에야 물의 이쪽은 사바세계, 물의 저쪽은 극락정토를 의미한다는 걸 알았다. 이러한 상징 때문에 자연적인 계곡물이 없으면 인위적으로 수로를 판 절도 있다.

관음사는 곡성군 오산면 신세리에 있는 고찰이다. 전에는 옥과현에 속했기 때문에 '옥과 관음사'로 불리던 절이다. 예전에는 관음사 관세음보살이 영험이 있다고 널리 소문이 나서, 사람들의 발길이 끊이지 않았다고 한다. 우리 마을 할머니들도 사월 초파일이면 쌀이나 떡을 준비해서 관음사를 찾아가곤 했던 기억이 있다. 지금은 거의 잊혀진 절이 되었으나, 일제강점기까지 곡성군, 화순군, 담양군, 승주군에 걸쳐 1만 6천여 마지기의 전답을 소유한 대사찰로서, 소작인만도 5천여 가구가 넘었다고 한다. 구례 화엄사보다 더 큰 절이었다는 얘기이다.

2.

〈관음사 사적〉에 의하면, 관음사는 백제 분서왕 3년(서기 301년)에 창건되었다.

충청도 대흥현에 원량(元良)이라는 장님과 홍장(洪莊)이라는 딸이 살았다. 16세가 된 원홍장은 총명하고 효성이 지극했다. 그리고 용모가 심히 아리따워서 그 소문이 널리 중국에까지 알려졌다. 그때 홍법사(弘法寺) 성공(性空) 스님이 원량을 찾아와 시주하길 부탁하자, 불심이 지극했던 원량은 딸 홍장을 설득하여, 성공 스님을 따라가게 했다. 성공 스님과 홍장이 소량포구에 이르렀을 때 2척의 중국 배가 나타났다. 중국 진(晉)나라의 사신들이 홍장을 맞이하기 위해 진귀한 예물을 싣고 온 배였다. 진나라 황제의 꿈에 신인(神人)이 나타나 동방의 나라

원홍장을 황후로 맞이하라는 계시가 있었다는 것이다. 홍장은 그 배를 타고 진나라로 가서 황후가 되었다. 평소 부처님을 극진히 모셨던 홍장은 황후가 된 후에도 힘써 정업(淨業)을 닦았다. 그리고 많은 탑을 세우고, 불상을 주조했다. 또한 모국을 잊지 못해 탑과 불상 들을 배에 실어 보냈다. 홍장이 마지막으로 보낸 금동관음보살을 실은 배가 표류하여 낙안포(지금 보성군 벌교)에 이르렀다. 그때 옥과에 살던 성덕(聖德)이라는 처녀가 꿈에 관음보살의 계시를 받고 낙안포로 갔다. 관음보살님이 오시니 영접하여 모시고, 절을 세우라는 계시였다. 성덕이 낙안포에 이르자 사공도 없는 돌배(石船) 한 척이 다가오는데, 휘황찬란한 광채에 눈이 부셨다. 그 배 안에 금동관음보살상이 실려 있었다. 성덕이 관음보살상을 옮기려고 등에 업었는데, 새털처럼 가벼웠다. 그녀는 관음보살상을 업고서 절을 지을 곳을 찾아 이곳저곳 돌아다녔다. 그런데 지금의 관음사 자리에 이르자 갑자기 관음보살상이 엄청나게 무거워졌다. 성덕은 그것이 관음보살의 계시임을 깨달았다. 그녀는 그곳에 절을 세워, 관음보살상을 원불로 모시고, 이름을 관음사라 하였다. 후세 사람들은 관음사의 개산조(開山祖)가 된 성덕을 기려, 그 산을 성덕산이라 불렀다. 원량은 딸 홍장과 이별할 때 흘린 눈물로 홀연 눈을 떴다.

3.

이 연기설화(緣起說話)를 보면 누구나 금방 심청을 떠올릴 것이다. 맹인의 딸이 황후가 되고, 맹인이 눈을 떴다는 공통점이 있기 때문이다. 관음사도 이런 점에 유의하여 원홍장 이야기가 소설 심청전의 근원설화라는 현판을 매달아 놓았다. 우리의 고대소설 중 판소리계 소설(심청전, 춘향전, 흥부전, 별주부전 등)은 대개 그 근원설화가 있다. 판소리계 소설은 한 개인에 의해 창작된 작품이 아니고, 설화가 오랜 세월 민중에 의해 전해지면서 차츰 소설 형태로 발전한 적층문학(積層文學)이기 때문이다. 그간 심청전의 근원설화로는 삼국사기의 '효녀 지은 설화' 삼국유사의 '거타지 설화' '맹인 개안 설화' 등이 언급되었지만 관음사 '원홍장 설화'는 어떤 학자도 말한 적이 없었다.

나는 작년에 「석봉선사 구전」이란 소설을 쓰기 위해 오랜만에 관음사를 찾아간 적이 있다. 내 작품의 주인공 석봉선사가 우리 고향 겸면 사람이고, 어렸을 적 관음사에서 자랐다는 기록을 확인하기 위해서였다. 그때 관음사 사적을 보고서, 심청전의 근원설화로 부족함이 없다고 생각했다.

이러한 연관성 때문에 곡성군에서는 해마다 10월에 〈곡성 심청 축제〉를 열어서, 곡성군이 심청전의 탄생지임을 애써 강조하고 있다.

모래찜질밭이 좋은 섬진강

어린 시절 할머니와 어머니는 여름이면 입면에 있는 섬진강으로 모래찜질을 하러 다니셨다. 넓고 깨끗한 강이 유유하게 흐르고, 강 양쪽으로 하얀 백사장이 길게 펼쳐져, 모래찜질하기 좋은 곳이었다. 한여름의 태양에 뜨겁게 달궈진 모래에 찜질을 하면 몸의 통증이 낫는다는 속설이 있고, 그 때문인지 제법 많은 사람들이 와서 모래찜질을 하고 있었다. 나도 할머니 어머니를 따라 두어 번 갔지만, 답답한 모래찜질보다는 물놀이를 하는 게 좋았다.

섬진강(蟾津江)은 전북 진안에서 발원하여 전라도 동쪽을 흘러 광양

만으로 흘러드는 큰 강이다(길이 225km). 강변의 모래밭이 좋아서 '모래가람' '모래내' '다사강(多沙江)' '대사강(帶沙江)' '사천(沙川)' 등으로도 불렸다. 섬진강의 '섬(蟾)' 자는 두꺼비 '섬(蟾)' 자인데, 이런 특별한 이름이 붙여진 것은, 고려 우왕 11년(서기 1385년) 왜구(倭寇)가 섬진강 입구로 쳐들어오자 수십만 마리의 두꺼비가 함께 울부짖어 왜구를 쫓아냈다는 전설 때문이다.

한때 나의 둘째 숙부 심판구님은 곡성 죽곡면 압록초등학교 교장으로 계셨는데, 압록(鴨錄)은 섬진강에서도 유원지로 이름난 곳이다. 압록이라 하면 누구나 북한의 압록강을 떠올리게 되고(한자까지 같음), 따라서 한번 들으면 잊지 않을 지명이다. 섬진강과 보성강이 합류하는 지점인 압록은 그 풍광이 매우 뛰어나고, 3만여 평의 넓은 백사장이 비단처럼 펼쳐져 있어, 한여름 피서지로는 그만한 곳이 드물다. 게다가 압록은 모기가 없다는 소문이 있어 더더욱 인기가 좋다. 전하는 얘기로는 고려 시대 강감찬 장군이 어머니를 모시고 이곳을 지나가는데, 모기들이 극성스레 달려들어서, 강감찬 장군이 한마디 꾸짖자 모기들의 입이 붙어버렸다 한다. 실제로 압록에는 모기가 별로 없는데, 지형적 특성 때문이 아닌가 생각된다.

압록초등학교는 섬진강에 바짝 붙어 있어, 학교 운동장에서 한 발 내려서면 바로 섬진강 백사장이다. 그 때문에 여름철이면 학교 운동장에까지 텐트가 쳐지고, 백사장과 강바닥은 사람들로 붐빈다. 이곳 섬진강은 바다에서 올라오는 은어가 많기로 유명하고, 은어 낚시가 성행한다.

여름방학 때, 나는 숙부님을 뵈러 여러 번 압록엘 갔다. 그리고 으레 은어낚시를 했다. 숙부님 또한 은어 낚시를 즐겨 해서 함께 낚시를 가곤 했다. 낚시로 잡은 은어는 매운탕을 끓이기도 하고, 회(膾)로도 먹는데, 은어회는 다른 물고기와 달리 향긋한 수박향이 난다. 바로 이 수박향 때문에 서울에서도 은어회를 먹기 위해 천릿길을 오는 사람들이 있다. 지금도 압록에는 향토 음식점이 즐비한데, 참게탕이나 은어회, 은어구이, 은어매운탕이 유명하다.

섬진강은 그 유역에 큰 공업단지나 산업 시설이 없어서, 오염되지 않은 강으로 알려져 있다. 실제로 강변을 따라 차를 몰다보면 참으로 곳곳이 무릉도원이다. 산업화 시대인 오늘날 낙후 지역이라 할 수도 있지만, 전화위복으로 자연이 그만큼 잘 보존된 지역이기도 하다. 섬진강 하면 생각나는 곳으로 화개장터가 있고, 하동 쌍계사, 구례 화엄사, 곡성 태안사 등이 모두 섬진강 유역에 있는 큰 사찰들이다.

섬진강의 그 청청한 물과 깨끗한 백사장이 앞으로도 영원히 유지되었으면 하는 바람이다.

공산주의와 자본주의

1.

초등 2학년 때였다. 6월 25일을 며칠 앞둔 어느 날 담임선생님이 종이에 쓰인 글 1편을 주면서, 무조건 외우라고 하셨다. 6·25를 기념하여 웅변대회를 하는데, 내가 우리 학년을 대표하여 웅변대회에 나가야 한다는 것이었다. 나는 원고의 내용도 잘 모르면서 그 글을 달달 외웠다. 공산당과 빨갱이들을 때려잡자는 살벌한 내용이 많았던 것 같다. 담임선생님은 어느 부분에선 목소리를 높이고, 어느 부분에선 책상을 쾅 내려치고, 어느 부분에선 한참 뜸을 들였다가 다시 차분하게 시작하라는 등, 세세한 동작과 어조까지 지도하셨고, 나는 선생님이 지도하신 대로 이른바 사자후(?)를 토해 상까지 받았다. 그리고 초등학교를 졸업할 때까지 나는 6·25만 돌아오면 빨갱이를 때려잡자고 핏대를 올리며 웅변이라는 것을 하였다.

웅변대회만이 아니다. 우리는 6·25나 8·15 광복절엔 으레 궐기대회를 했고, "때려잡자 공산당! 이룩하자 북진통일!"을 외치며 도로 행진을 하기도 했다. 그 시절 우리는, 공산주의는 이 지상에서 당장 사라져야 할 절대 악(惡)이고, 빨갱이인 공산주의자의 얼굴은 우리와는 달리 새빨간 색깔의 도깨비처럼 생긴 것으로 알았다.

5·16 군사정권이 들어선 후 우리는 "반공을 국시의 제1의로 삼고……" 하는 혁명공약을 외웠고, 고등학교 때까지도 우리 교육은 반공과 멸공을 절대시하였다. 공산주의나 사회주의의 구체적 내용은 교과서에 언급되지도 않았다. 따라서 우리는 자본주의와 공산주의가 구체적으로 어떤 것인지에 대해선 별로 아는 것이 없었다. 6·25때 공산당은 동족상잔의 엄청난 만행을 저질렀고, 따라서 공산주의는 우리가 결코 용납할 수 없는 악의 이데올로기라는 것이 당시 우리들이 지닌 일반적인 생각이었다.

2.

고등학생이 된 후 나는 공산주의가 한때는 전 세계를 열광시킨 선진적인 사상이었다는 걸 알고 매우 당황했다. 19세기 말부터 20세기 전반에 걸쳐 공산주의는 자본주의를 대체(代替)할 이상적인 사회체제로 여겨졌으며, 한때 "공산주의자가 아니면 지성인이 아니다."라는 말이 있을 만큼 전 세계의 지식인들이 공산주의에 경도(傾倒) 되었다는 사실은 나에게 엄청난 충격이었다. 20세기 세계 사상계(思想界)의 제왕으로 군림했던 싸르뜨르(Jean Paul Sartre)까지도 젊어 한때는 열렬한 공산주의자였다니! 우리나라에서도 1925년 〈조선 프롤레타리아 예술가 동맹(카프 KAPF, Korea Artist Proletaria Pederation)〉이란 단체가 일제에 의해 합법적으로 인정되었으며, 1935년 총독부의 해산 명을 받을 때까지 박영희, 김기진, 이상화, 한설야, 이기영, 조명희, 유진오, 심훈 등 저명한 인물들이 활동을 했었다.

카프의 해산 후 이들은 공식적으로 전향(轉向)하거나 (박영희의 "얻은 것은 이데올로기요, 잃은 것은 예술이다."라는 전향의 변(辯)은 오랫동안 인구에 회자되었던 명언이다.) 지하로 숨어들었으며, 해방 이후 우리 사회는 공산주의와 자본주의의 대립으로 엄청난 분열과 대립, 혼란과 갈등으로 국력을 소모하게 되었다. 1946년 미군정에 의해 공산주의가 불법화 될 때까지 이러한 갈등은 첨예화되었으며, 결국 북한 공산주의자들의 도발에 의해 6·25로 그 비극적 파국을 맞게 되었다. 그러나 6·25라는 엄청난 대가를 치른 후에도 갈등과 대립이 해결되기는커녕 오히려 우리 민족은 양 진영으로 갈라져 현재까지도 무한한 소모전을 계속하고 있다.

3.

세계2차대전이 끝나자마자 세계는 곧바로 자본주의 국가와 공산주의 국가로 양분되었다. 전쟁 중 동지였던 미국과 소련이 전쟁이 끝나자마자 어떻게 적이 되었으며, 어떻게 전 세계의 절반이나 되는 나라들이 순식간에 공산주의 국가가 되었을까. 공산주의 국가였던 소련이 미·영·불·중보다 힘이 셌기 때문일까. 그리고 곧 이어 중국이 공산주의가 된 것은 무엇 때문일까. 그것은 한마디로 공산주의 이데올로기가 그만큼 매혹적인 장점이 있었기 때문이다.

역사적 관점에서 보면, 자본주의는 산업혁명과 함께 시작된다. 대량 생산과 자본의 축적은 자본가에게 힘을 실어 주었으며, 자본가들은 결국 봉건적 군주들로부터 그들 마음대로 기업을 할 수 있는 자유를 얻게 된다. 자본주의는 궁극적으로 이윤 추구를 그 목적으로 하고 있다. 더 많은 이윤을 얻기 위해서는 노동자들에게 더 많은 노동을 요구하고, 더 적은 임금을 지급해야 한다. 그 모든 것을 그들 자본가들의 뜻대로 하기 위해 자유가 필요한 것이며, 따라서 이 경우 자유는 모든 개개인을 위한 자유가 아니라 자본가들의 자유를 의미한다. 자본가들은 문자 그대로 자유롭게 노동자를 생산의 한 수단으로 취급하려 한다. 필요하면 마음대로 고용하고, 필요 없으면 마음대로 해고한다. 노동 환경을 개선할 필요도 없고(노동 환경 개선에는 돈이 필요하니까) 임금도 최소한 적게 지급한다. 불평을 말하면 바로 해고한다. 그 결과 자본가는 생산한 부(富)의 대부분을 독차지해 엄청난 자산을 축적하고, 노동자는 무산자의 신세로 전락한다. 몇 명 안 되는 자본가는 아무리 먹어도 다 먹을 수 없는 많은 빵을 차지하고 다수의 노동자는 빵의 극히 일부분을 나누어 먹는 불평등, 부조리가 발생한다.

공산주의는 이런 부조리한 현실에 대항하여 안티테제(Anti-These)로 등장하였다. 한 사람의 자본가가 빵을 거의 다 차지하고, 99명의 노동자가 입에 풀칠도 못하는 것보다는, 100명이 다 똑같이 나누어 먹는 게 낫다는 얘기이다. 최대 다수의 최대 행복이란 공리주의의 관점에서 볼 때 이 주장은 옳은 것 같다. 공산주의는 소수 자본가의 자유보다 다수 근로자의 경제적 평등을 주장한다. 공산주의는 자본주의의 이러한 경제적 불평등이란 약점을 공격하며 출현한 새로운 이데올로기이다. 그만큼 진보적이고, 공격적이고 혁명적이다. 금방 이상적인 새 세상을 열 것 같다. 이러한 이상주의적 장점 때문에 세계의 절반이 금방 공산주의를 채택했던 것이다. 그러나 공산주의에도 치명적인 약점이 있었다. 모든 것을 정부가 평등하게 분배하다보니, 개인의 자유가 희생된 것이다. 이 개인의 부자유가 공산주의의 치명적인 약점이다.

지난 50여 년간 세계는 치열한 이데올로기의 대립을 계속해 왔다. 자본주의는 공산주의의 '부자유'를 공격하고, 공산주의는 자본주의의 '불평등'을 물어뜯으며 맞섰다. 그리고 이 대립을 통하여 양 진영은 자기들의 약점을 개선해 왔다. 자본주의는 점진적으로 경제적 불평등을 개선하려고 애썼다. 많이 가진 자에게 많은 세금을 걷어 가난한 자의 삶의 조건을 개선하려 노력했고, 괄목할 만한 성과도 이루어냈다. 이른바 '복지 정책'이 그것이다. 이는 자본주의가 공산주의의 공격에 맞서 공산주의의 장점을 도입함으로써 자기의 약점을 극복하려는 노력의 결과였다. 공산주의도 마찬가지다. 점진적으로나마 자유를 허용하지 않을 수 없었다. 자본주의의 공격 목표가 된 부자유를 개선하지 않으면 이데올로기의 대결에서 패배할 게 자명했기 때문이었다. 스탈린 시대의 소련과 후르시쵸프, 고르바쵸프의 시대가 어떻게 달라졌는지는 역사가 증명한다. 그럼 마지막에는 자본주의에는 자유와 그 다음 평등이, 공산주의에는 평등과 그 다음 자유가 확보되어, 변증법적 진테제(Synthese)로 통합이 되는 것이다.

1990년대 들어 소비에트 연방이 하루아침에 무너지고, 공식적으로 공산주의는 소멸되었다. 이에 대해 일부 사람들은 자본주의의 우월성을 강조하고, 심지어 어떤 사람들은 기고만장하여 신자유주의를 주창하기도 했다. 그러나 엄밀하게 말해 자본주의가 공산주의보다 우월하여 공산주의가 패배한 게 아니다. 공산주의는 자본주의에 패배한 게 아니라 자체적 모순으로 소멸된 것이다. 그것은 바로 인간성을 지나치게 이상주의적으로 높게 평가한 데서 비롯되었다. 모든 사람이 다 같이 열심히 생산하고, 공평하게 분배하고, 소비한다는 생각은 얼마나 아름다운가. 인간의 존엄이 최대한으로 확보된 파라다이스가 바로 그런 세계일 것이다. 그런데 불행하게도 인간은 그런 훌륭한 존재가 못 되었다. 내 것이 아니면 게으름을 부리고, 속된 말로 농땡이를 치는 보잘 것 없는 존재다. 그만큼 이기적인 존재이다. 그 때문에 공산주의 국가는 모두 생산성 저하라는 늪에 빠져 자멸한 것이다. 큰 빵을 골고루 나누어 먹으려 했는데, 막상 공산주의를 해 보니 그 빵이 너무 작아져 버린 것이다. 소수의 특별한 존재는 오랜 동안 이상주의적 뜨거운 열정을 지닐 수 있다. 또한 다수의 사람들도 일시적으로는 그러한 이상에 동조하고 그 열정을 유지할 수 있다. 그러나 다수의 사람들이 오랜 동안 그런 이상주의적 열정과 노력을 지속할 수는 없다. 인간성이 그런 수준에 못 미치는 것이다. 안타깝지만 이상과 현실이 달랐다. 그래서 공산주의가 소멸한 것이다.

어떤 사람은 지난 세기 공산주의의 출몰을 '위대한 실패'라고 명명했다. 그럼 정말 공산주의는 우리에게 많은 상처와 고통만 남기고 소멸된, 나타나지 않았어야 할 테제일까. 공산주의가 출현하기 전 세계는 정글의 법칙, 즉 약육강식과 적자생존이 판치던 자본주의 세계였다. 그러한 자본주의에 인간적인 따뜻한 입김을 불어넣은 것이 바로 소멸된 공산주의다. 오늘날 복지제도가 모든 국가의 당면 과제가 되고, 우리가 사는 사회가 조금이라도 전보다 더 인간의 존엄과 평등을 구가하고 있는 것은, 비록 공산주의는 소멸되었지만, 그 아름다운 이념이 변증법적으로 자본주의 안에 살아 남아있기 때문이다.

4.

나는 앞에서 공산주의는 이미 소멸되었다는 표현을 썼다. 혹자는 중국이나 베트남, 쿠바 같은 나라를 예로 들며, 공산주의가 아직 살아 있다고 생각할지 모른다. 그러나 그런 나라도 자세히 살펴보면 공산당이 독재를 하는 나라이지, 공산주의 국가는 아니다. 중국은 '개혁, 개방'이라는 이름하에 이미 경제적으로 자본주의화 하였고, 베트남도 '도이 모이'라 하여 자본주의의 길로 들어섰다. 다만 공산주의라는 이름으로 일당 독재를 하고 있을 뿐이다.

특히 북한은 공산주의 이론에서 말하는 역사 발전 방향 〈봉건주의(왕조국가)→자본주의→사회주의→공산주의〉의 궤도를 역행하여 김 씨 왕조 국가가 되었다. 공산주의 국가들이 부끄러워해야 할 봉건주의 국가가 된 것이다.

우리나라에선 1920년대부터 민족주의와 사회주의가 대립하였다. 이때 민족주의란 자본주의의 다른 이름인데, 자본주의가 너무 적나라하게 약육강식의 냄새가 나기 때문에 공산주의의 세계주의적 성격에 대립하여 민족주의란 이름을 썼던 것이다.(공산주의는 세계주의적 성격을 띠고 있는 데에 비해, 자본주의는 민족주의적 성격을 지니고 있다.) 1920년대 민족주의자들은 일본 제국주의의 모순만 해결하면 된다는 입장이었고, 사회주의자들은 일본 제국주의의 모순과 봉건적 토지제도의 모순(지주와 소작농 사이의 문제)을 동시에 혁파해야 한다고 주장했다. 구한말 외세가 노골적으로 우리를 지배하기 전에도 이미 토지제도가 붕괴되고, 농본 국가에서 토지제도의 붕괴는 곧 그 나라의 멸망을 의미한다는 관점에서 볼 때, 민족주의자들보다 사회주의자들의 현실인식이 더 정확했다고 할 수 있을 것 같다. 동학혁명이 주장하였던 '반봉건 근대화' '반외

세 자주화'의 목표는 지금까지도 우리나라가 지향해야 할 목표라고 할 수 있는데, 1920년대 현실에서 외세만 척결했다고 해서 당대 현실의 문제가 모두 해결되었겠는가.

그때 궁금했던 일 두 가지

초등 4학년 때 정도였을 게다. 학교에 〈소년한국일보〉라는 신문이 배달되어 왔었다. 그 신문에 한 컷씩 만화가 연재되었는데, 그 주인공이 송강 선생이었다. 송강 선생이 말을 타고 오가면서, 탐관오리들을 통쾌하게 물리치는 내용이었다. 그때 내가 배운 송강은 조선 중엽 송강가사를 쓴 유명한 시인이고 정치가인 정철 선생이었는데, 언제 양산박이라는 산채에 들어가서, 여러 호걸들의 두목이 되었단 말인가.

"선생님, 송강 선생이 언제 산적 두목이 되었습니까?"

궁금증을 참지 못해 어느 날 담임선생님께 만화를 보이며 물었는데, 선생님이 아주 난처한 얼굴로 우물쭈물하시더니,

"나도 모르겠다. 미안하다."고 하셨다. 선생님이 그것도 모르시나? 하는 의아한 생각도 들고, 선생님도 모르시는 것을 물은 내가 더 송구했다.

나는 나중에 그 송강은 중국 소설 『수호지』의 주인공으로서, 우리의 송강 선생과는 아무 관련이 없는 동명이인(同名異人)인 것을 알고 실소를 터뜨렸다. 그리고 일제강점기 초등학교 4학년이 학력의 전부였던 담임선생님이 그걸 모를 수도 있었겠다는 생각으로 선생님을 이해하게 되었다.

또 한 가지는 『칠성이』란 만화책을 볼 때였다. 주인공 칠성이가 갑자기

"돌아오라 쏘렌토로!" 라고 말하는데, 그 말이 앞뒤의 대화와는 아무런 연관이 없어 보였다. 아무리 생각해도 왜 그 상황에서 칠성이가 그런 말을 했는지 이해할 수가 없었다. 물어 볼 사람이 담임선생님밖에 또 누가 있겠는가. 그런데 만화를 직접 본 담임선생님도 모르겠다는 대답이었다. 선생님은 그 만화책을 가지고 교무실로 가서 다른 선생님들과도 의논을 해 봤으나, 아는 분이 없었다. 훗날 나는 그게 이탈리아의 가곡 '돌아오라 쏘렌토로'라는 것을 알고, 또 웃을 수밖에 없었다. 칠성이가 노래를 불렀는데, 그걸 그가 한 말로 알고, 앞뒤 연결이 안 된다고 생각했던 것이다. 지금 생각하면 웃을 일이지만, 그때 우리나라의 교육 수준이 그랬다.

'돌아오라 쏘렌토로'는 지금도 내가 가끔 부르는 노래 중의 하나이다.

활동사진 〈독립협회와 청년 이승만〉

나는 열한 살 때 처음으로 '활동사진'이라는 것을 보았다. 활동사진. 그 시절 영화를 일컬었던 말이었다.

며칠 전부터 담임선생님이 우리 학교에서 활동사진을 상영한다면서, 부모님은 물론 마을 사람들에게 널리 알리라고 하셨다. 우리 마을은 시골이어서 영화관이 없었고, 우리는 그때까지 한 번도 영화를 본 적이 없었다. 신기하게도 사진이 실물처럼 움직이고, 아주 재미있다는 것 정도만 들어 알고 있었다. 좀처럼 신나는 화젯거리가 없는 시골에

활동사진이 들어온다니, 당연히 우리는 매우 흥분해서 하루하루 날짜를 손꼽아가며 영화 상영을 기다렸다. 그러나 영화관이 없는데, 어떻게 상영을 한다는 것인지 궁금하기도 했다.

드디어 기대하던 날이 왔다. 그날 낮부터 많은 외지 사람들이 와서, 먼저 학교 건물 북쪽, 창문이 없는 곳에 넓은 하얀 천을 드리워 임시로 영사막을 만들었다. 그리고 그 앞 공터엔 마을에서 곡식 말리는(건조) 데 쓰는 멍석들을 빌려다가 깔아 놓고, 영사기를 설치한 다음, 날이 어두워지길 기다렸다. 우리들 홍산초등학교를 다니는 전교생은 물론, 관내 9개 마을에서 남녀노소 가릴 것 없이 주민들이 구름같이 몰려들었고, 학교는 발 디딜 틈이 없이 인산인해를 이루었다. 우리 집에서도 할아버지와 할머니, 아버지, 어머니, 삼촌과 고모, 일꾼 유기홍씨, 형, 아우들, 거의 모든 식구들이 총출동하였다.

이윽고 영화가 시작되자 〈독립협회와 청년 이승만〉이라는 제목이 영사막에 뜨고, 이승만의 젊은 시절 활약이 펼쳐졌다. 20세의 효성 지극한 청년 이승만은 나라와 민족의 중요성에 눈뜨고 신학문을 배우려고 배재학당에 입학한다. 그는 독립협회를 설립하는 데 중요한 역할을 하고, 독립신문을 발간하여 민중에게 자주정신을 계몽하는 등 동분서주한다. 그리고 여론을 반영하는 중추원을 개설하기 위해 투쟁을 전개하여 우여곡절 끝에 중추원을 개설한다. 그러나 이런 과정에서 친로파인 황국협회와 적(敵)이 된다. 결국 그들의 모함으로 독립협회 회원들은 감방에 들어가 갖은 고문을 당하고, 이승만은 7년형을 언도받는다. 이승만은 감방 생활을 하면서도 그곳 사람들을 계몽하고 자신의 사상을 집필하는 등 불굴의 투쟁을 계속하고, 이윽고 고종황제는 이승만의 주장이 옳았음을 깨닫고, 그를 사면하여 미국에 밀사(密使)로 파송한다.

당대의 미남 배우 김진규 씨가 주인공 이승만으로 분(扮)하여 두어 시간 맹활약을 펼친다. 그러나 이 영화는 전체적으로 화면이 선명하지 못했을 뿐 아니라 중간에 몇 차례 상영이 중단되기도 하고, 마치 소나기가 내리듯 화면이 심하게 훼손되어, 감상하는 데 많은 인내심이 필요했다. 그럼에도 이승만 박사를 국부(國父)로 여겨 존경하고 있던 우리는 끝까지 영화를 보았다.

훨씬 훗날에야 나는 그 영화가 당시 대통령을 우상화하기 위한 목적으로 만들어진 홍보영화라는 것을 알게 되었다.

4·19와 이승만 대통령의 하야

1.

그리고 그해, 1960년 4월 놀랍게도 4·19 혁명이 일어났다. 그 시절 집권당은 자유당이었고, 야당은 민주당이었다. 3월 15일 정·부통령 선거가 있었는데, 자유당은 이승만 대통령과 이기붕씨가, 민주당은 조병옥 박사와 장면 박사가 후보로 나섰다. 당시 민심은 자유당의 독재와 무능 때문에 민주당으로 기울어져 있었다. 그런데, 민주당 대통령 후보인 조병옥 박사가 선거를 한 달여 앞두고 갑작스럽게 병이 나, 치료차 미국으로 갔으나 결국 사망하게 되었다. 그 때문에 선거의 초점은 자연 부통령 선거에 모아졌다. 자유당은 온갖 부정적인 방법을 동원하여 자당 후보 이기붕 씨를 부통령에 당선시키기 위해 광분했다. 당시 내무부는 예하 기관에 부정선거를 하기 위한 구체적 방안을 하달했는데, ① 4할 사전투표 ② 3인조, 5인조 공개투표 ③ 완장부대(반공청년단)

로 공포분위기 조성 ④ 야당 참관인 축출 등의 내용으로, 85%를 득표 목표로 삼았다. 자유당은 막대한 선거자금으로 조직적인 매표행위를 했고, 도처에서 야당 간부에 대한 테러를 자행, 사망자가 나오기까지 했다. 경찰과 관료들을 동원한 이런 부정선거의 결과, 개표를 하자마자 이기붕 씨가 95~99%까지 득표한 지역이 속출하였고, 당황한 자유당은 내무장관 최인규에게 득표율을 하향 조정하도록 명령하기도 했다는 얘기가 있다. 당연히 선거가 채 끝나기도 전에 전국적으로 대대적인 부정선거 규탄대회가 벌어졌다.

제일 먼저 시위의 횃불을 올린 곳은 경남 마산으로서, 선거가 채 끝나기도 전에 부정선거 규탄 데모가 벌어졌다. 이에 대해 경찰의 무자비한 폭력 대응으로 마산상고 학생 7명이 사망하고, 1명이 실종되었다. 민간인도 80명이 부상을 입었다. 당시 실종된 학생이 김주열이었는데, 27일이 지난 후 마산 합포 부둣가에 그가 시체로 떠올랐다. 그런데 놀랍게도 그의 왼쪽 눈에 최루탄이 박혀있었다. 시위를 진압하기 위해 경찰이 쏜 최루탄이었다. 이 쇼킹한 사진은 경향 각지의 신문에 대대적으로 보도되었고, 4·11 마산 지역에 이어 전국적인 데모가 다시 불붙었다.

4월 18일 시위를 마치고 귀교하던 고려대 학생들을 정치깡패들이 습격, 무자비한 테러를 가한 사건이 발생하자, 다음날, 4월 19일 서울의 모든 대학과 중등학생들이 거리로 쏟아져 나와 대통령이 있는 경무대로 돌진해갔다. 당황한 경찰은 무차별 발포를 했고, 이날 서울에서 사망한 사람이 130명이었고, 1000여 명 이상의 부상자가 발생했다. 이로 인해 사태는 돌이킬 수 없게 되었다. 4월 26일 이승만 대통령은 하야 성명을 발표하고, 28일 이기붕 일가의 죽음과 함께 자유당 정권은 소멸되었다. 이것이 이른바 4·19 혁명이다.

4·19 혁명은 독재 정권에 대항하여 민주와 정의를 지키려는 국민의 승리였고, 이러한 정신은 1919년 3·1 만세 운동과 1984년 동학 운동에까지 거슬러 올라가게 된다. 역사의 큰 흐름을 탄 정당한 투쟁이었다는 뜻이다. 이러한 까닭으로 지금 우리 헌법 전문(前文)에는 3·1 운동으로 건립된 임시정부의 법통을 이어받고, 4·19 민주 이념을 계승한다고 명문화 되어 있다.

4·19 이전 우리는 이승만 대통령을 위대한 독립투사이며, 나라를 세운 국부(國父)로 존경하고 추앙하였다. 그렇게 배웠고, 그 사실을 조금도 의심하지 않았다. 그런 그가 하루아침에 하와이로 쫓겨갔다는 게 믿어지지 않았다. 그러나 그것은 엄연한 현실이었다. 나는 한동안 심한 충격과 혼란에서 벗어나지 못했다. 사회라는 것이 우리가 학교에서 배운 것과는 너무 달랐고, 어제까지 옳았던 것이 오늘 정반대로 뒤집히는 현실에 당황하였다.

2.

이승만 대통령은 한마디로 풍운아였다. 그는 구한말 유교적인 교육을 받았으며, 훗날 미국에서 감리교에 입교하고, 프린스턴 대학에서 철학박사 학위를 받았다. 박사 학위를 받은 사람이 없었던 그 시대에 이승만의 박사 학위는 자랑할 만한 것이었고, 이후 그의 이름 뒤에는 늘 박사라는 말이 따라붙었다. 청년 시절 그는 독립협회를 중심으로 열렬한 독립운동, 개화운동을 펼쳤으며, 그로 인해 사형 선고를 받고 옥중 생활을 하기도 했다.

1919년 3·1 만세 운동 이후 상해임시정부가 수립되었을 때는 초대 대통령으로 추대되었고, 생애의 대부분을 미국에서 독립운동하는 데 바쳤다. 그러나 그는 성격이 독단적이고 유아독존적이어서, 임정 대통령직에서 탄핵되기도 했고, 미국에 체류하면서도 여러 독립지사들과의 갈등과 대립이 끊이지 않았다. 광복 후 미국 세력을 등에 업고 귀국한 그는, 혼란한 정국에서 반공과 반일의 기치를 높이 세우고, 남북한 통일정부를 세우려는 김구, 김규식, 여운형, 안재홍 등의 중도세력을 배척하고 남한단독정부를 수립하고 초대 대통령이 되었다. 그리고 연이어 4대까지 계속 대통령에 당선되어, 한때 국부로 추앙받기도 했다.

그러나 대통령이 된 후 일제강점기 반민족 친일행위를 한 사람들을 처벌하는 〈반민족행위자 처벌 특별위원회〉의 활동을 방해하고, 결국 이를 해산하여, 일제와 친일반민족자에 대한 역사적 청산을 현재까지 과제로 남게 한 것은 그의 큰 과오라 할 만하다. 물론 국내 정치의 기반이 부족했던 그가 친일 정당인 한민당의 도움을 받아 권좌에 올랐기 때문에 어쩔 수 없었던 측면도 있다 하겠다. 그는 대통령직을 계속 유지하기 위해 6·25 전쟁 중에 공포분위기를 조성하고 강압적으로 직선제 개헌안을 통과시켜 2대 대통령이 되었을 뿐 아니라, 1954년 영구 집권을 목표로 사사오입(四捨五入) 개헌안을 통과시켜 세인의 웃음거리가 되기도 했다. 그는 말기로 갈수록 독재를 강화하여 1959년엔 대통령 후보였던 조봉암을 간첩으로 몰아 사형시키고, 경향신문을 강제로 폐간시키는 등 무소불위의 권력을 휘두르다가, 결국 4·19 혁명을 맞아 권좌에서 물러났다. 어떤 이들은 이기붕을 비롯한 그의 휘하 사람들이 늙은 이승만 대통령의 눈과 귀를 가리고 호가호위(狐假虎威)하였다고 말하기도 하나, 이는 궁극적으로 모두 그의 책임이다.

미국의 조지 워싱턴이나, 터키의 케말 아타튀르크, 베트남의 호치민 등이 국가 건립에 이바지하고, 국민들로부터 국부(國父)로 추앙받고 있는 걸 보면, 이승만 대통령의 말로가 매우 씁쓸하다.

5·16 군사 쿠데타

1.

내가 5학년 때인 1961년 이른바 5·16 군사 쿠데타가 일어났다. 그 이전엔 이름 한 번 들어 본 적 없던 박정희 장군과 젊은 장교들이 구국(救國)을 위해 일어섰다고 했다. 텔레비전에선 탱크를 앞세우고 한강을 건너는 장병들의 씩씩한 모습, 쿠데타의 주역인 박정희 소장과 장교들의 모습도 방송되었는데, 뜻밖에도 박정희 소장은 키도 작고 풍채도 왜소해서, 의아심을 갖게 했다. 그때 어린 생각으로는, 구국의 영웅이라면 6척 장신에 헌헌대장부의 풍채를 지녀야 하지 않을까 하고 생각했던 것이다. 인상적인 것은 박정희 소장이 까만 색안경을 끼고 있어서, 그 속을 알 수 없었다는 것이다. 그들은 곧 〈국가재건최고회의〉라는 기관을 만들었는데, 그 의장에는 육군참모총장 장도영 대장이, 부의장엔 박정희 소장이 추대되었다. 윤보선 정부는 하루아침에 권력을 국가재건최고회의에 빼앗겨, 속된 말로 '핫바지'가 되고, 군인들이 국가를 통치하게 되었다. 우리 곡성군에도 새파랗게 젊은 대위가 군수가 되어, 군복을 입은 채 군정(郡政)을 맡아보았다.

그들은 먼저 〈5·16 혁명공약〉이라는 걸 만들어 반포하고, 학생들에게 그것을 외우게 했다. 혁명공약은 전 6항으로 되어 있었는데, 제1항이 "반공을 국시의 제1의로 삼고 지금까지 구호와 형식에만 그친 반공태세를 재정비 강화한다."였고, 제6항은 "참신하고 양심적인 정치인에게 정권을 이양하고 군인 본연의 임무로 돌아간다."는 내용이었다.

우리는 선생님의 지시에 따라 날마다 〈혁명 공약〉을 소리 높여 외쳤고, 이른바 '군사혁명'을 지지하는 글짓기도 하고, 웅변대회를 열기도 했다. 담임선생님은 〈5·16 군사혁명〉의 정당성을 여러 번 강조해서 가르쳤고, 우리는 그것이 정당한 '혁명'이었음을 조금도 의심하지 않았다. 그때는 쿠데타란 말이 있는지도 몰랐다.

그런데 얼마 지나지 않아, 장도영 대장이 의장직에서 물러나 미국으로 가고, 박정희 장군이 그 자리에 앉았다. 쿠데타 초기에 임시적으로 얼굴마담으로 추대되었던 장도영 장군이, 쿠데타가 성공하여 본궤도에 들어서자 결국 혁명주체세력에 의해 숙청된 것이다. 군사정부는 국가의 기강이 바로 서면 군 본연의 자세로 돌아간다고 공약까지 했으나, 그 공약(公約)은 결국 헛된 공약(空約)으로 전락하고, 박정희 장군은 1963년 제3공화국 대통령이 되어 여전히 권병(權柄)을 휘두르게 되었다. 그 후 1979년 10·26 사태로 그의 심복이었던 중앙정보부장 김재규에게 시해될 때까지 박정희 장군은 총 19년 동안 국가를 통치하였다.

2.

일반적으로 알려지기를, 박정희 대통령은 경북 구미 출신으로, 일제 치하에서 대구사범학교를 나와 잠깐 초등 교사를 하였다. 그 뒤 만주 군관학교로 진학하고(나이가 많아 진학이 불가능했으나 그는 일제에 대한 충성심이 넘치는 혈서 편지를 보내서, 예외적으로 입학이 가능했다 함), 그곳에서도 다시 일왕에 대한 충성심을 인정받아 조선인으로선 드물게 일본 육군사관학교엔 진학했다. 그리고 장교로 임관한 뒤엔 만주로 부임하여, 주로 조선의용군을 토벌하는 임무를 수행했다. 이러한 행적 때문에 그 후 오랜 동안 그를 평가할 때 친일파 논란이 생긴 것이다.

해방 이후 국군에 투신한 그는 건국 전후의 어지러운 현실에서 공산주의 사상에 동조하게 되었다. 평소 진보적인 그의 형 박상희의 영향을 많이 받은 데다, 당시 친일 지주 중심의 부패한 우익에 염증을 느꼈던 것이다. 그러나 남한엔 이미 반공 정부가 들어서고 공산당은

설 자리가 없게 되었다. 그러다 대구 10월 폭동과 제주 4·3 사건, 여순반란사건이 일어났다. 특히 여순반란사건은 4·3 사건 진압차 제주도로 출병하던 군인들 중에 공산주의 군인들이 일으킨 반란이었다. 이에 충격을 받은 정부는 대대적인 숙군(肅軍) 작업을 실시했고, 박정희 소령도 그 대상 중 한 명이 되었다. 당시 숙군을 지휘했던 백선엽 대령과 김안일 소령, 김창룡 특무대장은 박정희 소령의 능력과 군인으로서의 자질을 높이 평가하여, 공산주의자들의 계보를 폭로하는 대가로 그를 구해 주었다. 한때 공산주의자였다는 낙인이 찍힌 그는 이후 군대의 주류가 되지 못하고 중요 보직도 맡지 못하는 외톨이 신세로 전전했다. 그러나 그는 타고난 철저한 성품과 놀라운 청렴성 때문에 젊은 장교들의 존경과 주목을 받게 되었다. 당시 우리나라는 '부패 천국'이라 할 만큼 각계각층에 부패가 만연했고, 군대도 예외는 아니었다. 젊은 장교들은 청렴한 박정희 소장을 중심으로 쿠데타를 계획했고, 그는 드디어 역사의 전면에 등장하게 되었다.

박정희 대통령의 업적은, 우선 당시 혼란했던 정국을 안정시키고, '보릿고개'라는 말로 상징되는 수천 년의 가난을 해결했다는 것이다. 그는 '새마을운동'이라는 이름의 농촌 개조운동을 줄기차게 추진하여, 농촌의 생활환경을 개선하고, 식량을 증산하여 괄목할 만한 성과를 보였다. 아침마다 전국 방방곡곡 이른바 박대통령이 직접 지었다는 '새마을 노래'가 울려퍼졌다. "새벽종이 울렸네. 새마을이 밝았네. 너도 나도 일어나, 새마을을 가꾸세. 살기 좋은 내 마을, 우리 힘으로 만드세."

그의 공로 중 괄목할 만한 또 하나는, 농업 중심의 우리나라를 선진 공업 국가로 탈바꿈 시켰다는 것이다. 그는 1962년 〈제1차 경제개발 5개년 계획〉이라는 프로젝트를 출발시켜, 〈제4차 경제개발 5개년 계획〉까지 지속적으로 잘 엄선된 계획을 추진하여, 이른바 '한강의 기적'이라는 성과를 창출하였다. 그는 고속도로를 건설하여 물류의 유통을 순조롭게 한 다음, 제철산업을 통해 산업의 쌀이라 불리는 철강을 생산하고, 이를 바탕으로 자동차산업, 조선산업, 중장비산업, 중화학산업 등을 차례로 육성, 우리 사회를 근대화하는데 진력하였다. 이 시기 우리나라는 매년 두 자릿수의 성장을 기록하며 비약적인 성장을 성취하여, 선진국으로의 발판을 마련하였다.

그러나 이러한 과정에서 그는 너무나 많은 과오를 범했다. 우선 5·16 쿠데타가 합법적인 민주 정부를 타도한 것이며, 헌법을 유린하고 3선 개헌을 추진한 것, '유신체제'라는 해괴한 체제를 만들어 유래 없는 반민주적 독재를 실시한 것, 그러한 과정에서 많은 민주 인사를 탄압하고 인권을 유린한 것, 정보부를 설치하고, 정보 정치를 통해 사회 전반을 공포상태로 몰아간 것 등 그의 과오는 결코 적지 않다.

이러한 공과(功過) 때문에 지금도 어떤 사람들은 그를 역사상 가장 훌륭한 대통령이라 하고, 어떤 사람들은 그를 최악의 대통령이라 평가한다. 그러나 사람의 삶에는 긍정적인 면과 부정적인 면이 있게 마련이다. 박정희 대통령은, 위에 언급한 것처럼 공과가 함께 뚜렷한 인물이다.

2.
낭만의 에뜨랑제
세상을 향해 나아가다

소년, 시골을 떠나 도시로 가다

1.

나는 1963년 순천시에 있는 순천중학교에 입학했다. 그 당시 숙부님이 순천에서 교사로 계셨고, 대영 형이 숙부님 댁에서 순천중학교를 다니고 있었으므로, 나도 순천중으로 진학하게 된 것이다. 형은 공부를 썩 잘했고, 순천중을 졸업하고 광주고등학교에 진학했다. 광주고등학교는 일제강점기부터 있었던 호남의 명문고로서 입학하기가 쉽지 않은 학교였다. 형이 광주로 가자 나도 형을 따라 광주에 있는 조선대학교부속중학교로 전학했다.

광주는 전라도의 중심도시이고 거점 도시이다. 전남 사람들의 정치, 경제, 사회, 문화, 교육, 교통 등 거의 모든 활동이 광주를 중심으로 이루어진다. 전남 사람의 생활은 광주를 빼놓고서는 생각할 수가 없다.

형과 나는 북동에 방 한 칸을 얻어 자취 생활을 시작했다. 주인집과 부엌을 함께 쓰는 옹색한 방이었고, 자취 생활이래야 소꿉장난 같았다. 우리 메뉴는 늘 밥과 된장찌개, 김치, 고추장이었다. 주말이면 집에 가서 쌀과 김치, 된장, 고추장 같은 먹거리를 가져왔으나, 김치는 2~3 일이면 다 떨어지고, 밥과 된장찌개만으로 끼니를 때우는 날이 태반이었다. 그 된장찌개도 쌀뜨물에 된장만 두어 숟갈 넣은, 건더기가 거의 없는 멀건 국물이었다.

그때 처음으로 라면이라는 것이 나왔다. '삼양라면'이었는데, 값이 10 원이었다. 그때나 지금이나 라면은 값이 싸고 쉽게 끓여 먹을 수 있어서 편리하다. 우리는 자취하면서 수시로 라면으로 끼니를 해결했다.

2.

손영렬은 우리가 자취하던 집 외아들이었는데, 나와 같은 학년으로, 광주동중 학생이었다. 그의 아버지가 일찍 돌아가셔서 영렬이는 어머니와 누나, 할머니와 고모, 삼촌과 함께 살고 있었다. 그의 어머니가 한복 바느질을 하여 어렵게 생계를 유지하고 있었고, 그런 사정으로 부엌을 함께 쓰는 불편에도 불구하고 우리에게 자취방을 세(貰) 준 것이다.

여자들이 많은 집이라 영렬이는 날마다 우리 자취방에서 살았고, 곧 그를 통해 양재진을 알게 되었다. 양재진은 손영렬의 집에서 멀지 않은 곳에 살고 있었고, 둘은 초등학교 때부터 친구였다. 우리 셋은 함께 어울려 영화도 보고, 만화방에도 가고, 탁구장에 가서 탁구를 치기도 했다. 당시엔 실내축구라는 놀이도구를 설치해 놓은 놀이방이 있었는데, 그곳에서 실내축구도 하고, 함께 바둑을 두기도 했다. 양재진의 아버지는 토목 기사(技士)로서 그의 집은 당시로선 드물게 윤택했고, 그 때문에 그가 우리들의 놀이 비용을 주로 내곤 했다.

양재진의 집 가까이에 경양방죽이란 커다란 유수지와 넓은 공터가 있었다. 우리는 그 경양방죽 주변에서 많은 시간을 보냈다. 축구, 배구도 하고, 달리기도 하고…….

그 경양방죽의 유래설화.

어느 해 광주에 큰 가뭄이 들어 백성들이 거의 굶어 죽었다. 박경양(朴景陽)이란 사람이 홀어머니가 굶어죽게 생겨서, 고을의 김 부자에게 곡식을 빌려갔다. 그러나 야박하고 인색한 김 부자는 곡식을 빌려주기는커녕 박경양에게 심한 매질을 해서 내쫓았다. 그 때문에 박경양이 죽자 그의 홀어머니도 울화로 세상을 떴다. 그때부터 김 부자 집에 온갖 재앙이 닥치더니, 김 부자의 꿈에 박경양의 모친이 나타나, 큰 연못을 파면 재앙이 멎을 것이라 했다. 그리하여 김 부자는 큰 연못을 파고, 죽은 박경양의 이름을 따서 경양방죽이라 했다.

손영렬은 그림 그리는 재주가 탁월하였다. 초등학교 때부터 그림 대회에 나가면 장원이나 차상은 따 놓은 당상이었다는데, 물감을 몇 번 쓱싹하면 금방 그림이 되었다. 그는 화풍이 전혀 다른 여러 만화를 따라 그리기도 했는데, 순식간에 그린 그림이 원작과 전혀 구별이 안 될 정도였다. 그는 그림 그리기를 좋아하여 혼자 있을 땐 늘 그림을 그렸다. 보기 드문 재주였다. 나는 그가 훌륭한 화가가 되리라 생각했는데, 어려운 집안 사정 때문에 미술대학에 가지 못하고, 결국 그 재능을 꽃피우지 못했다. 애석하고 아까운 일이다.

3.
그 당시 시골에선 나무를 때서 취사와 난방을 했으나, 도시 사람들은 대부분 연탄을 사용하고 있었다. 우리 자취집에서 가까운 곳에 대응연탄공장이 있었는데, 우리는 그 대응연탄공장에서 연탄을 사다 썼다. 대응연탄공장엔 석탄가루가 산처럼 쌓여 있고, 자동화된 여러 대의 기계에선 끝도 없이 연탄이 쏟아져 나왔다. 매일 수십 대의 트럭이 계속 연탄을 반출해 냈고, 아침부터 저녁까지 리어카로 연탄을 떼어다가 파는 사람들로 장사진을 이루었다.
어느 날, 공장 정문의 수위 아저씨에게 연탄 10개 값을 지불하고, 형과 나, 영렬, 재진이 연탄 10개를 들고 나오는데, 수위 아저씨가
"좀 더 가져가거라."
하는 게 아닌가. 우리는 그게 무슨 말인지 몰라 어리둥절했으나, 곧 그의 말뜻을 알아차리고, 신바람이 나서 계속 연탄을 날랐다. 50여

개쯤 날랐을 때 그 아저씨가 빙긋이 웃으며 말했다.

"이제 다음에 가져가거라."

우리는 북동에서 자취하는 내내 계속 10개의 연탄값만 지불하고 40~50여 개의 연탄을 가져오곤 했다. 늙수그레한 수위 아저씨가 머리 빡빡 깎은 어린 중학생들이 자취하는 게 대견하여 그런 배려를 베풀었던 것이다. 지금도 따뜻함으로 기억되는 아저씨이다.

4.

광주의 학생들은 으레 무등산으로 소풍을 갔다. 소풍이 아니라도 우리들은 주말이나 휴일이면 수시로 무등산엘 오르곤 했다. 광주에서 2시간이면 정상에 오를 수 있는 산이다. 등급을 매길 수 없을 만치 훌륭한 산이라 하여 무등산이라 불렸다는데, 산세가 유순하고 둥그스름한 모습이다. 산의 정상은 천왕봉, 지왕봉, 인왕봉이라는 이름의 바위들로 이루어져 있고, 정상 3봉을 둘러싸고 입석대, 서석대 등으로 불리는 기암괴석이 장관을 이루고 있다. 무등산의 명물은 규봉암의 가을철 단풍, 장불재와 백마능선의 가을 억새풀, 그리고 맛과 향, 크기가 일품인 무등산 수박 등이다. 특히 무등산 수박은 '푸렝이'라 하여, 검은 줄무늬가 없고, 그 크기가 일반 수박의 2~3배에 달한다. 다 익어도 씨가 검어지지 않고, 맛이 달고 시원하여, 옛날엔 임금께 진상했던 것이라 한다.

무등산의 북동쪽 기슭에는 우리나라 강호가도(江湖歌道)의 선구자로서 「면앙정가」를 지은 송순 선생의 정자 면앙정이 있고, 송강 정철의 「성산별곡」의 무대 식영정이 있다. 그리고 그 옆에 양산보 선생이 지은 소쇄원이 있다. 양산보 선생은 그의 스승 조광조 선생이 기묘사화로 억울한 죽음을 당하자 낙향하여 소쇄원을 짓고 은거했다. 소쇄원은 자연적인 지형과 인공적인 건축이 절묘한 조화를 이룬 한국의 대표적인 건축물로서, 선비의 고고한 성품과 절의를 엿볼 수 있다.

무등산과 관련하여 잊을 수 없는 인물로 임진왜란 때의 의병장 김덕령 선생이 있다. 김덕령 선생은 무등산 북쪽 산자락(지금의 충효동)에서 태어나, 어린 시절부터 무등산을 안마당 삼아 뛰놀며 무예를 연마했다 한다. 무등산에는 그와 연관된 설화가 10여 곳이 넘게 있다. 광주의 말바우 시장엔 말바우라 부르는 큰 바위가 있는데, 무등산에서 김 장군이 비마(飛馬)를 타고 뛰어 내린 바위라 하여 그런 이름이 붙여졌다 한다. 무등산 지왕봉 뜀바위는 장군이 말을 타고 뛰어올랐던 바위이며, 비마족(飛馬足)바위에 내려서, 비마족바위에 말발굽 모양의 네 구멍이 뚫렸다 한다. 장불재의 의병활동지는 김덕령 장군의 의병들이 주둔했던 곳이고, 원효계곡의 치마바위는 김 장군이 어렸을 적 그 누이와 힘자랑을 할 때 그 누이가 치마에 담아 옮긴 바위라는 얘기이다. 모두 장군의 뛰어난 용맹과 초인적인 무예를 예찬하는 설화이다.

김덕령 장군은 임진왜란이 일어나자 광주에서 의병을 일으켰고, 담양에서 의병을 일으킨 고경명 선생, 나주에서 의병을 일으킨 김천일 선생과 합세하여 큰 전공을 세웠다. 이순신 장군, 곽재우 의병장과도 연합하여 싸우기도 했다. 그러나 훗날 이몽학이 반란을 일으켰을 때 그를 토벌하러 가다가, 이몽학과 내통했다는 죄목으로 누명을 쓰고 사형을 당했다. 사후 억울함이 밝혀져 신원(伸冤)이 되고 나라에서 정려(旌閭)를 내렸는데, 충장사(忠壯祠)가 그것이다.

흔히 일컫기를 고경명 의병장(포충사), 김덕령 의병장(충장사), 전상희 장군(경렬사)을 '광주 3 충신'이라 하는데, 3 분 모두 조정으로부터 정려를 받은 분들이다.

5.

　나는 이 시절 공부를 별로 하지 않았다. 놀기를 좋아했기 때문이기도 하거니와, 공부를 시키는 사람도, 감독하는 사람도 없었기 때문이었다. 물론 형과 함께 살고 있었으나, 형은 아침에 등교하면 밤이 깊어서야 귀가했고, 내가 방과 후에 무얼 하고 지내는지 잘 몰랐다. 형이 매일 그렇게 늦은 시간에 귀가한 것은 방과 후에 학교에서 피아노를 쳤기 때문이었다. 그 때문에 나는 누구의 간섭이나 감독도 받지 않고, 방과 후의 시간에 놀거나 책을 읽으며 보냈다.

　요즈음과는 달리 우리들이 초등학교를 다닐 땐(시골엔) 거의 책이란 게 없어서, 우리는 독서다운 독서를 할 수 없었다. 나는 중학교에 와서야 약간의 책을 읽게 되었는데, 이 시기에 내가 읽은 책은, 『삼국지』나 『수호지』 같은 중국 고전과 이광수, 박종화의 역사소설, 심훈의 『상록수』, 방인근의 통속소설, 『괴도 루팡』, 『셜록 홈즈』 같은 것들이었다. 나다니엘 호오돈의 『주홍글씨』, 토마스 하디의 『테스』, 찰스 디킨스의 『크리스마스 캐롤』, 『데이비드 커퍼필드』 같은 소설도 읽었던 것 같다.

　그렇게 공부를 하지 않았는데도 나의 성적은 그리 나쁘진 않았다. 그런데 3학년이 되자 학교엘 가기가 싫어졌다. 특별한 이유가 있는 건 아니었으나, 구태여 핑계를 대자면 같은 반 애들이 뇌꼴스러웠기 때문이었다. 조대부중은 한 학년이 10개 반이었는데, 그 중 한 반이 우수반이었다. 그런데 우수반 애들은 거의 다 광주 토박이들로서 대부분 나보다 나이가 한두 살 많았다. 그들은 전라도에서 명문 중학교로 이름난 광주서중에 입학하려다가 두어 번 낙방하고 후기 학교인 조선대부속중에 입학한 애들이었다. 밥술깨나 먹고 사는 집안 자식들로서, 끼리끼리 어울려 거들먹거리며 나 같은 타지 출신을 촌놈이라고 업신여겼다. 그들의 그런 눈치를 뻔히 아는 나도 그들에게 다가가기가 싫었다.

쥐뿔도 잘난 것 없는 놈들이 끼리끼리 어울려 노닥거리는 꼬락서니라니! 나 또한 마음속으로 그들을 비웃으며 마음의 문을 열지 않았다.

나는 공부도 하지 않았고, 까닭 없이 가끔 결석을 했다. 그렇다고 무슨 할 일이 있었던 것도 아니었다. 그냥 여기저기 돌아다녔다. 뚜렷한 목표도 없었고, 하고 싶은 일도 없었다. 그러다가 10여 일을 계속 학교엘 가지 않게 되었다. 그 때문에 나는 형에게 평생 처음이고 마지막으로 호되게 뺨따귀를 맞았고, 준열한 질책을 들었다. 그러나 그 후로도 나는 책가방만 들고 학교를 오갔을 뿐 마음은 딴 데에 가 있었다. 학과 공부는 거들떠보지도 않고, 막연한 공상을 하거나 닥치는 대로 이것저것 남독(濫讀)을 했다. 한 때는 복합적인 농촌 이상향을 만들 생각에 빠지기도 했다. 지금도 왜 그때 그렇게 무의미한 방황을 계속했는지, 그 귀중한 시간을 그렇게 헛되이 낭비했는지, 안타까운 일이다. 사춘기를 너무 혹독하게 앓았다고 생각할 수도 있겠으나, 결국 내가 어리석고, 지혜롭지 못했던 탓이었다.

내가 정신을 차린 것은 고등학교 입학시험을 두 달쯤 앞둔 즈음이었다. 다른 애들은 가야할 길의 80~90%를 벌써 달려 나갔는데, 나만 스타트 라인에서 머뭇거리고 있었다. 늦었지만 나도 달려야 했다. 나는 학교에서 1분 1초를 아껴 책에 매달렸고, 귀가해서도 바로 책상 앞에 앉아 책과 씨름을 했다. 밥을 먹거나 대소변을 볼 때 외엔 책상을 떠나지 않았고, 잠도 두어 시간밖에 자지 않았다.

그런데 공교롭게도 그 해의 음력설이 입시 며칠 전에 있었다. 당연히 설을 쇠기 위해 고향엘 가야 했으나, 나는 미처 못 다한 공부 때문에 귀향할 수가 없었다. 문제는 먹을 것이었다. 쌀과 김치 등 먹거리가 다 떨어지고, 날고구마만 한 부대 남아 있고, 설상가상으로 연탄도 떨어지고 없었다. 형은 함께 고향에서 설을 쇠고 오자고 했으나, 나는 혼자 자취방에 남았다. 3일 동안 나는 담요를 뒤집어쓴 채 연탄불이 꺼진 냉방에서 책장만 넘겼다. 가끔 배가 고프면 날고구마를 깎아먹으며 정신을 온통 책에 쏟았다. 형이 고향에서 돌아왔을 때 내 책상 옆엔 날고구마 껍질만 수북하게 쌓여 있었다.

나도 형처럼 광주고등학교엘 가고 싶었다. 그런데 담임선생님이 원서를 써주지 않았다. 나같이 불성실한 놈이 어떻게 그런 명문학교에 붙겠느냐는 얘기였다. 결국 선생님은 나에게 아버지를 모셔오라고 했다. 아버지를 모셔오라니! 청천벽력이었다. 마음이 너무나 무거웠다. 나는 그 이전에는 늘 공부 잘하고 예의 바른 모범생으로서 부모님과 조부모님의 속을 썩여 드린 적이 한 번도 없었고, 아버지는 여전히 내가 아무 문제 없이 공부를 잘 하고 있는 줄로 알고 계셨다. 결국 나는 시골에 가서 이실직고하고 아버지를 모셔 왔고, 선생님 앞에 서 계신 아버지를 보면서 마음속 깊이 죄송스러움을 느꼈다. 평소 불같은 성격을 지니신 아버지인지라 나는 크게 혼날 것을 각오했으나, 아버지는 담담한 얼굴로

"나는 널 믿는다. 시험 잘 쳐라."

하곤, 고향으로 돌아가셨다.

이런 우여곡절을 거쳐 나는 광주고 원서를 썼고, 입학시험을 치렀다. 시험을 모두 마치고 밖으로 나왔을 때, 느낌이 상쾌했다. 틀린 것이 별로 없는 것 같다는 생각이 들었던 것이다. 며칠 후 합격자 발표가 있었고, 나도 합격자 명단에 이름이 올라 있었다. 명단은 길게 두루마리로 되어, 석차 순으로 이름이 적혀 있었는데, 놀랍게도 내 이름이 한참 앞에 있었다.

광주고 친구들과 도서관

광주고등학교 입학생 중에 고향 곡성군 출신이 세 명 있었는데, 김진환, 장상근, 허신석이 바로 그들이었다. 김진환은 곡성읍 구원리 사람으로, 광주 동중을 졸업한 뒤 입학을 했고, 허신석은 겸면 현정리 사람으로 옥과중을 졸업하고 1년 재수를 한 뒤 입학했다. 그리고 옥과면 죽림리 출신 장상근은 옥과중을 나온 뒤 바로 진학을 했기 때문에 허신석과는 1년 선후배 사이로 잘 아는 사이였다. 허신석과 나는 같은 겸면 출신이었으나 그는 겸면초등학교를 다녔고, 나는 흥산초등학교를 다녔기 때문에 그때 처음 알게 되었다. 우리는 같은 고향 사람인데다가 가정 형편도 비슷했고, 다들 자취를 하며 학교를 다녔기 때문에 금방 친해져, 평생의 친구가 되었다. 2학년 때 김진환과 장상근은 자연계를 선택했고, 나와 허신석은 인문계를 선택해서 반은 달라졌으나, 우리는 졸업하고 대학에 간 뒤에도, 그 후 사회인이 된 뒤에도 오랜 지기로 지냈다.

우리는 두루 가깝게 지냈으나, 나는 그 중에도 허신석과 의기가 잘 맞았다. 둘 다 인문계로서 사회의식이 발달했고, 역사와 현실을 보는 눈이 아무래도 자연계인 장상근, 김진환과는 달랐기 때문이었다. 나와 허신석은 사회 정의와 역사 현실에 대해 관심이 많았던 데 비해 상근이와 진환이는 그런 것에는 별 관심을 두지 않고 학과 공부에 열중했다. 그 때문에 나는 대학에 진학한 후에도 방학 때면 허신석이 고시공부를 하며 칩거하던 현정리 허씨 제각(祭閣)을 찾아갔고, 우리는 밤을 새워 막걸리를 마시며 많은 이야기를 나누곤 했다.

훗날 장상근은 전남대 의과대를 졸업한 뒤 산부인과 전문의가 되었고, 김진환은 전남대 화공과를 졸업한 뒤 모교의 교수가 되었다. 허신석은 전남대 법과대에 진학한 뒤 당시 박정희 대통령의 3선 개헌 및 유신 체제에 적극적으로 저항하는 학생운동을 하다가, 강제로 군대에 끌려갔고, 군대를 마치고 복학해서도 반체제 투쟁을 계속했다. 그는 졸업 후에 성업공사에 들어갔으나, 아깝게도 위암으로 요절하였다. 우리는 대학을 졸업하고 사회로 진출한 뒤에도 가끔씩 모임을 가졌다. 광주와, 천안, 속리산과 공주 갑사 등 전국의 여러 곳을 순례하며, 많은 이야기를 했다.

광주고등학교는 오랜 역사를 가진 유서 깊은 학교였고, 학교 뒤의 아카시아 동산 입구에 3층 빌딩의 커다란 도서관이 있었다. 학교 시설이 열악했던 그 시대에 고등학교에 그런 도서관이 있었다는 건 학생들에게 큰 행운이었다. 그 도서관엔 많은 장서가 있었고, 나에겐 이른바 '오랜 항해 끝에 발견한 신천지'였다. 도서관은 관장님과 사서 선생님 2분이 상주하면서 관리하셨는데, 개가식이어서 마음대로 책을 꺼내 볼 수 있었을 뿐 아니라 하루 24시간 문을 열어 놓아서, 나는 공부를 하거나 책을 읽다가, 너무 늦으면 책상에 엎드린 채 잠깐 눈을 붙이거나 도서관 바닥에 아무렇게나 누워 두어 시간 자고는, 다시 책을 보곤 했다.(당시엔 통행금지 시간이 있어서 24시 이후엔 거리를 다닐 수 없었다.)

나의 기본적인 교양은 대부분 이때 갖춰진 것으로서, 주로 동서양의 유명한 고전 소설과 서구의 근대적인 문학 작품을 섭렵하였다. 그리스 신화와 비극, 셰익스피어, 단테, 밀턴, 괴테에서부터 까뮈, 싸르뜨르에 이르기까지 상당한 작품을 읽었다. 문학 작품만 읽은 게 아니다. 종교와 철학, 역사에 관한 책도 닥치는 대로 읽었고, 음악이나 미술에 관한 책도 읽었다.

문학에 눈뜨다

광주고등학교 문학축제 때, 숙명여대 교수이며 시인인 김남조 선생이 강연을 왔다. 선생은 품위 넘치는 까만 정장 차림으로 강단에 올라섰는데, 나는 그렇게 고상하고 아름다운 분은 생전 처음 보았다. 그 후 나는 김 시인의 시집 『목숨』 『나아드의 향유』 등을 구해 읽으며, 그 중 마음에 드는 시를 나의 독서노트에 옮겨 적어놓고, 다 외웠다. 김 시인의 시 중 「너를 위하여」 「아가」 「그대 있음에」는 지금도 내가 가장 즐겨 낭송하는 시이다. 선생의 시는 경건한 그리움과 뜨거운 정열, 영혼 깊은 곳에서 우러나온 연가풍의 노래로서, 낭만적 시절의 나에게 깊은 영향을 미쳤다. 특히 '그대 있음에'는 김순애 선생이 작곡하여 여러 가수들이 부른 인기 있는 가곡으로도 유명하다.

중년에 내가 〈신인문학〉 동인으로 활동할 때 김남조 시인을 초청하여 말씀을 들은 석이 있었다. 선생은 이미 연로하셨으나, 여전히 아름다움을 잃지 않고 계셨다. 강연이 끝나고 뒷풀이 자리에서 내가 고등학교 때의 일을 말씀드리고, 「너를 위하여」를 낭송해 드렸더니, 선생께선 크게 감동하여, 한 동안 내 손을 잡고 놓지 않으셨다.

나는 고교 시절 내내 우리나라의 대표적인 시인들의 시집을 섭렵하고, 그 중 내 마음에 드는 시들을 내 독서노트에 옮겨 적고, 외웠다. 일부러 외웠다기보다 여러 번 반복해서 읽다보니 저절로 외워진 것이다. 김소월, 한용운, 이육사, 윤동주, 서정주, 유치환, 청록파, 신석정, 김광균, 박인환, 이형기, 박봉우 등이 나의 독서노트에 오른 시인들이다. 나는 시인이 되지는 않았지만, 평생 시를 좋아했고, 학생들에게 문학을 지도할 때에도 시가 나오면 나도 모르게 신명이 났다. 시에 대한 나의 이러한 관심이 훗날 내가 소설을 쓰는 데에 중요한 영향을 미쳤다고 생각한다. 내 소설 문체의 눈에 보이지 않는 미묘한 음악적 흐름이 바로 시에서 왔다고 여기기 때문이다.

어느 날, 학교 게시판에 〈동광 문학상〉을 모집한다는 광고문이 실렸다. 광주고에선 그 당시 고등학교로선 희귀하게 〈동광(東光) 문학상〉이라는 문학상을 제정하여, 해마다 현상 모집하고, 수상자를 결정하여 시상하곤 했다. 모집 분야는 시와 소설로 나뉘어 있었고, 문단에서 활동하고 있는 광고 선배 문인들을 심사위원으로 초빙하여, 심사를 맡겼다. 시인 박봉우 선배, 이성부 선배 등이 심사를 맡기 위해 오셨던 것 같다. 문학을 지망하는 학생들은 다들 이 상을 수상하기 위해 공모에 응했고, 나도 생전 처음 소설이라는 걸 써서 투고했다. 성장 과정의 진통을 겪으며 새로운 세계에 눈 뜨는 청소년의 이야기였다. 소설이라기엔 너무 모자란 작품으로, 중3 때의 나의 체험과 고민을 글로 써 본 것이다.

그런데 그 작품이 〈동광문학상〉에 당선되었다. 여러 권의 책을 상품으로 받고, 하루아침에 급우들에게 소년 문사 대접을 받게 되었다. 이를 계기로 나는 소설 창작에 깊이 매료되었다. 여기저기에서 열리는 백일장에 학교 대표로 참석하였고, 어린 마음에 무슨 작가라도 된 양 마음속으로 자부하기도 했다.

그때 광주고등학교에는 문학하시는 선생님이 두 분 계셨다. 한 분은 송규호 선생님이고, 다른 한 분은 이내무 선생님이셨다. 두 분 다 키가 훤칠하고 학교에서 첫째 둘째를 다투는 멋쟁이 선생님들이었다. 두 분의 다른 점은, 송규호 선생님은 스스로 엄청난 문학의 대가(大家)인 양

폼을 재신 데 비해, 이내무 선생님은 아무도 모르게 시를 쓰셨다는 것이다. 훗날 보니 송규호 선생님은 12권의 수필집과 2권의 시집을 상재하셨고, 이내무 선생님은 대기만성으로, 충남 아산으로 거처를 옮기신 후 많은 시집과 수필집을 줄기차게 상재하셨다. 두 분의 공통점은 여행을 좋아하시고, 여행에 대한 기행문도 많이 쓰셨다는 것이다.

2007년 광주고에선 도서관 2층에 〈광주고 문학관〉을 개관했다. 110여 평의 넓은 공간에 정현웅, 이성부, 민용태, 조태일, 문순태, 이이화, 박석무, 김우창 등 60여 명의 광주고 출신 문인들의 사진과 저서, 육필 원고 등을 전시하고, 수시로 문학 행사도 개최한다고 한다. 고등학교로선 전국적으로 드문, 자랑스러운 일이다.

고3 때 나는 김동인의 작품을 두루 읽고, 교지 〈光高 제18호〉에 「김동인의 자연주의와 탐미주의」라는 논문을 발표하였다.

다른 학생들이 한참 대학 입시를 위한 학과 공부에 몰두하고 있을 때 나는 지적(知的) 허영심과 문학에의 열정에 사로잡혀, 고교생으로선 정도를 넘는 사상 서적이나 문학서적에 몰입했고, 이는 결과적으로 지혜로운 일이 못되었다. 누군가 선후(先後)·완급(緩急)·경중(輕重)을 잘 알면 지혜롭다고 했다. 먼저 할 일과 나중에 해도 될 일, 급하게 해야 할 일과 천천히 해도 괜찮을 일, 중요한 일과 중요하지 않은 일, 이 셋을 잘 헤아려 행한다면 지혜로운 사람이라는 뜻이다.

나는 지혜롭지 못하게 너무 일찍 문사철에 발을 들여 놓았다.

지방 음악가 심대영

심대영은 나의 형이다. 형은 우리 8남매 중 맏이이고, 내가 둘째다. 내 밑으로 희권, 성태, 성자, 영환, 유식, 도영이 있다.

형은 5학년 때, 순천시에서 교직에 계신 판구 숙부님 댁으로 공부하러 갔는데, 그때부터 그 학교에 있던 피아노에 마음을 붙여, 매일 피아노를 쳤고, 이는 그의 평생을 결정짓는 계기가 되었다. 형은 순천중학교를 다니던 3년 동안에도 줄기차게 피아노를 쳤고, 중학교를 졸업한 뒤 숙부님 슬하를 떠나 광주고등학교에 입학한 뒤에도 계속 피아노를 쳤다.

단순히 피아노만 친 게 아니다. 그는 유명한 음악가들에 대해 공부하고, 그들의 음악을 감상했다. 그는 광주고등학교 음악부장을 맡아서 전례 없이 음악실을 개방, 학생들이 방과 후면 언제나 음악을 감상할 수 있도록 했고, 틈틈이 해설도 했다. 또한 학교 축제의 클라이맥스라 할 수 있는 '음악의 밤'을 총지휘했다. '음악의 밤'은 광주고 학생은 물론, 시내의 타 고등학교 학생들까지 초청하여 벌이는 성대한 음악 잔치였는데, 명곡 감상과 각 학교를 대표하는 학생들의 다양한 악기 연주와 성악이 파노라마처럼 펼쳐졌다. 형은 이 음악의 밤을 주관하고, 사회도 보고, 직접 피아노를 연주하기도 했다. 형은 음악에 대한 당신의 사랑과 조예(造詣)를 글로 써서 교지 〈광고〉에 발표하기도 했다. 심대영의 전성시대라 할까.

형은 음악대학에 가고 싶어 했으나, 당시 우리 집의 형편 때문에 교육대에 진학하였다. 원치 않은 진학이었다. 그러나 형은 교육대에 진학한 뒤에도 음악 공부를 계속하여, 초등학교 교사로 발령 받은 뒤 곧바로 중등학교 음악 교사 검정고시를 보고, 중고등학교에서 음악을 가르쳤다. 형은 주로 광주시에서 근무했는데, 여러 학교에서 합창단을 조직하여 지도했을 뿐더러, 광주 MBC 방송국의 합창단도 10여 년이 넘게 지휘하였다.

음악은 크게 3가지 분야로 나뉘는데, 감상과 연주, 직곡이 바로 그것이다. 형은 고등학교 때부터 작곡에도 힘을 써서, 많은 시를 작곡하여, 발표하기도 했다. 당시 시를 좋아했던 내가 작곡에 적합하다 싶은 시를 형에게 추천했고, 형은 그 시를 작곡했던 것이다. 예컨대, 윤동주의 「서시」, 김영랑의 「모란이 피기까지는」, 서정주의 「귀촉도」, 박목월의 「나그네」 같은 작품들이다.

나는 중2 때부터 고등학교를 졸업할 때까지 5년간 형과 자취를 하면서 형의 영향을 많이 받았다. 형 덕택에 음악을 들을 줄 아는 귀를 갖게 되었고, 노래 부르기를 좋아하게 되었다.

또한 형은 아버지, 어머니가 일찍 돌아가신 집안의 장남으로서 연로하신 조부모님을 봉양하고, 7명의 아우를 보살피는 무거운 책임을 감당해야 했다. 박봉의 교사로서 자기 아들을 3명이나 둔 형으로서는 쉬운 일이 아니었다. 그러나 형은 불평 한마디 없이 이를 당연한 것으로 알고, 살았다.

형은 일생을 음악을 사랑한 음악가, 학생들에게 음악을 가르친 교육자로 살고, 2012년 중학교 교장선생님으로 은퇴하였다. 은퇴한 형은 향리의 선산 기슭에 전원주택을 짓고 한가한 전원생활을 하고 있는데, 마당에 내려서면 푸르고 맑은 저수지가 눈앞에 펼쳐지고, 사방에 무성한 숲이 우거져, 무릉도원이 따로 없다.

형의 집에선 가끔 피아노와 플루트, 트럼펫 소리가 흘러나온다. 형이 연주하기도 하고, 퇴임한 선후배들이 찾아와 형에게 레슨을 받으며 악기를 연주하기도 한다. 아름다운 모습이다.

음악과의 인연

형과 함께 자취를 한 5년 동안 형이 음악을 공부했기 때문에 나는 저절로 음악과 친해질 수 있었다. 우선 음악 작품을 많이 감상했다.

형은 음악 감상법으로 우선 듣기 쉽고 흥미 있는 악곡부터 듣길 권했는데, 예컨대, 모차르트의 「터어키 행진곡」, 바다르체프스카의 「소녀의 기도」, 와이만의 「은파」, 차이코프스키의 「트로이카」, 「안단테 칸타빌레」, 라벨의 「볼레로」, 사라사테의 「치고르네르바이젠」, 비제의 「칼멘 조곡」, 베토벤의 「비창」 등은 한번 듣는 순간 그 인상적이고 고혹적인 선율에 사로잡히고 만다. 단번에 음악에 흥미가 붙는 것이다. 그리이그의 「페르귄트 조곡」, 드뷔시의 「목신의 오후」, 비발디의 「사계(四季)」 등도 그러한 곡들이다.

클래식 음악의 장르에는 심포니, 오페라, 소나타, 현악4중주 등이 있지만, 나는 특히 베토벤에 심취해서, 그의 심포니를 많이 들었다. 그중 5번 「운명」과 9번 「합창」은 하도 많이 들어서 거의 모든 멜로디를 외우고 있다. 당연히 베토벤의 영웅적인 전기(傳記)도 읽고, 베토벤 전기 작가로 유명한 프랑스의 로망 롤랑이 베토벤을 모델로 하여 쓴 소설 『장 크리스토프』도 감명 깊게 읽었다. 음악을 깊이 있게 감상하려면, 작곡가의 시대와 생애는 물론, 하나하나의 작품이 탄생하게 된 에피소드와 배경도 알아야 한다.

음악을 잘 감상하는 또 하나의 방법은, 그 작품의 '고정 악상(이데아 픽스 Idee Fixe)'을 알고, 그 고정 악상이 어떻게 변주(Variation)되는가 유심히 듣는 것이다. 예컨대, 베토벤의 「운명 교향곡」은 '딴딴딴 따~안'하는 고정 악상이(어떤 감상자는 이를 운명이 문을 두드리는 소리로 해석함) 처음 시작부터 끝까지 변주되고, 「볼레로」같은 작품도 하나의 고정 악상이 끝없는 변주를 계속한다.

감상만이 아니라 나는 노래 부르는 것을 즐겨하여, 『세계명가곡집(세광음악사)』에 있는 여러 나라의 가곡을 거의 다 부르게 되었다. 우리말은 물론 원어로도 부르게 된 것이다. 우리 자취집 가까이에 경양 방죽이란 넓은 유수지가 있었는데, 나는 틈나는 대로 그곳에 가서 목청껏 노래를 부르곤 했다. 어떤 사람은 내 목소리가 좋다고 하는데, 중고교 시절 노래를 많이 부른 탓에 목소리가 튄 것이 아닐까 생각한다.

대학 1학년 때의 에피소드 하나.

하숙집이 마당이 넓고, 또 마당에 잇대어 넓은 텃밭이 있었다. 공터가 충분했으므로 나는 가끔 마당에서 노래를 불렀다. 그 텃밭 너머 집에 여학생들이 살고 있어서, 짓궂은 장난을 한 것이다. '창문을 열어다오 내 그리운 마리아(마리아 마리)' '내 친구에게 내 말 전해주게' 등 사랑을 고백하는 노래나 베토벤, 슈베르트, 구노, 토셀리의 세레나데였다. 내가 노래를 부르면 열려 있던 창이 탁 닫히곤 했는데, 나는 그게 재미있어서 계속 노래를 불렀다. 창문이 닫히는 게 내 노래를 듣고 있다는 증거가 아닌가. 그런데, 어느 날 골목에서 마주친 여학생 한 명이 표정이 이상했다. 아차, 큰 실수를 했구나. 직감적으로 느껴지는 게 있어서, 나는 바로 노래를 그만 두었다. 그리고 노래를 부르고 싶을 땐 금강 백사장으로 갔다.

나는 교직 생활을 하면서도 학생들에게 많은 노래를 불러 주었다. 예컨대, 김소월의 시 「진달래꽃(김동진 작곡)」「못 잊어(조혜영 작곡)」「엄마야 누나야 강변 살자(안성현 작곡)」「산유화(김성태 작곡)」 등을 감상할 땐, 그 시로 작곡된 노래를 불렀고, 박목월의 「나그네」를 가르칠 땐 가곡

「나그네(임웅균 노래)」와 함께, 베토벤의 「봇짐장수(La Marmote)」도 불렀다. 입센의 「인형의 집」을 가르칠 땐 그의 다른 희곡 「페르귄트」를 얘기하고, 그리이그가 작곡한 「페르귄트 조곡」 중 여자 주인공 솔베이지가 페르귄트를 기다리며 부르는 「솔베이지의 노래」를 부르곤 했다. 「솔베이지의 노래」를 부르면, 그 애틋한 사연과 애절한 멜로디에 눈물을 흘리는 여학생들이 많았다. 문학은 우리 삶의 희로애락을 얘기하는 것인데, 그 희로애락을 극적으로 표현한 것이 노래라 생각하여, 학습 내용과 연관하여 많은 노래를 부르곤 했던 것이다.

여러 해가 지난 뒤 만난 제자들은, 이구동성으로 내가 가르친 학습 내용은 별로 기억에 없고, 노래 부르는 모습만 생각난다고 말했다. 그때 들었던 노래가 오랫동안 귀에 남았다는 얘기였다.

몇 달 전, 가곡집 2권을 새로 샀다. 그간 사용하던 것이 너무 낡아서, 새것을 구입한 것이다.

음악은 형 덕분에 누린 내 삶의 소중한 호사(豪奢) 중의 호사이다. 나는 지금도 수시로 집안이 쩡쩡 울리게 목청을 돋워 노래를 부른다.

짜라투스트라는 이렇게 말하였다(Also Spracha Zarathustra)

어느 날 도서관에서 『짜라투스트라는 이렇게 말하였다』라는 책을 보게 되었다. 짜라투스트라가 누구인가. 그가 어떤 말을 했다는 건가. 궁금했다. 나는 평소 나의 습관대로 바로 그 책에 달려들었다.

짜라투스트라는 고대 페르시아의 배화교(拜火敎) 창시자 조로아스터의 독일식 이름이다. 그는 세상과 동떨어진 산속 외딴 동굴에서 뱀, 독수리와 생활하면서 깨달음을 얻고, 그 깨달음을 사람들에게 전하고자 산을 내려온다. 그런데 그가 하는 말이 도대체 무슨 말인지 알 수가 없었다. 나는 짜라투스트라의 말을 이해하기 위해 그 후 몇 달 동안 니체(Friedrich Wilhelm Niezche)에 매달렸다.

니체는 그의 부친이 목사였고, 그의 모친 또한 목사의 딸로서, 가장 기독교적인 가정에서 태어나 성장했다. 어려서부터 기독교적 교양이 몸에 밴 사람이다. 그런 그가 "신은 죽었다(Got Ist Tot)"라는 반기독교적(Anti-Christ) 선언으로 세상을 놀라게 하였다. 이런 니체의 말을 이해하려면 그가 살았던 19세기의 이른바 세기말 의식을 이해하지 않으면 안 된다.

주지하다시피 서구사회를 오랜 동안 지탱시켜온 정신적 지주는 기독교였다. 그런데 19세기 이후 과학이 급격하게 발달하면서 기독교적 우주관과 새로이 등장한 과학적 진실이 갈등을 일으키게 되었다. 기독교에서 오래 주장해 온 천동설(天動說)과 코페르니쿠스와 갈릴레오의 지동설(地動說)도 그 한 예가 될 수 있고, 가장 대표적인 것은 찰스 다윈의 『종(種)의 기원(起源)』이다. 『종의 기원』은 성서의 창조론을 전면 부정하고 모든 생명은 환경에 적응하여 진화한다는 진화론을 내세웠다. 이는 기독교의 창조론에 대한 정면 도전으로서, 『종의 기원』은 이른바 진화론의 성서라고 할 수 있는 책이다. 크리스트교를 공인한 서기 313년의 밀라노 칙령 이후 서구인들은 기독교적 신앙에 바탕을 두고, 신(神)에 의한 창조와 신에 의한 구원을 굳건하게 믿어왔다. 그런데 『종의 기원』은 모든 생명이 신에 의해 창조된 것이 아니라 하나의 단세포에서 환경에 적응하여 스스로 진화한 것이라는 놀라운 선언이다. 그렇다면 『종의 기원』은, 신에 의해 창조되고, 따라서 신에 의해 구원될 것이라는 기독교의 가르침이 허구라는 엄청난 반기독교적 선언이다.

19세기는 이제 기독교의 신에 의한 영혼의 구원을 믿을 수 없는 시대가 되었다. 이러한 현실을 니체는 문학적 수사(修辭)로 "신은 죽었다."라고 표현한 것이다. 니체는 한 걸음 더 나아가, 기독교를 존재하지도 않은 신에게 구원을 애원하는 '노예의 종교'로 폄하하였다. 2천 년 동안 서구를 지탱시켜 왔던 기독교 신앙이 힘을 잃고 신에 의한 구원을 믿을 수 없게 되자 서구 사회는 깊은 정신적 혼란과 불안에 빠졌다. 신이 존재하지 않는다면, 내세와 구원도 없고, 당연히 선과 악도 그 구별이 없어지게 된다. 19세기 사람들은 구원(즉 내세)이 없는 현실에 절망하여, 허무주의(Nihilism)와 퇴폐주의(decadence, 데까당스)에 깊숙이 침몰되어 갔는데, 이것이 이른바 '세기말 의식'이다(이러한 종말의식에 사로잡힌 유럽인들에게 스피노자는 내일 세계의 종말이 오더라도 나는 오늘 한 그루의 사과나무를 심겠다고 한 것이다).

니체는 유럽의 이러한 정신적 위기를 새로운 가치로 전환하고자 기독교적 신의 위치에 '초인(超人, Ubermensh)'을 내세운다. 초인은 신에 의한 구원이 없는 비극적인 운명을 '초월'하여, 그 비극적 운명을 견디고 극복하여 나아가며, 그러한 비극적 운명을 사랑하기까지 하는 인간이다. 이 사랑을 '운명애(Amor Fati)'라 한다. 니체는 이 세계가 신에 의해 창조된 것이 아니라 스스로 '영겁 회귀(Ewige wiederkehr, 永劫回歸)'하는 세계임을 주장한다. 이 영겁회귀 사상은 일찍이 쇼펜하우어가 주장한 세계의 본질로서, 세계는 밑도 끝도 없고 시작도 종말도 없이 영원히 변화하고 유동하며, 거대한 회귀의 세월을 천변만화의 조화를 부리며 영원한 자기 창조와 자기 파괴를 거듭한다는 주장이다. 불교의 우주관과도 상통하는 면이 있다. 니체는 이러한 쇼펜하우어의 사상을 받아들여 창세기의 천지창조 대신 영겁회귀를 내세운 것이다. 그는 스스로 '권력의지(der wille zur macht, 權力意志)'를 가지고 근본적인 허무와 비극적인 운명을 극복하는 초인이 되어야 함을 주장한다. 권력의지란 스스로 강해지려는 의지이고 약동하는 생명력으로서 생명의 출발지점을 말한다. 니체는 종전의 인간을 '극복되어야 할 어떤 존재'로 보고, 강력한 힘과 생명력을 가진 초인으로 다시 탄생해야 한다고 주장한 것이다.

나는 「짜라투스트라」를 이해하기 위해 성경을 정독했다. 니체의 사상은 반기독교적 초인사상이기 때문에 성서에 대한 깊은 독서 없이는 그의 사상을 이해할 수 없었기 때문이다. 그리고 니체에게 깊은 영향을 미친 바그너의 음악을 감상했다. 니체의 저서 『비극의 탄생』과 『이 사람을 보라』에는 바그너의 영향이 그의 생애에 얼마나 강력했는지 잘 나타나 있다. 또 니체의 '영겁회귀' 사상에 영향을 준 쇼펜하우어의 염세주의적 철학에 대해서도 공부했다. 초인사상과 인신사상(人神思想)으로 니체에게 절대적인 영향을 미친 도스토예프스키의 소설도 정독했다. 도스토예프스키의 대표작 『죄와 벌』에는 초인사상이, 『까라마조프의 형제들』에는 인신사상이 그 배경을 이루고 있다.

이런 독서를 통해 나는 수박 겉핥기식으로나마 '세기말 의식'과 니체의 사상을 알게 되었고, 이 경험은 나의 의식(意識) 확장에 의미 있는 한 계기가 되었다.

나는 이러한 니체의 사상을 정리하여, 「초인(超人)과 권력의지, 부제 – 프리드리히 니체의 생애와 사상」이라는 제목을 붙여, 교지(校誌) 〈光高(광고) 제17호〉(1968년 1월 10일 간행)에 발표하였다.

한일회담과 베트남 파병

나의 중고등학교 시절 큰 역사적 사건을 들자면 한일 회담과 월남전 파병이다.

이 두 사건은 5·16 박정희 정권이 출범할 때 제1의 목표로 내세웠던 경제 개발과 관련이 있다. 박정희 정권은 쿠데타의 정당성을 확보하기 위해 정권 획득 후 곧바로 경제 개발에 착수했으나, 곧 심각한 난관에 빠졌다. 경제 개발에 필요한 자원이 없었던 것이다. 그는 화폐 개혁, 은행 국유화, 부정축재자 재산환수, 독일에 광부 파견 등 여러 정책을 시행했으나 국내 자본 동원은 한계가 있었고, 해외에서의 차관(借款) 도입도 용이하지 않았다. 게다가 미국의 원조까지 급감하고 있었다. 그리하여 고육지계(苦肉之計)로 마련한 계책이 바로 한일회담이다. 그때까지 교착상태에 빠져 있던 한일회담을 타결하여, 대일 청구권 자금을 경제 개발의 자금으로 쓰자는 계책이었다.

1.

한일회담은 1951년부터 시작되었으나, 한국 측의 강력한 배일(排日) 감정과 일본 측의 비협조로 그때까지 지지부진한 상태였었다. 그런데 박정희 정권이 들어서자 때마침 미국이 군사정부에 한일 국교 정상화를 강력히 요구해 왔다. 미국은 아시아의 공산 세력 위협에 한국과 일본이 국교를 정상화하고, 함께 맞서주길 바랐던 것이다. 때마침 대일 청구권으로 경제 개발을 계획하고 있던 박 정권은 곧 한일회담에 착수했다. 1961년 11월 박정희 장군은 일본 이케다 총리와 회담을 하고, 이듬해 11월 김종필 중앙정보부장이 일본으로 건너가 일본 외무상 오히라와 담판을 지었다. 그때 '김·오히라 메모'가 교환되었는데, 그 내용은, 일제 피해 배상 3억 달러, 정부 차관 2억 달러, 상업 차관 1억 달러 등이었다.

그러나 평화선 문제, 한일 간 어로(漁撈) 문제 등 몇 가지 해결되지 못한 과제가 있었는데, 1963년 12월 박정희 장군이 민간정부 대통령으로 취임하면서 이런 문제를 해결하였다. 그런데 막상 한일회담이 눈앞의 현안으로 대두되자 학생들과 야당의 강력한 반대 투쟁이 일어났다. 대일 굴욕외교라는 명분이었다. 박 정권은 이러한 반대 투쟁을 강력히 탄압하였고, 그 탄압에 대한 저항 또한 극렬히 전개되었다. 1964년 3월부터 시작된 데모는 6월 3일 1만 2천여 명의 대규모 학생들이 경찰과 유혈 충돌하는 상황에까지 이르렀고, 결국 정부는 비상계엄령을 선포한 뒤, 국군 4개 사단을 투입하여 시위를 진압했다. 이를 흔히 〈6·3 사태〉라 하는데, 348명이 구속되고, 포고령 위반으로 1120명이 검거되었다.

이러한 우여곡절 끝에 한일회담은 1965년 6월 국회에서 조인되었다. 그리고 일본으로부터 받은 배상금은 포항제철 건설, 경부고속도로 건설, 소양강댐 축조, 한강철교 복구 등에 쓰였다. 이에 대해 전후 일본에게 배상을 받은 5개국(한국, 필리핀, 인도네시아, 미얀마, 베트남) 중 우리나라가 가장 효율적으로 그 자금을 썼다는 평가가 있다.

그러나 너무 성급하게 회담을 추진한 까닭으로, 제일 중요한 한일합병의 불법적 성격을 명확하게 규명하지 못했고, 어업권이나 청구권에서 지나치게 많은 양보를 하였으며, 위안부, 징용, 징병에 대한 개인적 배상이 전혀 이루어지지 못했다는 문제점을 남겼다. 그리고 이러한 문제점은 언제라도 한일관계에 첨예한 대립과 갈등을 야기할 수 있는 불씨로 남아 있다.

2.

1960년대 중반 한국은 미국으로부터 베트남에 국군을 파견해 달라는 요청을 받았다. 당시 베트남은 북위 17도선을 기점으로 남북 베트남으로 나뉘어져 있었으나, 북베트남의 국가 지도자 호치민은 평생을 베트남 독립을 위해 싸운 민족지도자로서 전(全) 베트남 국민의 절대적 지지를 받고 있었고, 그 때문에 미군이 철수하면 남베트남은 곧 바로 무너질 운명이었다.

베트남은 제국주의가 전 세계를 휩쓸던 1884년 프랑스의 식민지가 되었다. 제2차 세계대전 말(末) 일본이 인도차이나에 진주했을 때 잠깐 일본의 지배를 받다가, 일본이 연합군에 항복하자 호치민이 이끄는 공산세력이 베트남인민공화국을 수립하게 된다. 그런데 북위 17도선 아래쪽에 주둔하던 일본군의 무장해제를 위해 진주한 영국군은 임무를 마친 뒤 전에 베트남을 식민지배했던 프랑스에게 주권을 넘겼고, 프랑스는 남베트남을 계속 지배할 야욕을 드러냈다. 그리하여 1954년 북베트남과 프랑스가 전쟁에 돌입했고, 프랑스군은 '디엔 비엔 푸' 전투에서 괴멸적인 타격을 입고 베트남에서 철군하게 되었다.

이 전쟁은 제국주의 열강(列强)이 1만 명 이상의 정예부대를 파견한 전쟁에서 식민지 세력에게 패배한 최초의 전쟁으로서, 제국주의 식민지 체제의 붕괴를 상징하는 세계사적 사건으로 역사에 기록되고 있다. 이후 제네바 협정에 따라 프랑스군은 베트남에서 철수하고, 베트남은 북위 17도선을 기점으로 남북으로 나뉘며, 차후 평화적인 국민투표로 통일을 하기로 한다.

그런데 1955년 남베트남은 제네바협정을 무시하고, 베트남공화국을 선포하고, 미국도 이러한 남베트남을 지지하며, 본격적으로 베트남에 개입한다. 제네바 협정을 이행하면 남베트남도 공산화될 것이 명약관

화했기 때문이다. 이에 남베트남에 있던 공산세력이 1960년 '남베트남 해방민족전선', 약칭으로 베트콩을 결성하여 무력 투쟁을 시작하고, 북베트남도 베트콩을 적극 지원한다.

1965년 통킹만 사건이 발생한다. 통킹만에 정박해 있던 미군함을 북베트남이 공격한 사건이다. 이로 인해 미국은 군대를 파견하며, 미국과 호치민의 전쟁이 시작되었다(훗날 이 통킹만 사건은 미국이 전쟁에 개입하기 위해 조작한 사건으로 밝혀졌다).

전쟁이 시작되기 전, 프랑스의 드골 대통령은 미국의 케네디 대통령과의 전화 통화에서, 베트남 민족이 얼마나 외세에 대해 강력히 저항하며, 호치민이 베트남 사람들에게 얼마나 절대적인 존경을 받고 있는지를 설명하고, 결코 이길 수 없는 전쟁에 발을 들여놓지 말라고 극구 말렸다는 얘기가 있다.

결국 미국은 수십만 병력과 최첨단의 무기를 가지고도 전쟁을 이기지 못한 데에다, 설상가상으로 승산 없는 싸움에 막대한 전비(戰費)를 들이고 아까운 젊은 생명을 희생을 할 필요가 어디 있느냐는 국내의 반전(反戰) 여론에 밀려 북베트남에 평화 회담을 제의하고, 허겁지겁 철군했다. 미군 사망자는 4만 5천여 명, 부상자는 30만여 명, 전비 1400억 달러였다. 미국 건국 이래 최초이고 최대의 치욕적인 전쟁 패배였다. 미군이 물러나자마자 베트남은 금방 통일된다.

우리나라는 6·25 때 미국에게 도움을 받았다는 것과 반공국가로서 남베트남의 공산화를 막아야 한다는 명분으로 베트남 파병을 결정한다. 그리고 1964년 7월 제1외과병원 병력 130명과 태권도 사범 10명의 파병을 시작으로, 1966년까지 4만 8천여 명의 국군을 월남으로 보낸다. 그러나 파병 전 미국과 합의한 '브라운 각서'에는 미국이 주월 한

국군의 모든 비용을 감당하고, 전쟁 물자를 한국에서 생산하며, 상당 액수의 지원금을 부담한다는 내용이 있다. 그럴싸한 명분과는 달리 한국 정부가 경제적 이익을 위하여 월남에 군대를 파병했으며, 이로 인해 '월남 특수'를 누렸다는 얘기이다. 월남 파병 전에는 불가능했던 유럽에서의 차관(借款)이 월남 파병 후 11개 국이 자진하여 차관을 제공하겠다고 나오고, 경공업 중심의 우리 산업이 월남전을 계기로 하여 중공업으로 전환된 것은 사실이다. 이 시기에 수출도 비약적인 발전을 보였다. 돈 때문에 명분 없는 전쟁에 개입했다느니, 한국군이 용병(傭兵)으로 갔다느니 하는 얘기가 근거 없는 것이 아닌 소이(所以)이다.

월남전은 끝난 지 수십 년이 지났지만 지금까지도 우리 사회에 몇 가지 문제를 남기고 있다. 베트남에 대한 사과, 베트남 민간 희생자에 대한 배상, 라이따이한 문제, 고엽제 피해 배상 등이 그것이다.

월남전 파병은 그 기간이 7년이나 되고, 총인원 33만 명이나 되는 한국군이 베트남엘 다녀왔다. 그 때문에 월남전이 우리 사회에 미친 영향은 깊고 컸다. 당연히 우리 문학은 이에 대응하여, 황석영의 『무기의 그늘』 안정효의 『하얀 전쟁』 박영한의 『머나먼 쏭바강』 김창동의 『순간에서 영원으로』 등의 작품을 남겼다.

나의 대학 생활

1.

내가 사범대학을 가게 된 것은, 우선 학비가 면제되어 있었기 때문이고, 또 하나의 까닭은 가르친다는 것에 의미를 두었기 때문이다.

고등학교 시절 나는 작가가 되려는 꿈을 가지고 있었고, 그 때문에 여러 종류의 책을 남독하며, 학교 공부는 소홀히 했었다. 그러나 막상 졸업을 앞두게 되자 현실적인 문제를 생각하지 않을 수 없었다. 전업 작가로서 생계를 유지한다는 게 현실적으로 어려운 일이었고, 일반 대학을 가기에는 우리 집 가계 사정이 여의치 못했다. 우리 집에 전답이 얼마간 있다 하나, 농촌 생활이란 게 근근이 자급자족 생계를 유지할 수 있을 뿐, 외지로 자녀를 유학시킨다는 게 쉬운 일이 아니었다. 게다가 나는 위로 형이 있고, 아래로 동생이 여섯이나 되었다.

그 당시 사범대학은 국책으로 학비가 면제되어 있었다. 그리고 나는 초등 시절 몸이 편찮으신 선생님 대신 동급생을 가르치며, 그 즐거움과 보람을 알았기에, 공주사범대학을 가기로 결정했다. 당시 학비가 면제되는 국립대학은 서울사범과 공주사범, 경북사범의 세 학교가 있었다. 그때는 우리나라가 산업화되기 전이었고, 다들 가난하고 일자리가 없어서, 공부 좀 한다는 학생은 사범학교나 사범대학을 선호했고, 그만큼 입학하기가 쉽지 않았다. 나는 뒤늦게 고3 몇 달 동안 시험공부에 전력투구하여, 공주사범대학엘 들어갔다. 1969년 3월이었다.

공주는 충남에 위치하는 작은 도시이나, 역사적으로는 유서 깊은 곳이다. 서기 475년 고구려의 공격으로 한성이 함락되고 개로왕까지 죽임을 당하자, 문주왕은 급히 웅진(熊津, 곰나루)으로 도읍을 옮겼다.

웅진은 북으로 차령산맥, 남으로 금강, 동으로 계룡산이 천혜의 요새가 되어, 고구려와 신라의 침략을 막기가 용이했을 뿐 아니라, 남쪽 호남평야에서 곡식을 조달하기가 쉬웠던 까닭이다. 성왕이 사비성(부여)으로 천도하기까지 64년간 백제의 도읍이었던 웅진은 당나라에 정벌된 뒤엔 잠시 웅진도독부가 있었고, 고려와 조선 시대에도 충청 지방을 다스리는 목(牧)이 있어, 지방의 주요 거점도시였다.

공주는 비단 같은 금강에 빙 둘러싸여 그 풍광이 참으로 아름답거니와, 이곳 사람들 또한 그들의 고향 공주에 대한 향토애와 자부심이 대단하다. 공주에서 부여로 넘어가는 고개가 우금치란 곳인데, 1894년 전봉준의 동학군이 이곳 우금치에서 일본군에 대패하여, 혁명의 꿈이 좌절되었던 곳이다. 공산성은 백제의 왕궁이 있던 곳으로, 금강에 바짝 접해 있는데, 성 전체가 무성한 나무에 둘러싸여 있고, 왕궁이 있었다는 한 가운데는 넓은 공터로 남아 있다. 그리고 금강 쪽으로는 지금도 그 옛날 백제의 성벽이 그대로 남아 있다. 1500년 역사의 생생한 증표이다. 공주의 옛 이름인 웅진, 곰나루는 시내에서 서북쪽으로 4㎞쯤의 거리에 있는 금강가 나루터인데, 애달픈 전설이 서려 있다.

옛날 강 건너 연미산 굴에 살던 암콤이 금강에서 고기를 잡던 어부를 납치해 굴속에 가둬 놓고 함께 살았다. 자식이 2명 생기자 암콤이 잠깐 방심한 틈을 타 어부가 도망을 쳤다. 뒤늦게 이를 안 암콤이 두 자식을 데리고 쫓아갔으나, 어부는 뒤돌아보지 않고 강을 건너갔다. 절망한 암콤은 새끼들과 함께 강에 뛰어들어 죽었다. 곰나루의 유래설화이다.

공주사범대학은 1948년 단과대학으로 개교하여, 지금은 2만 2천여 명의 학생들이 다니는 거대한 종합대학이 되었는데, 내가 입학했을 때는 신입생이 겨우 393명이었다. 상전벽해라 할까, 격세지감을 느끼지 않을 수가 없다.

2.

지금 대학생들은 취업과 진로 때문에 늘 열심히 공부하지만, 우리 때에는 그런 걱정이 없었고, 대학 생활도 그만큼 느슨했다. 대학 수업은 이수해야 할 과목이 몇 되지도 않았고, 그 수업도 별 부담이 없었다. 대학 4년 동안 나는 학교 수업에는 별 신경을 쓰지 않고, 주로 독서와 동아리 활동으로 시간을 보냈다.

내가 가장 열성적으로 활동한 동아리는 문학동인 〈수요문학회〉였는데, 열심히 읽고, 열심히 쓰고, 치열하게 토론하고, 어렵게 동인지를 만들었다(이에 대해선 다음 장(章)에 다시 기술하기로 하고, 여기에선 그 구체적인 것을 생략한다).

그리고 또 하나 내가 동아리 활동을 한 것은 〈바인 클럽, Vine club〉이다. 바인 클럽은 독서와 토론을 하는 동아리로서, 매주 한 권의 책이나 작가, 사상가를 미리 지정하여, 읽고, 독후감을 발표하고, 자유롭게 토론하는 모임이다. 나는 고등학교 때부터 제법 책을 읽었기 때문에 모임에서 많은 의견을 말할 수 있었고, 또 그 발표를 위해 문사철(文史哲)에 관한 꽤 광범위한 독서를 했다. 이 바인클럽에서 실존주의에 대해 발표한 것 중 '싸르트르의 실존주의'를 요약해서 대학신문인 〈공주사대 학보〉에 발표하기도 했다.

우리 대학의 축제는 가을에 있었는데, 그 축제 가운데 하나가 연극제였다. 3학년 학기 초에 나는 학생회로부터 그 연극의 책임을 위임받아, 가을까지 동분서주하였다. 사실 그 전까지 나는 연극에 문외한이었다. 그런데도 무모하게 만용을 부려 덜컥 응낙을 한 것이다. 내가 선정한 희곡은 극작가 오학영의 〈악인의 집〉이었다. 먼저 희곡을 프린트하고, 배우를 공모하고, 배역을 정하고, 매주 모여서 연습을 했다. 그런데 배우들이 다 모이기가 쉽지 않았다. 연습을 많이 했는데도 연기가 나아지지 않은 학생들도 많았다. 무대 장치도, 조명도, 효과 음악도 나 혼자 해야 했다. 힘들었지만 뒤늦게 수원수구한들 무슨 소용이랴. 고생은 했지만, 그 덕에 나는 연극에 대해 눈을 뜨게 되었고, 일선학교에 나와서도 학교 축제 때 여러 번 연극을 지도하여 상연하였다.

대학 시절 또 내가 열정을 쏟은 것은 책 만드는 일이었다. 나는 나의 글이 활자가 되어 나오는 것이 괜히 좋았다. 그 때문에 고2 때는 니체의 사상에 대한 글을, 고3 때는 김동인의 문학에 대한 글을 교지에 실었다. 뒤에 다시 언급하려니와, 나와 조동길, 노동섭, 강석주, 최병두 등은 수요문학 회원이면서 〈허당(虛堂)〉을 결성하여, 〈허당 제1집〉이라는 프린트물 작품집을 내고, 졸업할 때까지 동인지 〈수요문학〉 6권, 학회지 〈금강문학〉 2권, 교지 〈공주사대학보〉 1권을 만드는 데 주도적 역할을 하였다. 그 시절은 지금과 달라 컴퓨터가 없었고, 책을 만들려면, 출판사에서 원고를 보고 글자를 한 자씩 일일이 찾는 문선(文選), 책의 모양으로 활자를 배열하는 조판(組版), 그리고 조판된 초고(草稿)를 찍어 잘못된 글자를 바로잡는 교정(校訂)의 과정을 거친 다음 인쇄에 들어갔다. 교정도 1차, 2차, 3차를 반복한다. 그렇게 해도 오자, 탈자가 나온다. 내가 한 일은 원고의 수집, 비문(非文)이나 문맥이 안 맞는 문장을 바로 잡아 고치는 교열과, 편집, 교정인데, 이 때문에 방학 때 집에도 가지 않고 인쇄소에서 숙식을 하며 지낸 적이 많았다. 당시엔 학생들의 글은 물론, 교수님의 원고에도 비문이 너무 많고 문장의 앞뒤 호응이 안 맞아, 차마 그대로 활자화하기 어려운 글들이 많았다. 누가 시킨 것이 아니라 내가 좋아서 한 것이다.

3선 개헌과 유신체제의 출발

1968년은 6·25 이후 남북의 긴장이 최고조에 달한 해였다. 이 해 1월 21일 청와대를 습격할 목적으로 북한 무장공비 30명이 남파되었다가 김신조를 제외한 전원이 살해되었고, 남한도 이에 대응하기 위해 실미도 특수부대를 창설하였다(그 후 1972년 7·4 공동성명으로 남북이 화해 무드로 접어들자 실미도 특수부대는 해산됨). 또 1월 23일 미국 군함 푸에블로호가 원산 앞바다에서 북한에 납치되고, 11월에는 울진 삼척 지역으로 120명의 공비가 대대적인 침공을 감행하였다.

이러한 배경에서 1969년에 3선 개헌 논의가 일어났다. 나라 안팎이 심히 어지러운 상황에 안보를 굳건히 하고, 박정희 정부가 야심차게 밀어붙인 경제 개발을 계속하기 위해서는 박정희 대통령이 다시 한 번 대통령을 해야 한다는 주장이었다. 1967년 중임(重任)으로 대통령이 된 박정희 장군이 다시 3번째로 대통령이 되기 위해서는 헌법을 고쳐야 했는데, 당시 야당은 물론, 재야와 학생들의 극렬한 반대에 부딪쳤다. 심지어 여당의 일각에서도 반대하는 사람이 나와, 숙청되기도 했다. 그러나 박정희 정권은 이런 반대를 무릅쓰고 온갖 권모술수를 동원하여 개헌안을 통과시켰다. 1971년 새 헌법에 의해 박정희 대통령은 김대중 야당 후보와 대결해서 다시 대통령이 되었다.

그때 김대중 후보는 40대 기수론을 앞세워 바람몰이를 하면서 만약 박정희 대통령이 또 대통령이 되면 우리나라는 총통제(總統制)가 되어 박 대통령의 영구집권 체제가 될 것임을 역설하였다.

그리고 그의 말대로 박 대통령은 3선 대통령이 되자 곧바로 유신(維新) 체제를 준비하였다. 유신이란 『시경(詩經)』에 있는 말로 '모든 것을 새롭게 한다'는 뜻인데, 일본의 명치유신(明治維新)을 본받아, 쿠데타를 도모한 것이다. 이른바 1972년 '10월 유신(十月維新)'이다. '10월 유신'의 골자는, 우선 대통령 직선제를 폐하여, 대통령이 영구 집권할 수 있는 길을 터놓았고, 반대 세력을 제압하기 위해 유신정우회 국회의원이라 하여, 국회의원의 1/3을 대통령이 임명하며, 언론, 출판, 집회, 결사의 모든 자유를 극단적으로 제한했다. 이는 민주주의의 조종(弔鐘)이며, 극단적인 독재의 출발이었다. 박정희 장군의 권력욕이 불러온 희대의 참사이며, 한국 민주주의의 대참극이었다.

당연히 이에 반대하는 항의가 전국을 휩쓸었다. 야당과 재야의 인사, 종교계, 교육계를 막론하고 각계각층에서 유신 반대를 외치며 떨쳐 일어났다. 박 정권은 이러한 반대 세력을 탄압하기 위해 긴급조치를 잇달아 발표해, 긴급조치가 제9호에까지 이르렀다. 이런 긴급조치는 초헌법적 억압 조치로, 유신체제에 대한 일체의 반대, 비판, 비방을 금지하고, 이를 어기는 자는 영장 없이 체포, 구금하여 비상군법회의에서 터무니없는 중형을 선고받았다. 1972년 유신 선포 당시 대학가는 그 반대의 선봉에 섰으며, 대학 정문엔 탱크까지 앞세운 군경이 진주해 왔고, 대학은 무기한 문을 닫았다. 우리는 학교 안으로 들어가지도 못하고, 분노와 절망, 무기력에 젖어 학교 앞 다방에 죽치고 앉았거나, 대낮부터 막걸리 집에서 울분을 토로하거나 했다. 학기 중인데도 하릴없이 귀향한 학생들도 많았다.

유신 정권은 정당성 없는 독재 체제를 유지하기 위해 정보부 요원, 군 감찰부 직원, 사복 경찰들을 대학, 언론사, 교회, 사찰 등에 잠입시키고, 그들 체제에 조금이라도 반대하는 사람들을 모조리 색출, 고문하고 투옥하였다. 심지어 무고한 사람을 북한 간첩으로 조작하여 사형에 처하기도 했다. 1974년 〈인혁당 재건위 사건〉이 그 대표적 예이다. 극단적 공포 정치로 국민의 눈과 귀, 입을 막은 것이다.

나는 이때의 무기력하고 절망적인 상황을 소설로 썼는데, 그것이 「우리들의 환계(環界)」(수요문학 제9집, 1972)와 「그해 늦가을 어느 오전」(금강문학 제7집, 1972)이다. 그리고 훗날 유신체제 하에서 부당한 국가 권력에 의해 삶을 망쳐 버린 청년의 이야기 「장림(長霖)」(신인문학제3호 1988)을 발표했다. 장림이란 긴 장마란 뜻으로 유신 기간 동안의 부정적인 우리 현실을 비유적으로 말한 것이다.

기독교와 예수

대학 1학년 때 나는 잠깐 심문식과 심홍식 형제가 하숙하는 집에서 하숙을 했다. 두 사람은 우리 마을 옆 동네 칠봉리 사람으로서, 부모님들은 평소 잘 아는 사이였다. 그런 연유로 나는 입학시험을 볼 때, 홍식 형의 하숙집에서 신세를 졌고, 입학하자 그와 한 집에서 하숙을 하게 된 것이다. 두 형제는 독실한 크리스찬이었고, 나에게 교회를 다니도록 권유했다. 나는 조금 망설이다가 문식 형이 다니는 반죽동 성결교회엘 나갔다. 그리고 참다운 믿음을 가져 보려고 꽤 노력하였다.

그러나 헛수고였다. 고교 때 읽었던 프리드리히 니체의 반기독교적(Antichrist) 사상의 영향 때문인지, 아니면 종교에 대한 강한 비판적 정신 때문인지 참다운 믿음이 생기지 않았다. 신앙에서 중요한 것은 '단순한 성스러움'이 아닐까 생각한다, 회의(懷疑)하지 않고 경전에서 말하는 것을 그대로 믿는 단순함과, 본래의 자기를 버리고 신의 가르침을 전폭적으로 따르는, 이른바 다시 태어나는 성스러움을 지닌 사람은 복 받은 사람이라 할 수 있다. 나는 기독교인이 될 수는 없었으나, 2천 년 동안이나 서구사회를 지배해 오고, 지금도 전 세계로 그 세력을 확대하고 있는 기독교를 바르게 알고 싶었다. 그런 까닭으로 그 후에도 나는 틈나는 대로 성서를 읽고, 기독교에 관한 여러 서적들을 읽어서, 기독교와 예수에 대한 내 나름의 정리된 생각을 지니게 되었다.

1. 구약 성서와 이스라엘 민족

교회에서는 구약과 신약 66권을 정경(正經)으로 정해, 복음이라고 한다. 구약 39권, 신약 26권이 그것이다. 정경 외에도 외경(外經), 위경 (僞經)이 있다.

익히 알려져 있듯 구약성서는 기독교와 유대교가 함께 경전으로 쓰고 있는 책으로, 히브리족의 우주관이요 탄생신화이며, 역사서이다. 그 주인공은 아담과 이브, 노아이고, 아브라함, 모세, 다윗, 솔로몬이다.

히브리 부족장 아브라함은 그의 아들 이삭을 제물로 바치라는 여호와(야훼)의 명령을 그대로 행하는 지극한 믿음으로, 여호와의 축복을 받아, 그의 후손들이 세상의 주인이 되리라는 약속을 받는다. 아브라함의 증손자 요셉은 환란을 피해 에집트로 가서 수상이 되고, 그의 종족은 크게 번성한다. 그러나 그 후 400여 년이 지나자 이스라엘족은 노예가 되고, 모세가 여호와의 명을 받아, 이들을 이른바 젖과 꿀이 흐르는 가나안땅, 오래 전 아브라함에게 약속했던 곳으로 인도한다. 가나안으로 가던 중 모세는 시나이산에 올라가 여호와 하나님으로부터 〈10계명(十誡命)〉과 기타의 율법을 받고 내려와, 백성들과 계약을 맺는다.

이스라엘이 선택 받은 민족이라는 사상(이른바 선민사상, 시오니즘)은 바로 시나이산에서 맺은 이 언약에 뿌리를 두고 있고, 그 후 이스라엘의 신앙과 역사는 바로 이 언약에 기초하고 있다. 언약의 중심적 내용은, 이스라엘 민족은 영원히 유일하신 여호와 하나님을 섬기며 그의 율법을 충실하게 지킨다는 것과, 여호와 하나님은 이스라엘 민족을 선택하여 축복하고, 메시아 민족으로 삼는다는 것이었다.

모세 십계(十誡) 중 첫째 계명이 "나 이외의 다른 신을 섬기지 말라."인데, 이 말은 여호와 외에도 다른 신들이 있었다는 것과, 당시의 여러 부족(12 지파)들이 여러 다른 신들을 섬기고 있었음을 시사(示唆)한다. 모세가 시나이산에 올라갔을 때 여러 부족들이 자기들의 신을 섬기다가, 벼락을 맞는 장면이 이를 증명한다. 실제로 구약을 보면 아람과 수리야 지방 사람들이 섬기는, 행복을 가져다주는 신 갓(gad), 바빌론과 아시리아인 들이 섬긴 네르갈(Nergal), 삼손을 죽인 불레셋인들이 섬긴 다곤(Dagon), 셈족 고유의 남신(男神) 바알(Baal), 롯과 그의 큰딸이 낳은 아들들의 후손인 모압족이 섬기는 그모스신, 페니키아와 수리아 백성들이 숭배한 풍요와 섹스(생식)의 신 아세라(Asherah), 에베소 지역의 생식과 풍요의 신 아데미(ademi) 등 많은 신들이 등장한다. 세계 여러 지역의 원시 종교를 보면 부족들마다 그들 고유의 신을 숭배하고 있고, 이들 부족이 통합 국가를 이루면서 자연스럽게 여러 신들이 공존하는 다신(多神)사회가 된다.

여호와도 처음엔 이런 부족신, 지방신으로서, 아브라함족의 수호신이었다. 그런데 구약에 나타나 있는 여호와는 약탈과 전쟁신의 풍모를 뚜렷이 보여주고 있다.

"지금 가서 아말렉을 쳐서 그들의 모든 소유를 남기지 말고 진멸하되, 남녀와 소아(小兒), 젖 먹는 아이와 소떼와 양떼, 낙타와 나귀를 가릴 것 없이 모조리 죽이라."(사무엘 상 15장 3절)

"이민족(異民族)들의 성읍(城邑)들에서는 숨쉬는 것을 하나도 살려두지 말라. 헷족, 아모리족, 가나안족, 브리즈족, 히위족, 여부스족은 너희 하나님 여호와께서 명하신 대로 전멸시켜야 한다." (신명기 20장 10~17절)

위의 두 구절은 전쟁신으로서의 여호와의 무자비하고 잔혹한 속성을 약여(躍如)하게 보여주거니와, 이러한 무서운 전쟁신의 면모는 출애굽기, 레위기, 민수기 등 구약의 곳곳에서 어렵지 않게 찾아볼 수 있다.

대저 전쟁신은 물산(物産)이 풍요롭지 못한 척박한 지역에서 생존을 위해 약탈과 전쟁을 삶의 수단으로 삼는 부족들이 섬기는 신인데, 이스라엘족의 삶의 터전이 불모의 사막지대임을 감안하면 이를 쉽게 이해할 수 있다. 물론 척박한 땅에서 삶을 영위하는 사람들이 모두 전쟁신을 숭배하는 것만은 아니다. 구약에도 여러 번 언급되고 있는 바알신은 토지 소유의 신이며 곡물, 가축, 과일의 결실과 성장을 주관하는 농업신이다. 또한 생존이 어려운 척박한 땅에서는 생식(生殖)과 성교(性交), 풍요의 여신 아세라와 아데미 같은 여신들이 숭배된다. 이런 여러 신들 중 가장 전투적이고 독선적이며 배타적인 신이 바로 여호와였고, 여호와를 숭배하는 아브라함족의 속성 또한 여호와적이었다.

모세와 여호수아는 다른 여러 부족들, 아모리와 바산, 모압, 여리고 등을 멸망시키며 가나안으로 들어갔고, 그 영광을 그들의 신 여호와에게 돌렸다. 아무런 은원(恩怨) 관계도 없이 평화롭게 살고 있는 다른 부족들을 무자비하게 멸망시키고 그들 소유의 재산을 빼앗는 것은 의롭지 못한 일이다. 이런 의롭지 못한 행동을 정당화하기 위한 심리적 기제(機制)가 바로 선민사상이다. 우리는 하느님의 선택을 받은 민족이고, 너희는 하나님께 버림받은 민족이니, 우리는 너희를 살육할 권리가 있다는 논리이다. 이러한 선민사상으로 무장한 이스라엘족은 그만큼 배타적이며 호전적이었고, 평화로운 타 부족들을 멸망시켜가며 민족국가로 성장한다. 선민사상은 이스라엘이라는 국가를 형성할 때까지는 매우 유효한 사상이었으며, 다윗과 솔로몬 시대는 이러한 이스라엘의 전성기였다.

그러나 민족국가로 성장한 이스라엘이 세계 무대에 등장한 후 선민사상은 더 이상 힘을 발휘할 수 없었다. 아시리아, 바빌로니아, 로마 같은 강대국을 전쟁으로 제압할 수 없었을 뿐 아니라, 이스라엘의 선민사상은 그러한 강대국에 적대적으로 대항하는 기제로 작용했기 때문이다.

인류의 역사를 통시적(通時的)으로 고찰해 보건대, 막강한 하나의 강대국이 출현하면, 그 강대국의 영향이 미치는 모든 지역을 통치한다. 그리고 대부분의 국가는 그 강대국의 통치를 받아들이며 생존한다. 물론 그러한 통치와 지배가 옳다는 것은 아니나, 인류는 고대부터 현재까지 그런 방식으로 살아왔던 것이다. 그런데 이스라엘의 선민사상은 본질적으로 그러한 강대국의 지배를 결코 용납할 수 없는 속성을 지니고 있었다. 자기들이 하나님의 선택을 받은 민족이고, 자기 민족이 세계를 지배할 것이라는 약속을 받았는데, 어떻게 타민족에게 굴복하여 그들의 지배를 받아들인단 말인가.

이스라엘은 그 선민사상 때문에 극렬하게 저항했고, 그러한 저항이 바빌로니아 유수(幽囚) 같은 사건을 초래했던 것이다. 바빌로니아 유수란, 신바빌로니아 왕 네브갓네잘 2세가 3차례에 걸쳐 예루살렘을 파괴하고, 이스라엘의 귀족·군인·공인(工人) 등 국가 경영의 핵심층 4,5000여 명(추정)을 바빌론으로 끌고 가서, 노예로 부렸던 사건이다. 다른 모든 주변 국가가 신생 강대국 신바빌로니아 앞에 무릎을 꿇었는데, 이스라엘만은 굴복하지 않았고, 신바빌로니아는 그러한 이스라엘에게 '유수'라는 가혹한 채찍을 휘둘렀던 것이다. 그러나 이스라엘은 그러한 고난을 겪으면서도 선민사상을 버리지 않았다. 그들은 자기들의 신앙을 더욱 굳건히 하고 정체성을 지키면서, 여호와가 선민사상을 완성시켜줄 메시아(구세주)를 보내서 자기들을 구원해 주리라 굳게 믿었다.

1세기경에도 이스라엘은 새로 나타난 강대국 로마의 지배를 받고 있었다. 그들 이스라엘 민족은 자기들을 로마 통치에서 해방시켜주고, 더 나아가 로마 대신 자기들이 세계를 지배하게 될 세상을 열어줄 메시아가 출현하길 애타게 고대하고 있었다. 이러한 때에 예수가 나타났다.

2. 예수의 등장

나자렛에서 목수 생활을 하던 한 젊은이가 어느 날 돌연 하나님의 나라가 가까이 왔음을 선포하며 역사의 무대에 등장한다. 그는 죽은 나자로를 살려내고, 귀신 들린 자에게서 귀신을 쫓아낼 뿐 아니라, 사나운 파도를 한마디 말로 잠잠하게 하는 초월적인 이적(異蹟)을 행하며 새로운 복음을 선포한다. 이런 이적을 행하고 이런 말을 할 수 있는 자가 과연 누구일까. 메시아가 아니라면 누가 그런 권능을 가질 수 있을까.

이스라엘 사람들은 여호와가 약속했던 바로 그 분, 그들이 오랜 동안 기다려왔던 바로 그 메시아가 드디어 출현했다고 열광적으로 예수를 환영한다. 그러나 그들은 얼마 지나지 않아 열화와 같이 분노하여, 그 예수를 이스라엘의 공적(公敵)으로 몰아 십자가에 매달고 만다. 신약 4 복음서는 공히 예수의 죽음을 상세하게 묘사하고 있는데, 이스라엘인들이 예수에게 얼마나 분기탱천했는지를 잘 보여준다. 대제사장 가야바와 장로들, 군중들은 예수가 이스라엘의 왕을 참칭(僭稱)했다면서 반역죄로 로마 총독 본디오 빌라도에게 십자가에 매달 것을 요구한다. 그러나 빌라도는 예수에게 죄가 없음을 눈치 채고, 그를 방면하려 한다. 그러자 분노한 이스라엘인들은 금방 민란이라도 일으킬 기세로 빌라도를 압박하고, 빌라도는 유월절을 맞으면 죄수 한 명을 놓아주는 관례를 내세워, 민란을 일으키고 살인죄를 범한 바라바와 예수를 군중들 앞에 세운다. 그러자 군중들은 예수를 십자기에 매달고 바라바를 구한다.

이스라엘 백성들은 왜 그렇게 분노하여 예수를 십자가에 매달았을까. 십자가형은 당시 가장 흉악한 범죄를 다스리는 형벌이었는데, 예수가 무슨 잘못을 저지른 것일까. 예수의 가르침에 그 해답이 있다. 우선 예수는 "가이사(시저, 황제)의 것은 가이사의 것이요, 하나님의 것은 하나님의 것"이라 하여, 지상에서의 로마 황제의 권세를 인정하고 있다. 이 말씀은 이스라엘족이 왕중 왕이 되어 지상의 권세를 독점해야 한다는 선민사상을 정면으로 부정하는 것이다. 그뿐이 아니다. 예수가 가르친 하나님은 구약에 나타나 있는 하나님과는 너무 다르다. 앞에서 언급했듯이 구약의 하나님은 이스라엘만 선택한 선민사상(불평등사상)의 소유자이며, 자기를 따르면 무한한 편애와 축복을 주고, 자기를 따르지 않으면 무자비한 저주와 멸망을 주는 신이며, 시기하고 질투하는 신, 즉 편애하는 신이다. 그런데 예수가 말하는 하나님은 불평등이 아니라 평등을, 편애가 아니라 박애를, 저주와 멸망 대신 사랑으로 너그러이 구원해 주시는 신이다. 구약의 신이 '눈에는 눈, 이에는 이'를 강조하며 적에게 복수하고 적을 멸망시키는 신이라면, 예수의 하나님은 "원수를 사랑하라."고 가르치는 분이다. 예수가 말한 하나님은 사실상 아브라함과 모세의 하나님이 아닌 전혀 다른 하나님인 것이다.

다시 말하면, 예수의 말씀은 구약의 핵심인 선민사상을 전면적으로 부정하는 것이고, 이를 비유적으로 말하면, 이스라엘인들이 수천 년 동안 목숨처럼 지켜왔던 억만금의 보증수표를 예수는 부도난 휴지라고 선언한 것이다. 당연히 이스라엘인들은 그들의 가장 소중한 것을 파괴하려 한 예수를 십자가에 매단 것이다. 요컨대, 구약의 하나님이 한 부족, 한 민족의 편협한 하나님인 데 비해 예수가 말한 하나님은 인류의 모든 민족, 모든 국가가 긍정할 수밖에 없는 보편성을 지닌 하나님이었다.

당대 이스라엘의 최고 율법사였고 뛰어난 지적 능력의 소유자였던 사울(훗날 바울)은 예수의 가르침이 유대교를 그 근본에서부터 파괴할 것을 알고서 예수의 가르침을 따르는 무리를 무섭게 핍박했던 것이고, 결국 그 지적 능력으로 예수의 가르침이 얼마나 보편적이고 위대하고 아름다운 것인가를 깨닫고 개종하여, 사도 바울이 되었던 것이다.(사도 바울이 기독교의 형성에 얼마나 지대한 공헌을 했는가는 신약성서의 로마서, 고린도전서, 고린도후서, 갈라디아서 등이 모두 바울이 쓴 편지임을 보아도 알 수 있다. 그는 그의 뛰어난 지적 능력으로 유대교의 한계를 극복하고 크리스트교가 세계적 종교가 되게 하는 데 결정적 역할을 하였다.)

유월절에 예수와 함께 심판대에 올랐다가 군중들에 의해 목숨을 건진 바라바는 누구인가. 그는 선민사상을 실현시키려 로마에 대항하다가, 로마 장교를 죽인 열심당원(셀롯, Zealots, 혹은 혁명당원이라고도 함)이었다. 그 때문에 이스라엘 사람들은 예수를 버리고 바라바를 구하고자 했던 것이다.

널리 알려져 있는 이스라엘의 마사다 요새는 예루살렘에서 100km쯤 떨어져 있는 천혜의 요새이다. 450미터나 되는 높은 절벽 위에 건설된 이 요새는 헤롯왕이 유대인의 반란과 로마인의 배신에 대비하고자 세운 것이다. 서기 66년 경 이스라엘은 로마와의 전쟁에서 완강히 저항하다가 요새가 함락되자 남녀노소 없이 960명 전원이 자결이라는 극단적인 선택을 했는데, 그들이 모두 열심당원이었다.

요컨대 이스라엘인들은 지상(현세)에서의 선민사상이 이루어지길 바란 데 비해 예수는 천상(내세, 하나님의 나라)에서의 구원을 강조했던 것이다.

3. 과잉복수에서 제한복수로, 다시 사랑으로

고교 시절 나는 세계사 시간에 바빌로니아의 왕 함무라비가 메소포타미아 전역을 통일하고, 세계 최초의 성문법인 『함무라비 법전』을 제정했다는 것을 배웠다. 그런데 그 법전에 '눈에는 눈, 이에는 이를'이라는 내용이 있다는 말을 듣고, 이를 매우 이상하게 생각했다. 〈동태복수법(同態復讐法)〉 혹은 〈동해보복법(同害報復法)〉이라 불리는 것으로, 상대방이 나의 눈을 뽑으면 나도 상대방의 눈을 뽑고, 상대방이 나의 이를 뽑으면 나도 상대방의 이를 뽑아서 복수를 한다는 것이다. '눈'과 '이'라는 인체의 한 부분을 구체적으로 인용한 것이 매우 인상적이었으나, 나는 그때 그 말의 참다운 의미는 잘 몰랐었다. 내가 그 동태복수법의 진정한 의미를 알게 된 것은 한참 훗날이었다.

익히 알려져 있듯 인류의 정신은 오랜 시간의 흐름에 따라 깊어지고, 높아지고, 넓어지며 발전해 왔다. 마치 개울물이 여럿 모이면서 냇물이 되고, 냇물이 강물로, 강물이 바닷물이 되듯이 인류의 정신도 오랜 시간을 통해 진화하고 발전해온 것이다. 함무라비의 동태복수법은 그 이전까지 인류를 지배해 왔던 '과잉 복수' 현상과 비교해 보아야 그 참다운 의미가 확연하게 드러난다. 함무라비 이전까지 인류는 상대방이 내 눈을 뽑으면, 나는 상대방의 눈만 뽑는 게 아니라 목까지 물어뜯고, 상대방이 내 이를 뽑으면 나는 상대방의 이를 뽑고, 게다가 허리까지 베었다. 분노와 맹목적인 살의에 사로잡힌 짐승의 복수와 크게 다를 바 없는 과잉 복수를 행하며 살아온 것이다. 이에 대해 함무라비는 우리 인간은 짐승이 아니므로, 상대방이 나에게 해를 끼친 만큼만 보복해야 한다는 '제한 복수'를 주장한 것이며, 과잉 복수에 비해 함무라비의 정신은 명백하게 매우 이성적인, 위대한 인간 정신의 발현이라 할 수 있다. 구약성서 곳곳에 '눈에는 눈으로, 이에는 이로'라는 구절이 있는데, 이는 함무라비 이후 예수의 출현 때까지 인류의 정신은 동태복수법에서 한 걸음도 더 나아가지 못했음을 의미한다.

그런데 예수라는 인물이 출현하여, 과잉 복수, 제한 복수가 아니라 "원수를 사랑하라."고 외쳤다. 원수를 사랑하라! 상대방이 오른뺨을 치면(보복하지 말고) 왼뺨까지 돌려 대어라. 예수가 처음 입을 열었을 때 이스라엘 사람들은 얼마나 기이하게 느꼈을 것인가. '눈에는 눈으로, 이에는 이로'에 사로잡혀 있는 그들에겐 한 번 들어 본 적도, 상상해 본 적도 없는 낯설디 낯선 말씀. 그러나 생각해 보면 생각해 볼수록 인간이 지금까지의 견고한 껍질을 깨치고 새로운 어떤 가능성의 존재로 비상하는 놀라운 말씀이었다. 게다가 그가 행하는 이적(異蹟)은 또 얼마나 놀라운가. 이런 말씀을 하고, 이런 이적을 행하는 그는 과연 누구인가. 메시아! 메시아다! 그들은 예수에 열광하였다. 그러나 그들은 곧 예수가 말한 하나님과 그들이 오래 믿어왔던 하나님이 같은 하나님이 아니란 걸 깨달았다.

그리하여 예수는 그를 죽이려는 사람들에게 둘러싸였다. 예수는 자기를 향해 다가오는 죽음의 그림자에 전율한다. 그는 살고 싶다. 그러나 동시에 그가 그간 가르친 말씀으로부터 도망치고 싶지도 않았다. 원수를 사랑하라! 오른뺨을 치거든 왼뺨까지 돌려 대어라! 이는 원수에게 복수하지 말고, 사랑으로 용서할 뿐 아니라 그들이 원하는 것을 내어주라는 뜻 아닌가. 그렇다면 그들이 목숨을 원하면 목숨까지도 내어주어야 한다. 예수는 죽음에 대한 공포와 고통으로 처절하게 몸부림친다. 피땀을 흘리며 하나님께 기도한다. 나에게서 이 잔을 거두어주소서. 그러나 내 뜻대로 마시고 아버지의 뜻대로 하소서. 겟세마네동산에서 제자들에게 잠자지 말라던 당부는 무엇인가. 죽음의 무게를 홀로 감당하기 어려워 처절하게 신음하는 예수의 인간적인 모습이다.

예수는 마침내 십자가에 못 박힌다. 왜 예수는 십자가에서 내려와 자기를 죽이려는 적들에게 죽음으로 보복하지 않는가. 죽은 자까지 살려내던 그의 초능력이 갑자기 사라져 버렸는가. 왜 그는 십자가의 굴욕을 떨쳐버리고 내려와 그의 적들을 모조리 멸망시키지 않는가. 예수는 자기를 죽이려는 자들을 저주하지 않는다. 오히려 편집된 교리와 현실적 이익, 동물적 살의의 열정에 사로잡혀, 사람을 죽이려는 추악하고도 비참한 처지로 전락되어 있는 그들을 사랑으로 구원하려 한다. 일곱 번의 일흔 번까지 용서하는 것, 그것이 그의 가르침 아니던가. "저들은 저들이 하는 짓을 모르나이다. 아버지여, 저들을 용서하소서."

그리하여 예수는 죽음에의 엄청난 공포와 고통을 감당하며, 자기를 죽음으로 몰아넣은 자들에 대한 사랑과 용서, 구원하려는 의지를 마지막 순간까지 잃지 않은 채 절명한다. 그래서 그는 최후의 순간에 "다 이루었다!"고 외칠 수 있었다. 그는 드디어 이룬 것이다! 그가 그간 베푼 말씀을 행동으로 이루어 보여준 것이다. 이 순간 인류는 원수와 적에 대해서까지 사랑과 용서, 구원을 베풀 수 있는 위대한 존재로 승화할 수 있음을 증거 받게 되었다(말씀은 아무리 아름다워도 공허한 것이다. 누가 100미터를 5초에 달린다 한들 무슨 감동이 있겠는가. 실제로 5초에 달리는 것을 보여 주지 않는다면. 어떤 사람이 올림픽에서 100미터를 5초에 달렸다면 다른 사람들도 그 같은 능력을 잠재적으로 가지고 있음을 의미한다. 우리가 올림픽에서 새로운 기록이 나올 때마다 열광하는 까닭이 바로 여기에 있다.).

만약 예수가 죽음의 공포와 고통을 모르는 초월적 존재였다면, 그의 죽음은 우리와는 아무런 상관도 없는 무의미한 것이 된다. 그러나 그는 우리와 똑같이 애타게 살고 싶어 하였으며, 죽음에 대한 공포와 고통으로 처절하게 울부짖었다. 그는 우리와 똑같은 인간이다. 그럼으로, 예수의 죽음은 바로 우리의 죽음일 수 있고, 죽음까지를 뛰어넘어 사랑과 용서, 구원을 실천하였던 그의 승리는 바로 우리 모두의 승리일 수 있다.

이런 의미에서 예수는 함무라비적 정신에 오랜 동안 머물러 있던 인류의 정신을 한 순간에 전혀 다른 차원으로 발전시킨 위대하고 위대한 스승이다. 비유적으로 말하자면 몇 억 광년(光年)을 달려도 도달할 수 없는 거리를 예수는 한 순간에 돌파해 버린 왕 중의 왕, 인류 정신 발달과정에서의 대영웅이다. 좀 극단적으로 말하면 나는 예수 이후 2천 년 동안 인류의 정신은 한 걸음도 앞으로 나아가지 못했다고 생각한다.

문학 동아리 〈수요문학〉

1.

〈수요문학〉은 그 당시 우리 대학 내에 있던 오래된 문학 동아리다. 유금호, 윤강원, 유근조, 이명수, 박종기, 안광태, 이시연 등이 이미 문단에 올라 활동을 하고 있었고, 우리와 함께 활동하다가 등단한 동인으로는, 최병두, 조동길, 강석주, 구중회, 유병환, 엄기창, 전병만, 김준옥, 문복주, 박휘규 등이 있다. 공주사범대학은 당시엔 서울사범, 경북사범과 함께 우리나라에 3개밖에 없었던 유서 깊은 국립사대로서, 〈수요문학〉 이전에 이미 임강빈, 조재훈, 최원규, 한상각, 김명배, 임성숙 등 많은 문인들을 배출하였다.

나는 입학 초에는 동인 활동을 하지 않았다. 학기 초에 신입생을 대상으로 회원을 모집할 때, 동급생 조동길, 강석주, 노동섭, 송혜숙이 회원으로 들어갔으나, 나는 가입하지 않았다. 문학이란 혼자 하는 것이고, 또한 그들의 수준이 너무 낮아, 나와는 어울리지 않는다는 치기 어린 생각을 했던 것이다. 그후 내가 문학에 뜻을 두고 있다는 것을 안 〈수요문학〉 회원들의 권유로 2학기가 되어 수요문학에 합류하였다.

그 중에서도 1년 선배 최병두와 우리 학번 조동길, 노동섭, 강석주, 나, 이렇게 5인은 동인 〈허당(虛堂)〉을 결성하여, 조동길의 집을 〈허당루〉라 하여 본부로 삼고 (이때 조동길의 집에서 나와 노동섭이 함께 살았음) 하루 24시간을 함께 생활했다. 우리 허당 5인은 수요문학의 중추로 자처하며 프린트판 「허당 5인집」을 발간하기도 하고, 그때까지 실질 활동이 미미하고, 형식적이었던 〈수요문학회〉를 전면적으로 혁신하기로 했다. 문학에의 열정이 충만했던 우리는 우선 회장으로 문제가 있었던 박00을 제명하고, 최병두를 회장으로 추대했다. 우리는 1년에 2권의 동인지를 내기로 했으며, 매주 회원들의 작품을 프린트하여, 품평회를 갖기로 했다. 우리는 졸업할 때까지 이를 충실하게 이행하여, 수요문학 제5집에서 10집까지 6권의 동인지를 간행했다. 1970년대 초의 열악한 환경에서 대학생들이 동인지를 발행한다는 것은 극히 어려웠다. 특히 사범대학은 가난한 수재들이 학비를 면제받고 다니는 학교라서 집안이 넉넉한 학생이 거의 없었다. 그러나 우리는 천신만고(?)를 이겨내고, 이를 완수했다.

　매주 작품을 프린트하여 품평한다는 것도 쉬운 일이 아니었다. 우선 작품을 프린트하는 일이 쉽지 않았다. 마침 최병두 동인이 한일인쇄사에서 필경사(筆耕士)로 아르바이트를 했기 때문에 이 일이 가능했는데, 이는 행운이었다. 필경을 최병두 동인이 직접 하고, 프린트는 무료로 했기 때문이다. 최 동인의 헌신이 컸다. 문학 품평회는 공주문화원에서 매주 수요일 저녁에 개최되었는데, 이날 품평에 오른 작품은 거의 모두 박살이 난다. 회원들이 어찌나 날카롭고 신랄하게 비평을 하던지 작품을 낸 회원은 참지 못해 울화를 터뜨리거나, 엉엉 울거나, 동인을 탈퇴한다고 뛰쳐나가기도 했다. 이런 과정을 통해서 문학에 대한 기초를 확립하고, 차츰 나은 작품을 쓰게 된다.

　2.
　〈수요문학〉은 또 요란한 시화전을 개최하였다. 문화 행사가 빈곤한 소도시에서 학생들과 주민들에게 시화전이 어떤 것인가를 선보이고, 또 그 시화를 판매하여 동인지 발행 대금을 마련하고자 함이었다. 시화전이 끝난 뒤 그 시화를 각급 기관장이나 유지(有志)들에게 판매하기로 한 것이다. 나는 불어과 유재경 교수님을 찾아 갔는데, 학생이 교수에게 시화를 강매(?)한다는 게 민망하여,
　"교수님, 좀 민망합니다."하고 겸연쩍은 얼굴로 말했더니,
　"허허허, 너무 맑은 물에서는 물고기가 못 사는 법일세."하고 따뜻하게 격려해 주셨다. 대인다운 풍모가 약여하였다.
　우리는 국어과 학회 일에도 적극 간여하여, 그간 주로 스포츠 관계 일에 쓰여 온 회비로 학회지를 내게 하였다. 그 전에 맥이 끊겨 있었던 〈금강문학〉을 부활시켜, 그 편집과 간행을 맡았던 것이다. 〈금강문학〉

만이 아니었다. 우리는 마찬가지로 맥이 끊겨 있었던 교지 〈공주사대
학보〉를 부활시켜 그 모든 실무를 맡았다.

나는 개인적으로 이러한 책 만들기에 가치를 두어, 즐거이 자진하여
일을 하였다.

나는 이때를 사범대학 문학의 르네상스라 생각하고, 그때 활약했던
조동길, 구중회, 유병환, 김성수 등이 그대로 사범대 교수가 되고, 그
밖의 동인들이 거의 다 문단에 데뷔하여 창작 활동을 계속한 것이 우
연이 아니라고 생각한다.

3.

그리고 이러한 활동 뒤에는 조재훈 교수님이 계셨다. 조재훈 교수님
은 학문과 문학 양면에 모두 넘치는 사랑과 열정을 쏟아, 뛰어난 성취
를 이룩하신 분이다. 그는 당시 대학 교수로선 드물게 다방면에 걸쳐
깊이 있는 연구를 하신 분이다. 우선 언어학으로 그는 페르디낭 드 소
쉬르와 노엄 촘스키에 대해 열심히 가르치셨다. 우리는 소쉬르의 랑그
(Langue)가 무엇이고, 빠롤(Parole)이 어떻다는, 낯선 이론에 어안이 벙
벙했고, 촘스키의 변형생성문법에 나오는 'Deep Structure'와 'Sur-
face Structure'에 난감해 했다(선생님은 변형생성문법에 대한 책도 간행하
셨다). 또 조 선생님은 시론(詩論)을 굉장히 깊이 있게 강의하셔서 우리
를 감탄시켰고(시론에 관한 저서도 있음), 100여 편이 넘는 연구 논문을
발표하여, 사계(斯界)에 이름을 떨치셨다. 특히 그는 옛 백제 지역의 시
가에 관심을 가져, 정읍사, 산유화가, 선운산가, 무등산가, 지리산가,
방등산가 등을 깊이 있게 조명하고, 동학가요에 대해서도 애정 어린
천착(穿鑿)을 보여 주셨다. 선생님의 관심은 비단 이런 고전 시가에만
그친 것이 아니다. 선생님은 똑 같은 관심과 애정으로 현대시와 시인

114

들에 대해 많은 글을 쓰셨고, 타이완 국립사대와 중국 북경대학 교환교수로 다녀와서 한중 근대문학을 비교 연구한 논문을 발표하기도 하셨다. 그 뿐 아니라 선생님은 감수성 예민한 시인으로서, 『저문 날 빈들의 노래』 등 4권의 시집을 상재하기도 하셨다. 조재훈 선생님은 놀랍게 광범위한 책을 섭렵한 독서가요, 심오한 학자이며, 열정적인 교육자, 진지한 시인이시다. 이 시대에 드물게 보는 참스승이시다.

아, 참 빠뜨린 것 한 가지. 선생님이 욕심이 있다면 그것은 책에 대한 것일 게다. 선생님 집은 책 창고라 할 만큼 엄청난 책이 있다. 대단한 장서가(藏書家)이시다. 선생님의 해박한 지식은 바로 그 책에서 비롯된 것임을 짐작할 수 있다.

그 당시 막 우리 대학으로 오신 조 선생님은 후배이며 제자인 우리들에게 넘치는 애정으로 문학과 학문, 인생에 대해 소중한 가르침을 주셨고, 우리 허당 5인은 수시로 선생님 댁을 방문하여 밤이 깊은 줄도 모르고 말씀을 듣곤 했다.

공주(公州) 토박이 조동길 교수

오늘 공주사대에 강의를 갔다가 조동길 교수를 만나 점심을 먹었다. 그가 내 강의가 오늘 있다는 것을 알고, 미리 기다리고 있었던 것이다.

조 교수는 공주사범대학 국어과 교수로 평생을 바친 교육자요, 학자요, 그리고 소설가이다. 나는 조동길 선생을 생각하면 문득 어렸을 때 읽었던 나다니엘 호돈의 「큰 바위 얼굴」을 떠올리곤 한다. 큰 바위 얼굴. 주인공 어니스트는 산에 있는 어질고 지혜로운 큰 바위 얼굴을 바라보며 자란다. 그리고 그런 현자(賢者)가 나타나리란 예언을 믿고, 기다린다. 한때 게더 골드(Gether gold)란 돈 많은 인물이 나타나, 사람들을 열광시키지만, 그는 곧 비천한 본색이 드러난다. 다시 블러드 앤 썬더(Blood and thunder)라는 권력자가 나타나나, 그 역시 큰 바위 얼굴이 아니다. 어니스트는 평범하지만 근면하고, 성실하다. 이웃에 마음을 열고, 누구에게나 친절하고, 겸손하다. 그리고 자연과 교감한다. 또한 그는 그의 이러한 모든 것을 시(詩)로 쓴다. 나이가 들면서 그는 사람들에게 이러한 그의 지혜를 나누어주며, 사람들의 큰 바위 얼굴이 된다.

내가 조 교수를 공주의 큰 바위라 생각한 것은 우선 그가 평생을 공주 한 곳에 바위처럼 변함없이 좌정하고 있고, 또한 바위처럼 변함 없는, 한결같은 삶을 살아왔기 때문이다. 그는 가장 전형적인 한국인의 미덕을 겸비한 사람이다. 유교에서 말하고 있는 이상적인 선비, 즉 군자요, 또한 불교에 깊이 귀의한 거사(居士)이다. 대학 1학년 때 방학을 해서 고향에 내려와 있는데, 어느 날 머리를 빡빡 밀고 방갓을 쓴 젊은이가 찾아왔다. 그가 바로 조동길 학생이었다. 만행(卍行)으로 남도를 돌아보다가 우리 집엘 들른 것이다. 그때부터 지금까지 50여 년간 그는 불교에서 영혼의 귀의처를 찾으려 노력했고, 그만큼의 깊은 경지에 이르렀으리라 생각한다. 그의 소설 중에 불교와 스님을 제재로 한 작품이 많은 것은 어쩌면 필연이라 할 수 있다.

그는 말이 없다. 말을 전혀 안 한다는 게 아니라, 필요 없는 말, 남을 해치는 말, 거짓말 같은 부정적인 말을 안 한다. 나는 그에게서 농담도 별로 들어본 적이 없다. 그 때문에 약간 건조한 느낌도 들지만, 욕설과 비방, 터무니없는 중상모략과 근거 없는 거짓말, 심지어는 협박과 공갈이 난무하는 요즈음 세상에 그의 말없음은 미덕이다. 할 말이 없는 게 아니다. 말이 지닌 무서운 힘을 알고, 혹여 그 말이 남을 해치는 칼이 될까 삼가는 것이다. 나아가 그는 남에게 화를 내지 않는다. 사람이 살다보면 어찌 화날 일이 없을까마는 그는 그 화를 밖으로 표출하지 않는다. 그래서 그는 견인주의자(堅忍主義者)다.

나는 대학 다닐 때 한 동안 그의 집에서 기숙(寄宿)한 적이 있다. 그와 한 방에서 의식주를 같이 하며 지냈는데, 단 한 번도 서로 얼굴 붉힌 적이 없다. 내가 너그러워서가 아니라, 그가 너그러웠기 때문이다.

우리가 간담상조한 것은 문학에 대한 공통된 관심과 열정 때문이었다. 그는 고등학교 다닐 때부터 〈토요문학〉이라는 문학 동아리 활동을 하며 작가의 꿈을 키워 왔는데, 그런 연유로 문사철(文史哲)에 밝았다. 대학 생활 내내 줄곧 문학 동아리 활동을 했고, 대학신문 기자로 활약하기도 했다.

그는 큰 바위 얼굴의 어니스트처럼 근면 성실하고, 꾸준히 성장한다. 사범대를 졸업한 뒤 중등학교에 재직하면서도 고려대 대학원에서 석사, 박사 과정을 마치고, 모교의 교수가 되었다. 조 교수는 장차 교사가 될 학생들을 자상히 지도하였을 뿐 아니라, 전공인 현대 소설을 꾸준히 연구하여, 해마다 쉬지 않고 많은 논문을 상재했다. 그리고 학자로서는 옆길이라 할 수 있는 소설 창작에도 정진하여, 좋은 작품을 계속해서 발표한다. 그의 논문이나 소설을 읽어보면 그가 단어 하나, 문장 하나에 얼마나 정성을 기울이고, 애써서 한 편의 글을 완성했는지 알 수 있다. 허투루, 대충대충, 적당히란 말은 그의 글과는 거리가 멀다. 그가 쓴 『우리 소설 속의 여성들』이란 저서에는 자그마치 73명의 여성들이 등장한다. 그만큼 많은 작품을 읽고, 진지하게 검토했다는 얘기이다. 그의 저서를 읽다 보면 소설에 대한 그의 지식이 얼마나 해박한가 알 수 있다. 좀 과장하여 말하면 그는 읽고 쓰는 것밖에 모르는 사람이다.

그는 지위나 권력을 탐하지 않는다. 그 때문에 대학 교수라면 누구나 한 번씩 해보고 싶어 하는 학장이나 대학원장, 또는 중요 보직에 앉아본 적이 없다. 그만큼 초연하다. 나는 그의 이러한 탈속적인 면이 불교의 영향 때문이 아닌가 생각한다. 또한 그는 권력이나 부귀에 비굴하지도 않고 아첨하지도 않는다. 바라는 것이 없기에 당당하다. 그의 소설에는 부당한 권력이나 부귀에 대한 신랄한 비판이 번뜩인다.

지금도 안타까운 일이지만 조 교수는 중년에 참척을 당한 적이 있다. 그의 영준 조정훈 박사가 카이스트 대학원에서 연구를 하다가, 가스가 폭발하여 사망한 것이다. 너무나 뜻밖의, 아무도 예기치 못한 참사가 발생했다. 그에게는 하늘이 무너지는 비통한 일이 아닐 수 없었다. 참으로 그의 개인으로는 물론, 국가적인 큰 손실이 아닐 수 없는 사건이었다. 그때 그는 아들의 조위금에 자기의 사재까지 쾌척하여 조정훈 장학재단을 설립하여, 지금까지 매년 유망한 과학도들에게 장학금을 전달하고 있다. 아들이 이루지 못한 뜻을 새로 자라나는 젊은이들이 잇기를 바라는 아버지의 아프고 슬픈 염원이 깃들어 있는 장학재단이다. 이처럼 그는 재물에 대해서도 여느 성직자 못지않게 욕심이 없다. 욕심이 없기 때문에 거짓이 없다. 드물게 진실한 사람이다.

그는 공명(功名)을 탐하지 않기 때문에 매스컴과의 인연도 많지 않고, 당연히 전국적으로 널리 알려진 인물은 아니나, 지역 사회에선 어느새 존경받는 큰 바위 얼굴이 되었다.

나는 평생 그를 나의 첫째 가는 벗으로 존경해 왔거니와, 그와 이런 인연이 있게 된 것을 나의 큰 복, 큰 은혜로 생각하고 있다.

전태일, 또는 선성장 후분배 정책(先成長後分配政策)

1.

내가 대학 2학년 때였다.

1970년 11월 어느 날, 전태일이라는 청년이 청계천 평화시장에서 분신자살을 했다. 온몸에 시너를 끼얹고, 소신공양(燒身供養)을 하듯 스스로의 몸을 불태운 것이다. 생명 있는 것은 무엇이나 죽음을 두려워하는데, 제 몸을 자기 손으로 불태우다니! 독한 사람이다! 나는 처음 이 소식을 듣고, 불평 많은 한 청년이 세상을 비관하여 생을 마감한 것으로 생각하고, 별 관심을 두지 않았다. 나의 초등학교 동무들도 거의 다 고향을 떠나 도시의 노동자가 되었지만, 나는 그들과 별 교류도 없었고, 그들의 노동 환경이 어떠한지에 대해서도 별 관심이 없었다. 전태일 분신사건에 대해선 당시 보도 통제로 사실이 제대로 보도되지 않다가, 1983년 『어느 청년 노동자의 죽음』(조영래 지음)이라는 전태일 평전이 나온 뒤에야 나는 비로소 이 청년 전태일에 주목하게 되었다.

그는 그 시대 젊은이들이 그러했듯 별 교육을 받지 못했다. 생계유지를 못해 초등학교 4학년을 중퇴한 전태일은 12살에 신문팔이, 구두닦이 등을 하다가, 나중에는 동대문 시장에서 잡화 장사를 한다. 그는 17세에 청계천 평화시장 기성복 제조공장 보조원(시다)으로 들어간다. 당시 그의 일당이 50원이었는데, 다방의 차 한 잔 값이 50원이었다. 그는 임금을 조금이라도 더 받기 위해 열심히 기술을 익혀 재단사가 된다. 그 시대 노동 환경은 극히 열악했다. 좁은 다락방, 어두운 형광등, 미비한 환기 장치, 초과 근무수당도 없는 14시간의 비인간적 노동시간, 형편없는 급식, 무자비하게 유린되는 인권……. 그는 박봉을 쪼개서 어린 노동자들에게 라면이나 빵을 사주면서 그들의 노동 조건에 대해 생각한다. 노동자와 사용주의 관계에 대해 생각하고, 불합리한 현실에 대해 생각한다. 그리고 근로기준법과 노동법이 있음을 알게 되고, 이러한 법령이 정하는 근로 기준과 그들의 현실이 너무나 동떨어져 있음을 깨닫게 된다. 그는 당연히 사법 당국이 이러한 현실을 모르고 있다고 생각해서, 노동청, 서울시청, 청와대 등에 진정서를 넣는다. 그런데 너무 뜻밖에도 그에게 돌아온 답변은, "찍소리 말고 가만히 있어라."였다. 공권력이 부당한 사업주를 처벌하고 노동환경을 개선하는 것이 아니라, 어처구니없게도 이를 요구한 노동자를 억누른 것이다. 전태일은 그의 동료들과 이러한 현실을 얘기하고, '삼동회'를 조직하여, 노동조합을 결성하고 사업주와 노동 환경에 대해 대화하려 하나, 이러한 시도는 모두 무산되고, 그는 사상이 불손한 '요주의 인물'로 낙인찍힌다. 그에게는 어떤 탈출구도 없었다. 그는 결국 그의 몸을 불태워 암흑한 노동 현실을 사람들에게 알리는 극단적인 방법을 택한다. 다른 방법이 없었던 것이다. 그런 의미에서 그는 이후 전개되는 노동 운동의 선구자요, 어둠 속에서 맨 먼저 횃불을 밝힌 젊은 혁명가라 할 만하다. 그의 분신(焚身)이 계기가 되어, 비로소 우리나라 대학가와 시민사회에 노동 조건을 개선하기 위한 농성과 시위가 일어나고, 노동자들도 자기들의 현실을 변혁하기 위한 투쟁에 나서게 된다.

2.

우리 문학에도 이러한 노동 환경은 큰 화두가 된다. 조세희의 『난쟁이가 쏘아올린 작은 공』이 그것이다. 난쟁이는 1970년대의 노동 현실을 적나라하게 보여 주는 노동자이고, 난쟁이의 반대편에는 거인, 즉 사용주가 있다. 난쟁이의 5 식구는 모두 열심히 일을 한다. 그런데도 그들은 시어빠진 김치와 된장국으로 가까스로 끼니를 해결한다. 막내 영희는 돼지고기 굽는 냄새를 맡으러 거인들이 사는 마을로 마실을 간다. 거인의 마을에는 기르는 개도 쇠고기를 먹는다.

만약 어떤 사람, 어떤 가족이 게으르고 무책임, 무능하여 가난하다면 이는 그 개인의 문제이다. 그러나 5 식구 모두가 열심히 일을 하는데도 여전히 가난하다면 이는 그 사회의 제도와 그 제도를 운영하는 국가의 문제가 된다.

만약에 명백하게 부당한 노동을 강요하는 현실이라면 그 현실은 당연히 혁파되어야 한다. 그런데 왜 당시 정부는 이러한 전태일의 당연한 주장을 묵살 내지 탄압하고, 줄기차게 거인의 편을 들었을까. 그 배후에는 당시 박정희 정부의 〈선성장 후분배 정책〉이 있다. 먼저 성장하고 나중에 분배한다는 정책이다. 다들 알다시피 경제는 〈투자→ 생산→ 분배→ 소비〉의 패턴으로 운용된다. 박정희 정부는 부족한 투자를 위해 한일회담으로 일본의 투자를 받고, 독일에 광부와 간호사도 보내고, 심지어 학생들에게까지 의무적으로 저축을 하도록 강제했다. 월남전에 우리 장병을 파병한 것도 자유와 평화를 지킨다는 명분보다는 경제적 이익을 취하려는 속셈이 있었다는 얘기도 있다. 이렇게 해서 세워진 공장에서 생산이 나오는데, 이는 사주의 몫과 노동자의 몫으로 나뉜다. 상식적이라면 다수인 노동자의 몫이 많고, 한 사람인 사용주의 몫이 적어야 한다. 그런데 박정희 정부는 계속 투자를 촉진하기 위해 그 생산의 대부분을 사용주에게 몰아준 것이다. 10억의 생산을 1000명의 노동자에게 분배하면 그 대부분이 소비로 쓰이지만, 1인의 사용주에게 몰아주면 다시 재투자가 된다는 것이다. "작은 파이를 여럿이 나누어 먹으면 배가 부르겠느냐. 차라리 사용주에게 몰아주어 재투자하여, 파이가 커지면 그 큰 파이를 나누어 먹는 게 낫지 않겠느냐."는 생각이다. 성장을 최우선시하는 정부에서 채택함 직한 이론이다.

당시 박정희 정부에서는 이러한 생각으로 선성장 후분배 정책을 시행했고, 기업에게는 갖가지 혜택, 예컨대 세금 면제, 금융특혜, 공장부지 무료제공, 기업 설립의 절차 간소화 등 온갖 특혜를 제공하였다. 반면 기업 운영에 방해가 되는 요소는 철저하게 탄압하였다. 이런 까닭에 생산의 대부분을 사용주에게 몰아주었고, 이런 불합리한 경제 정책에 항의하는 노동자들의 정당한 요구를 무자비하게 탄압하여 잠재웠다. 이러한 정책의 결과로 기업들은 승승장구하여, 해마다 몇 개씩 새로운 회사를 세우고, 단기간에 세계적인 재벌 그룹으로 성장하게 되었다.

3.

그런 면에서 본다면 오늘날 유수한 우리나라의 대기업에는 많은 부분 노동자의 몫이 위탁되어 있고, 국가와 기업은 그만큼 분배에 대한 책임이 있다고 생각할 수 있다. 파이가 충분히 커졌으니, 이제 나누어야 할 때가 되지 않았느냔 얘기다.

그런데 저간의 우리 대기업과 재벌의 행태는 어떠한가. 자본주의에서 기업의 경영은 이윤의 창출에 있다고 하지만, 우리 기업은 족벌 경영, 분식 회계, 순환 출자(出資), 정경유착, 문어발식 경영, 불탈법 세금

탈루, 비정상적인 기업 상속 등 너무나 많은 문제를 일으켜 국민의 공분을 사고 있다. 기업이 사업주 한 사람 것인 양 마음대로 횡포를 부리고 있다. 후분배에는 아예 관심이 없다. 빈익빈 부익부 현상이 갈수록 심해지고, 상류층과 하류층의 소득 격차가 해가 갈수록 더 벌어진다. 이는 국가의 장래를 위해서도 심히 우려할 일이다.

선성장은 그런 대로 성과를 이루었으나, 후분배가 이루어지지 않고 있는 것이 지금 우리의 현실이다. 거시적 관점에서 현재 우리의 상황을 냉철하게 봐야할 때이다.

실존주의(Existentialism) 철학과 문학

1.

요즈음 대학생들은 주로 어떤 책을 읽는지 잘 모르겠으나, 우리 시절엔 이른바 문사철이라 하여 문학, 역사, 철학에 관심이 많았다. 독서도 주로 문사철에 치우쳤고 일상의 대화도 '데칸쇼(데카르트, 칸트, 쇼펜하우어)'가 어떻고, 실존주의가 어떻고 하며, 목소리를 높였다. 책을 잘 안 읽는 젊은이들도 외출할 때 카뮈나 싸르트르, 카프카의 소설 한 권쯤 겉멋으로 들고 다니곤 했다.

나도 이 시절 실존주의에 경도되어 여러 책을 섭렵하였다. '실존'이란 '현실적인 존재'로서 의 '인간의 삶'을 의미하고, 이러한 실존의 의미를 궁구하는 것이 실존주의 철학이다. 실존주의는 근본적으로 2 갈래로 나뉘는데, 유신론적 실존주의와 무신론적 실존주의가 그것이다.

유신론적 실존주의는 인간은 신에 의해 창조된 존재임을 전제하고,

신 앞에서 인간은 어떤 존재인가를 탐구한다. 키엘케고르, 야스퍼스, 마르셀, 베르자예프 등이 그들이다. 예컨대 키엘케고르는, 인간은 신 앞에 고독하게 서(立)는 단독자이고, 불안과 절망에서 비약하여 신에 대한 절대적 귀의를 통해 종교적 실존의 최고 단계에 이르려 한다. 야스퍼스 역시 초월자에 대한 성실, 사랑, 신앙을 역설하고, 마르셀도 신에 대한 독실한 신앙과 신과의 대화 속에서 종교적 실존을 찾으려 한다.

그러나 만약 신이 존재하지 않는다면 인간 존재는 어떤 의미를 가질 것인가. 여기에서 무신론적 실존주의가 출발한다. 나는 앞 장(章) 『짜라투스트라는 이렇게 말하였다』에서 19세기 들어 과학이 발달하고, 과학적 진리와 기독교적 교리가 충돌하면서 '세기말 현상'이 나타났음을 언급하였다. 기독교적 신앙이 인간을 구원할 수 없다는 절망에서 오는 허무주의, 퇴폐주의, 종말의식이 그것인데, 이러한 현실에서 무신론적 실존주의가 출발한다. 그리고 그 첫머리에 프리드리히 니체가 있다. 그는 신에 의한 세계와 인간의 창조 대신 '영겁회귀'하는 세계에 비극적으로 탄생한 인간을 제시하고, 존재하지도 않는 신에게 구원을 간청할 것이 아니라(그는 기독교를 노예의 종교라 하였다), 구원이 없는 비극적 운명을 수긍하고 나아가 그 비극적 운명을 사랑하는(운명애) 초인(ubermansh)이 될 것을 역설하였다.

하이데거는 인간을 '죽음의 존재(sein zum tode), 종말의 존재(sein zum ende), 시간의 존재(sein zum zeit)'로 규정하고, '특정된 시간과 공간에 내던져진 특수한 존재(geworfenheit)'로 본다. 인간은 근본적으로 자유롭기 때문에 자기 의지를 가지고 사유할 수 있으며, 따라서 그는 '스스로를 내던지는 존재'가 될 수 있고, 무엇인가 의지를 가지고 이루어가는 존재가 될 수 있다. 하이데거는 이를 현존재(dasein)라 명명했다. 현존재는 구체적 시공간에서 자아를 실현하여 자기 존재를 증명해야 하며, 이는 전적으로 자기 책임이다.

싸르트르의 실존주의는 '실존은 본질에 앞선다(Existence precedes essence)'라는 명제에서 출발한다. 예를 들면, 칼이나 가위, 의자 같은 도구적 존재는 본질이 실존보다 앞선다. 왜냐 하면, 도구는 그 도구를 만드는 자가 먼저 본질(용도, 혹은 목적)을 정하고, 그 본질에 따라 도구를 만든다(실존). 인간도 신이 창조했다면, 본질을 먼저 정하고, 그 본질에 맞춰 인간을 창조했다고 할 수 있다. 그러나 신이 존재하지 않는다면, 인간은 본질이 없이 갑자기 그 존재가 나타났다고 할 수 있다. 이런 의미에서 인간은 본질이 없는 존재, 자유로운 존재, 자유로울 수밖에 없는 존재, 그러므로 축복이 아닌 저주스러운 자유의 존재, 본질이 없기 때문에 불안한 존재, 나아가서 스스로 자기의 본질을 형성해야 하는 존재라 할 수 있다. 도스토예프스키의 『죄와 벌』에서 "신이 없다면 인간은 무엇이나 될 수 있다"는 말은 바로 본질이 없는 실존적 자유를 말한 것이다. 싸르트르 최초의 소설 『구토』는 일상에 파묻혀 무의미하게 살던 주인공 로깡땡이 어느 날 갑자기 구토를 하기 시작하며 고독한 실존을 깨달아 가는 과정을 표현한 작품이다.

싸르트르는 기존의 가치에 구애되지 않는 자유, 무엇이나 될 수 있고 할 수 있는 개인의 자유와 선택을 강조한다. 그렇기 때문에 그에 따른 책임 또한 전적으로 그 개인에게 있음을 주장한다. 개인은 자기 본질을 만들어 나가기 위한 '앙가주망(engagement. 싸르트르가 사용한 철학 용어. 자기 구속 또는 자아 형성 행위)'을 해야 한다. 또한 개인은 한 개인으로 존재하며 동시에 운명적으로 타인과 함께 살아가는 '세계 내 존재'이기 때문에 앙가주망은 필연적으로 타인과 사회에 대한 행동과 책임까지를 포함한 개념이다. 그런 의미에서 싸르트르는 "실존주의는 휴머니즘이다(L'existentialisme est un humanisme)."라고 말한다(이는 그의 저서 이름이기도 함). 실제로 싸르트르는 그의 주장대로 앙가주망을 실천하여, 제2차 세계대전이 발발하고 프랑스가 독일의 지배하에 놓였을 때 레지스땅스 운동을 하였으며, 한때는 가장 열정적으로 공산주의 운동을 하기도 했다. 베트남전에 반대하기도 하고, 알제리의 독립을 지지하기도 했다. 그는 사회적 약자나 소외된 자, 정치적 불이익을 받는 자들을 위해, 정치적 사회적 부조리에 정면으로 맞서는 투쟁을 전 생애 동안 지속적으로 전개했는데, 이는 한 개인의 자유와 선택이 어떻게 사회적 책임으로까지 확대되는가를 몸소 실천으로 보여준 것이라 할 수 있다.

2.

이러한 실존주의를 가장 이해하기 쉽게 문학으로 형상화한 사람이 바로 알베르 카뮈이다. 그의 소설 『이방인(L'etranger)』의 주인공 뫼르소는 선박회사에 다니는 평범한 청년이다. 그는 어머니의 장례식에서도 눈물 한 방울 흘리지 않고, 담배를 피우고 커피를 마시고, 잠들어 버린다(사회에선 어머니의 장례식 때 눈물을 흘리는 사람을 필요로 한다). 그는 어머니 상중(喪中)에도 마리라는 처녀와 영화를 보고 함께 밤을 보낸다. 아무런 이유 없이 아랍인을 총으로 쏘아 사살하고, 햇빛 때문이었다며, 전혀 뉘우치지 않는다. 판사는 그런 뫼르소를 조금도 이해하지 못한 채 사회의 적이자 괴물이라며 사형을 선고한다. 그는 죽음이라는 한계 상황에서 신앙과 구원의 유혹을 떨쳐 버리고, 부조리한 자신과 세계를 똑바로 마주 한다. 뫼르소는 삶과 현실에서 소외된 이방인이다. 기존의 관습과 규칙에 얽매이지 않는다. 자신에게 솔직하다. 그는 세계의 부조리를 인식하고 허위의 도덕을 강요하는 인간들에게 저항하는 새로운 인간이다. 카뮈가 말하는 부조리한 인간이다.

소설 『페스트』는 페스트가 창궐하여 모든 통행이 금지되고 고립된 도시 오랑에서 갖가지 군상의 인간들이 어떻게 행동하는가를 보여준다. 오랑은 탈출과 구원이 없는 세계를 상징한다. 그리고 페스트는 악(惡)과 억압, 죽음 등 피할 수 없는 부조리를 대변한다. 이런 부조리한 현실에서 어떤 자는 허무주의에 빠져 자살하고, 어떤 자는 탈출할 수 없는 도시에서 탈출하려는 무의미한 시도를 하고, 어떤 자는 구원이 없는 종교로 도피하고자 한다. 주인공인 의사 리외는 페스트를 이길 수 있다는 낙관적 기대 없이 묵묵히 사람들을 치료한다. 그는 허무와 비관에 담대하게 맞선다. 공포, 죽음, 이별의 슬픔 등 극한적인 고통과 절망을 통해 인간의 실존을 체험하면서도 꺾이지 않는 의지로 당당하게 투쟁한다. 죽음이라는 절대적 한계 상황에서 어떤 노력도 부질없다는 걸 알면서도 맹렬하게 나아간다. 소설 속에 다음과 같은 구절이 있다. "인간 속에는 경멸해야 할 것보다 칭찬해야 할 것이 더 많다." 부조리한 세계에 대한 반항에서 인간 본연의 모습을 찾으려는 카뮈의 적극성이 잘 드러난 말이다.

앙드레 말로의 소설 『인간의 조건』은 1927년 중국 4·12 쿠데타를 배경으로, 테러리스트인 첸과 키요가 등장한다. 이들은 공산당 테러리스트로 활약하다가, 국공(國共) 합작을 배신한 장개석을 암살하려 한다. 그러나 그들의 시도는 실패하여, 첸은 권총 자살을 하고, 키요는 체포된 뒤 독약을 마시고 죽는다. 그러나 이러한 소설의 줄거리는 이 작품에서 큰 의미가 없고, 중요한 것은 이들 주인공들의 의식세계이다. 앙드레 말로는 절체절명의 죽음 앞에 선 인간의 비참과 공포를 치열하게 보여주고, 이러한 '인간의 조건(운명)'에서 인간이 그 존엄을 유지하기 위해서는 끊임없는 투쟁, 즉 행동과 모험을 결행해야 함을 주장한다. 앙드레 말로는 그 스스로 이러한 그의 사상을 실천하여, 동서양을 드나들며 반제국주의, 반파시즘 투쟁을 하였으며, 스페인 내전에 참전하기도 하고, 레지스땅스에 몸을 던지기도 했다. 말로의 문학을 행동주의라 지칭하는 까닭이 여기에 있다.

카프카의 소설 『변신』에서 그레고르 잠자는 어느 날 한 마리의 벌레가 되어, 가족과 이웃에게 버림받은 채 비참한 최후를 마친다. 현실의 부조리와 불안, 소외, 소통의 부재 등을 우화적인 변신 모티브로 형상화한 작품이다.

그밖에도 생텍쥐페리의 작품 『야간비행』에서 비행사 파비앙은 남아메리카의 끝 파타고니아를 향해 야간 비행을 한다. 여기에서 남아메리카의 끝이란 장소는 더 나아갈 데 없는 극한 상황을 암시한다. 그 극한 상황에서 주인공은 폭풍우를 만난다. 설상가상. 그는 폭풍 구름 위로 떠올라 밤하늘에 반짝이는 별들을 보며, 무사히 귀환한다는 것이 불가능함을 감지한다. 극한 상황 속에서 인간이 가진 의미는 무엇일까를 탐구한 작품으로, 작가의 비행 경험이 바탕이 된 소설이다. 생텍쥐페리는 『인간의 대지』에서도 사막에 추락한 비행사인 주인공이 겪는 극한상황에서의 심리를 묘사하고, 인간적인 연대감과 타인에 대한 배려와 책임감이 인간을 인간답게 하는 요소임을 역설해 보여준다. 그는 『어린 왕자』에서도 실존의 의미는 관계맺음과 그 관계에 대한 책임에 있음을 암시한다. 비행사로서 사하라 사막에 2번이나 불시착한 생텍쥐페리의 체험을 바탕으로 한 작품들이다.

―나는 싸르트르의 실존주의를 요약하여 1970년 공주사대 대학신문인 〈공주사대 학보〉에 발표하였다.

1500년 만에 빛을 보다, 무령왕릉

1971년 대학 3학년 때였다.

공산성에서 조금 떨어져 있는 송산리 고분군에서 난리가 났다. 엄청난 왕릉이 새로 발견되었다는 얘기였다. 그때가 7월 5일 경이었는데, 우리는 그 소식을 듣자마자 송산리로 달려갔다. 송산리는 이미 소식을 듣고 몰려든 사람들로 인산인해를 이루고 있었다. 경찰이 폴리스 라인을 쳐 놓고, 고분 근처로 접근하는 사람들을 제지하느라 안간힘을 쓰고 있었다.

송산리 고분군은 오래 전부터 왕이나 왕족들의 무덤이 있는 곳으로 알려져 왔다가, 1920~30년대에 대략적인 발굴이 끝나, 30여 기의 백제 옛무덤이 있는 것으로 조사되었다. 그런데, 그 중 5호분과 6호분의 벽에 물이 새어나와, 임기응변으로 무덤 밖으로 빙 둘러 3미터 가량의 배수구를 파다가, 우연히 새로운 무덤의 입구를 발견한 것이다. 무령왕릉이 1500여 년 만에 햇빛을 본 것이다.

이 무덤이 무령왕릉이라는 증거는 무덤 안에서 나온 지석(誌石)의 '百濟斯麻王(백제사마왕)'이라는 기록에 의한 것인데, '사마'란 일본말로 '시마' 즉 섬(島)을 뜻하고, 무령왕이 섬에서 태어났기 때문에 이런 명칭으로 불리게 된 것이다. 『삼국사기』에도 무령왕을 '사마왕(斯摩王)'으로 지칭하고 있고, 지석에는 왕이 62세에 돌아가셨다는 것과 그 날짜까지 정확하게 기록되어있다

『삼국사기』에 의하면 무령왕은 신장이 8척이 될 정도로 컸고, 미목(眉目)이 준수하였을 뿐 아니라 성품이 인자 관후하여 국왕으로서의 자질을 겸비하였다 한다. 그는 23년간 재위하면서 부국강병에 힘써, 개로왕의 사망 이후 한성을 버리고 웅진으로 천도를 하지 않으면 안

되었을 만큼 극도로 약화되었던 국력을 회복하여 백제를 다시 강국으로 만들었다. 무령왕 사후 성왕의 중흥 정치는 바로 이러한 무령왕의 치적을 바탕으로 이루어졌다는 게 우리 사학계의 정설이다.

무령왕릉의 가치는 첫째, 완전한 처녀분(발굴, 도굴된 적이 없는 분묘)으로서, 엄청난 매장물을 원형 그대로 보존하고 있다는 것이고, 둘째, 묘지(墓誌)가 있어서 묘의 주인이 누구인지, 당시의 매장법이 어떠했는지, 등 학술상의 중요한 재료가 된다는 점이다.

무령왕의 관곽은 일본에서만 나는 금송으로 제작되었는바, 수령(樹齡)이 350∼600여 년이고, 지름이 130Cm 가량이라고 한다. 당시 백제와 일본의 교류가 어떠했는가를 알 수 있거니와, 벽돌로 쌓아 만든 왕릉의 방식이 당시 중국 남제(南齊)의 영향을 받은 것으로, 백제의 대외관계를 알 수 있다 한다.

훗날 무령왕릉의 발굴이 끝나고 공주박물관에서 그 부장품을 전시할 때, 우리는 그 종류의 다양함과 화려함, 그리고 엄청난 수량에 크게 놀랐다. 무려 4,600여 점의 유물이 전시된 것이다. 그때 부장품으로 나온 왕과 왕비의 금제 관식(冠飾)이나 귀걸이, 목걸이, 뒤꽂이, 팔찌, 금은이나 유리로 된 구슬, 도자기, 환두대도 등은 모두 진귀한 것으로, 그 중 10여 점은 국보로 지정되었다. 보물로 지정된 것도 다수이다. 무령왕릉 발굴로 인해 우리 사학계와 고고학계는 백제 문화와 역사를 연구하는 데 귀중한 재료를 확보하게 되었다. 그리고 국립공주박물관은 무령왕릉 출토품을 전시하게 되어서, 비로소 국립박물관으로서의 내실(內實)을 갖추게 되었다. 공주박물관을 '무령왕릉 박물관'이라 지칭해도 지나치지 않을 지경이었다.

무령왕릉의 발굴은 1971년 사학계, 고고학계의 최대 사건이었고, 그 덕택에 조그마한 지방도시 공주가 한 동안 매스컴의 화려한 스포트라이트를 받았다.

그녀와의 인연

1.

1971년 대학 3학년 초였다.

내가 활동하던 문학 동아리에선 새 학기가 되어 신입 회원을 모집하였다. 해마다 연례적으로 하는 일이다. 문학 동아리는 매주 몇 명씩 작품을 발표하고, 그 작품에 대해 품평을 하는데, 두어 달 지나자 한 여학생이 내 눈에 들어왔다. 처음에는 별로 도두 보이지 않았으나, 자주 볼수록 단정한 외모에 시원하게 큰 눈, 오똑하게 뻗은 코와 도톰한 입술, 아담한 몸매 등 ……. 나도 모르게 자주 눈이 갔다. 거기에다 가끔 한마디씩 하는 말에 날카로운 위트와 유머가 번득였다.

5월. 동아리 활동을 마치고 나의 제일 친한 벗과 둘이 하숙집으로 가는데, 길 옆 성당 담장 가에 흐드러지게 피어 있는 아카시아 꽃이 마치 함박눈을 맞은 듯하고, 그 향기가 너무 짙어 잠깐 머리가 어지러울 지경이었다.

"너 신입 여학생 K를 어떻게 생각하니?"

불쑥 그런 말이 내 입에서 튀어나왔다. 아마 나도 모른 새에 그녀를 생각하고 있었던가 보다.

"…K?"

"걔, 볼수록 괜찮아 보이더라."

"그래? 난 잘 모르겠던데……."

"아니야! 걔, 유머와 위트도 뛰어나고, 꽤 괜찮아 보이던데……. 너 한 번 사귀어 보지 않을래?!"

"그래?"

그는 큰 관심 없다는 듯 무심하게 말했다.

그런데 그 말을 내뱉은 다음 순간 나는 아차! 하는 생각에 사로잡혔다. 왜 내가 그런 말을 했던가. 나는 엄청나게 소중한 무언가를 무심하게 친구에게 주어버린 듯한 상실감에 가슴이 덜컥 내려앉았다. 아, 왜 내가 그런 말을 했던가.

그 후 나는 심한 갈등과 괴로움에 시달렸다. 잠을 이루기가 어려웠다. 그녀가 내 마음 속에 이미 거부하기 어려울 정도의 커다란 존재로 다가왔음을 실감했다. 그리고 그럴수록 내가 친구에게 한 말을 후회하고, 또 후회했다. 그러나 어쩌랴. 한 번 뱉은 말을 다시 주워 담을 수도 없고. 친구가 그녀와 사귀기로 한다면 나는 내 마음을 내보여 볼 기회조차 없는 것이다.

2주 후 동아리 활동을 마친 다음 귀가 길에 나는 다시 친구에게 넌지시 말했다.

"야, 생각해 봤냐?"

"뭘?"

친구는 생뚱맞다는 듯 물었다.

"K와 사귀는 것 말이야. 지난번에 내가 말했잖아?"

"난 또 뭐라고? 난 관심 없어야."

"너 그게 정말이야? 그럼 그때 그 말은 안 했던 것으로 한다."

나는 무슨 중대한 선언이라도 하듯 재빨리 말했다. 그리고 속으로 가슴을 쓸어내렸다. 지난번 무심히 내뱉었던 말을 가까스로 수습해 원점으로 돌린 것이다.

"자식, 싱겁긴!"

친구가 눈치를 채고 웃으며 말했다. 나도 겸연쩍게 웃었다.

2.

그녀가 K다. 나는 그녀에게 한눈에 반했다. 그리고 그녀에게 다가갔다. 우리는 달빛이 은실처럼 쏟아지는 금강의 백사장과, 낙엽이 사르륵거리며 내려앉는 공산성의 호젓한 오솔길, 솔바람 소리 쓸쓸한 곰나루의 언덕, 미나리 싹이 푸르른 제비둑을 걸으며 많은 이야기를 했다. 가끔씩 내가 노래를 부르기도 했다. 좀 멀리 계룡산 갑사와 사곡면 마곡사엘 간 적도 있다.

그녀는 경기도의 소도시 안성 사람이었다. 그녀의 집은 가난했지만, 그녀는 어렸을 때부터 매우 총명하였다. 중학 1학년 때 그녀는 〈5·16 장학생〉이 되었다. 〈5·16 장학재단〉은 박정희 장군이 쿠데타를 한 뒤 설립한 장학재단으로, 당시로선 매우 파격적인 재단이었다. 학교에 납부해야 할 수업료보다 많은 장학금을, 그것도 고등학교를 졸업할 때까지 6년 간 계속해서 지급했다. 5·16 장학생들은 대통령 내외의 초청을 받아 청와대를 구경하고, 다과와 식사를 대접 받는 게 관례였다 한다. 그녀는 이 장학금 덕택에 고등학교까지 학업을 마쳤고, 학비에 쓰고 남은 돈을 어려운 가계에 보태기도 했다.

대학을 다니면서도 그녀는 부모로부터 학비를 지원받지 못했다. 공주는 지방에 있는 작은 도시라 과외하기도 어려운 곳이었으나, 그녀는 학생들을 가르치며 학업을 이어갔다. 집에 갈 때도 돌아올 차비까지 준비해 가야 할 때가 많았다.

나는 대학을 졸업할 때까지 2년 간 꾸준히 그녀의 마음을 얻기 위해 노력했고, 군대에 가서도 3년 동안 줄기차게 편지를 썼다. 크리스마스 같은 때는 카드를 16 페이지 소책자로 만들어 보내기도 했다. 카드 안에 내 마음을 표현한 시와 단문을 정성스럽게 써 넣었다.

우리는 1978년 11월 결혼했다. 그녀를 만난 지 7년 8개월만이었다.

아내는 모든 일에 매우 진지하고, 정성을 다한다. 허식적인 것, 거짓인 것을 매우 싫어한다. 검소하고 근면하다. 그리고 예민하다. 남에게 폐 끼치는 것을 싫어하고, 남이 무례한 것도 싫어한다. 그녀는 헛되이 시간을 낭비하는 것을 싫어한다. 시간이 나면 늘 책을 읽거나 무언가 일을 하고, 그림을 그린다. 교사로 재직하는 30여 년 동안 계속 지역 화가의 화실에 나가 그림을 그렸으며, 동호회 전시회도 몇 번, 개인전도 한 번 열었다. 지금도 이 지역에서 수채화로 유명한 김미혜 화가의 화실에 나가 그림을 그리는 게 큰 낙이다.

아내의 대화에는 위트와 유머가 넘친다. 학창 시절엔 '유머 킴'이란 이름으로 불렸고, 교사로 재직할 땐 학생들에게 '끊임없는 유머감각'이란 별명으로 불린 적도 있었다.

아내는 나무와 꽃과 풀 등 식물을 좋아한다. 그 때문에 우리는 결혼 직후부터 전원주택을 짓기로 하고, 88 올림픽 즈음 천안시 부대동에 과수원 300여 평을 매입했다. 그리고 그 땅에 2002년 집을 지어, 지금까지 살고 있다. 우리 집엔 수십 년 묵은 소나무 18 그루가 담장을 따라 성벽처럼 서 있고, 모과나무, 감나무, 주목, 동백, 백일홍, 영산홍 등의 나무들과 갖가지 종류의 꽃나무들이 사철 꽃을 피운다. 그리고 텃밭에는 고구마, 감자, 고추, 대파, 도라지, 더덕, 상추, 쑥갓, 아욱, 부추, 오이, 가지, 파프리카, 참외, 호박, 노각 등 온갖 채소가 자란다. 아내가 좋아서 하는 일이다. 씨를 뿌리면 어김없이 나오는 새싹이 귀엽고, 매일 자라는 모습이 대견하고, 때가 되면 꽃을 피우고, 이윽고 소담한 열매를 맺는 것이, 예쁘단다.

우리는 딸과 아들을 낳아 길렀다. 어느 부모나 그렇겠지만 아내의 자녀를 향한 사랑은 극진하다. 본래 허약한 몸으로 아이들을 낳고, 게다가 직장엘 나가면서 아이들을 키우느라 고생이 많았다. 내가 고3 담임이라고(야간 학습 지도) 늦게 귀가하고, 문학 동인들과 싸돌아다닐 때, 아내 혼자 육아와 집안의 모든 일을 다 했다. 나는 지금도 이 점에 대해 아내에게 부채감을 갖고 있다.

내가 소설을 쓰면, 아내는 몇 번이고 반복해서 읽어보고, 우선 오자나 탈자가 없나, 문장의 앞뒤 호응이 이상하지 않나, 구성이 이상하지 않나, 쓸 데 없는 사족이 붙어 있지 않나, 매우 엄격하게 검토하고, 조언해 준다. 아내는 국어 교사이고, 문학에 대해 상당한 안목을 지니고 있기에, 나는 아내의 의견을 경청하고, 작품을 다시 손본다. 아내는 내 소설 최초, 최고의 독자요, 엄혹한 비평가이다.

2013년 5월 나는 신장의 급성 염증으로 병원에 입원하여, 62일 만에 퇴원하였다. 고열이 계속되고 염증이 패혈증으로 변해서, 여러 가지 항생제를 투여하고, 나중에는 의료보험 혜택을 받을 수 없는 미국제 항생제까지 써서 가까스로 병증을 잡았다. 그런데 같은 해 10월 22일 또다시 입원하게 되었다. 이때도 염증이 너무 심해서 사경을 헤매다 결국 신장 2개를 절제해야 했다. 36일 입원 후 몸이 너무 쇠약해져서 부축이 없이는 걸을 수 없을 지경이 되어서 나는 병원을 나왔다.

퇴원 후에도 나는 거의 잠을 못 잤고(병원에서 처방해준 약을 8알까지 먹었으나, 잠을 이루기 어려웠음), 또다시 2017년 8월 응급실로 실려갔다. 놀랍게도 혈압이 40과 18이 나왔다. 역시 패혈증이었다. 의사는 아내를 따로 불러 '준비를 해야겠다'는 무서운 말을 누차 했고, 나는 여러 날 의식 없이 식물인간처럼 누워 죽음과 맞싸웠다.

나는 세 번 입원했고 그때마다 거의 빈사상태에 이르렀는데, 그런 내가 다시 살아난 것은 오로지 아내의 피눈물 나는 희생과 헌신 덕이었다. 아내는 거의 초인적인 힘으로 나를 간병했다. 수시로 의사와 간호사를 불러오고(대학병원에서 의사는 강의도 하고 외래 환자도 보아야 하기 때문에 정기 회진 시간이 아니면 만나기가 쉽지 않다), 시간 맞춰 밥과 약을 먹이고, 화장실 갈 때 부축하고, 변비가 생기면 관장까지 했다. 아내는 내가 입원해 있는 동안, 나의 모든 동태와 의사와의 상담, 간호사의 왕래, 투약의 종류와 횟수 등, 모든 것을 몇 일 몇 시 몇 분 단위로 적으며 간병을 했는데, 그 노트가 4권이나 된다. 나는 지금의 삶을 선물로 받은 것이라 여기고, 감사하며 살려 하는데, 그 선물을 준 사람은 아내라 생각한다.

우리 사회에선 자식과 아내를 자랑하면 팔불출이라 하여, 금기시하는 경향이 있는데, 나는 아내에 대해 예찬 외에 할 말이 없다. 나는 아내를 진실로 사랑한다. 처음 만났을 때의 마음이 지금도 그대로이다. 그 때문에 평생 도덕적으로 아내에게 미안한 일을 한 적이 없다. 나는 아내를 만나, 본래의 나보다 훨씬 나은 사람이 되었다고 생각한다. 그녀가 고맙고, 그런 그녀를 만난 나는 행복한 사람이다.

3.
소설을 쓰며, 아이들을 가르치며

카투사(KATUSA)에 가다

1.

1973년 2월 대학을 졸업하고, 3월에 충남 서천여고에 교사로 부임하였다. 그리고 바로 5월에 휴직하고 군에 입대하였다. 군번 육군 62035220.

당시 군 생활은 훈련대에서 6주 정도의 기본 훈련을 마친 다음 본부대에 가서 복무하게 되어 있었다. 군 입영이라면 논산훈련소를 떠올릴 만큼 대부분의 입영자가 논산훈련소로 징집이 되는데, 나는 전주 35사단에 입대하여 훈련을 받았다. 고된 훈련과, 심한 기합, 무자비한 구타로 하루하루를 보내기가 힘들었고, 무엇보다 견디기 어려웠던 것은 배고픔이었다. 우리는 복숭아밭을 포복하면서 아직 시퍼렇게 덜 익은 복숭아를 따먹기도 했다. 나는 대학을 졸업하고 입대했기 때문에 함께 입영한 또래들보다 두세 살이 많았고, 그 때문에 우리 소대의 향도(반장), 공급계(소대의 모든 물품을 공급하고 관리함)의 책임을 맡아, 더 힘든 생활을 했다. 부대원 한 명이 잘못해도 무조건 향도에게 책임을 묻고, 단체 기합을 받곤 했다.

2.

훈련을 마치면 자대 배치를 받는데, 나는 카투사(KATUSA, Korean Augmentation To The U.S Army, 미군에 배속된 한국군)에 배치되었다. 당시엔 대학 졸업생이 매우 드물었는데, 그 덕택에 미군부대로 배치되지 않았나 생각한다. 솔직히 행운이었다. 당시 우리 군대 생활은 위에 기록한 바처럼 매우 힘든 데 비해, 미군부대는 그런 것이 없었기 때문이다.

처음 평택훈련대에 입소했을 때 우리는 모두 놀라지 않을 수 없었다. 우선 식당에서 자율 배식을 해서, 고기와, 빵, 버터와 치즈, 우유, 커피 등을 마음껏 먹고 마실 수 있었다. 침대도 1인용으로 깨끗했고, 바라크는 냉난방도 잘 되어 있었다. 그리고 우리가 하는 일이라곤, 부대에서 나누어 준 영어회화 소책자를 외우는 것뿐이었다. 그 영어회화 교본은 '식당에서' '모터 풀(Motor Pool)에서' '포토 랩(Photor Laboratory)에서' 같은 제목이 붙어, 실생활에서 필요한 회화를 익히는 것이었다. 이발병이나 운전병 등 기술병으로 온 병사들은(초등학교밖에 못 나왔기 때문에 영어를 몰라서) 영어 밑에 우리말로 "하이 코퍼럴 죤, 아이 니드 썸 포테이토즈"라고 적어 외우곤 했다.

　2개월의 훈련을 마치고 나는 의정부에 있는 한미 1군단(I Corps) 51 통신부대에 배치되었다. 당시 주한 미군은 4만 3천 명 정도였고, 카투사는 그 1/10인 4천여 명이었다. 이후에 미군의 숫자는 많이 줄었고, 카투사는 늘 미군의 1/10 정도로 유지되었다. 카투사는 미군 바라크에서 함께 생활하는데, 보통 미군 2~3명과 한 바라크를 사용했다. 미군 부대는 우선 그 규모와 시설이 대단하다. I corps만하더라도 식당, 체육관, 휴게실, 도서관, 영화관, 축구장, 골프장, 비행장, 수영장, 피엑스, 모터 풀, 사진관, 의무실 등 없는 것이 없다. 악기 연주실만 하더라도 피아노, 기타, 바이올린 등 여러 악기가 준비되어 있고, 한국인 전문 강사가 친절히 지도해 준다. 취미로 그림을 그리거나 목공일도 할 수 있고, 심지어 보석 세공까지도 가르쳐 주는 강사가 있다. 우리는 한국 국경일과 미국 국경일을 함께 쉬고, 그때 이미 주 5 일 근무를 했다. 부끄러운 일이지만, 한마디로 낙원이었다.

　나는 인사처에 배치되어, 처음 6개월 동안은 전령(傳令)으로서, 용산에 있는 미8군 본부와 육군 본부에 문서를 전달하는 업무를 맡았다. 한미1군단이나 미8군이 엄청나게 넓은 부지에 수많은 부대시설을 갖추고 있는 데 비해 우리 육군 본부는 달랑 건물 1동(棟)이어서, 국력의 차이를 뼈저리게 느꼈다. 나는 날마다 전용 운전병이 운전하는 지프를 타고 서울 용산엘 다녀왔다. 사병 1명이 전령으로 가는데도 지프에 운전병까지 내줄 만큼 미군 부대는 풍요를 누리고 있었다. (물론 용산과 의정부 한미1군단을 오가는 정기 버스도 운행되고 있었다.) 우리 육군 본부에 가면, 타자병들이 으레 A4용지를 가져다 달라고 하고, 나는 그때마다 A4용지를 몇 묶음씩 가져다주곤 했다. 그때 우리나라는 '갱지'라고 하는 질 나쁜 종이를 사용했었고, A4용지 같은 좋은 종이는 없었다. 미군부대 Supply Room에 가면 언제나 A4용지가 켜켜이 쌓여 있었고, 그들은 우리가 달라는 대로 군말 없이 종이를 내주곤 했다.

나는 전령 다음에 교육계, 경리계 일을 맡으면서 군 생활을 했는데, 한마디로 편하게 지냈다. 미군부대엔 당일 외출과 3일 외박, 5일 외박, 7일 외박이 있고, 정규 휴가가 있는데, 나는 휴가 중에도 2, 3일 고향에 다녀왔을 뿐 부대 도서관에서 지냈다. 책들이 있겠다, 냉난방 잘되겠다, 사람 몇 명 없겠다, 바로 옆에 휴게 시설과 영화관 있겠다(영화관은 미군은 유료, 카투사는 무료였음), 이보다 더 좋은 휴가처가 어디 있겠는가.

내가 근무하는 곳은 행정 부서였기 때문에 미군이나 카투사나 모두 행정 업무를 보았다. 그런데 미군 사병이 서류 결재를 올리면 다시 해서 올리라는 지시가 잦았다. 단어의 철자(Spelling)가 잘못되었다는 것이다. 이에 비해 카투사는 틀리는 일이 없었다. 좀 미심쩍은 단어는 미리 사전을 보고 확인을 하기 때문이었다. 다른 일에도 미군에 뒤지지 않기 위해 많은 노력을 했다. 예컨대, 1년에 몇 번 미군과 축구 게임을 하는데, 그들은 별 연습 없이 그냥 게임에 나오지만 우리는 G.I.(미군)에 지지 않기 위해 사전에 많은 연습을 하고 게임에 임하곤 했다. 비록 우리나라가 3류 국가일지언정 국민은 미국에 뒤떨어지지 않는다는 자존심 때문이었다. 이런 카투사에 대해 미 합참의장 콜린 파월은 "카투사는 지칠 줄 모르고, 군기가 있었으며, 지식 습득 능력이 우수한, 내가 지휘해 본 가장 훌륭한 군인"이라고 칭찬한 바도 있다.

카투사는 부족한 미군의 병력을 보충하고, 한미 양국군이 함께 생활함으로써 동맹국으로서 두 나라의 우의를 확인하고, 신뢰를 쌓는 데 이바지했다고 생각한다.

3.

그 시절 에피소드 하나.

우리나라의 한 젊은이가 미국으로 이민을 갔다. 지방의 농업고를 갓 졸업한, 체구도 작고 힘도 없어 보이는 청년이었다. 직장 구하기도 쉽지 않고, 또 영주권을 얻으려면 미군부대 근무 경력이 유리하다 하여, 이민 간 지 6개월 만에 G.I.가 되어, 우리 부대로 왔다. 한국은 전쟁지역이라 하여 미군들이 지원을 꺼리기 때문에 쉽게 파견될 수 있었다 한다. 그는 신분은 비록 미군이지만 영어도 못하고, 정서도 한국인과 맞아, 휴일이면 늘 카투사와 어울려 서울로 나가곤 했다. 그런데 상점이나 놀이터에 가면, 영어도 잘 못하는 놈이 "아이 엠 지아이, 아이 엠 지아이, 유 노우, 유 노우?" 하면서 우리말을 아예 모르는 척 손짓 발짓을 하며 엄부렁을 떨곤 한다는 것이다. 한번은 이를 아니꼽게 본 카투사 상병이 그를 골목 으슥한 곳으로 끌고 가서, "야, 임마! 네가 언제부터 혓바닥에 빠타(버터)를 굴렸다고 그런 쇼를 하냐? 뭐, 아이 엠 지아이? 이 새끼야, 아이 엠 쥐새끼다!"하고 머리통을 쥐어박았다는 소문도 났다.

더욱 우스운 것은, 그가 이화여대 영문과나 숙명여대 약학과를 나온 재원을 배우자로 구한다는 얘기였다. 시골 농고 밖에 못 나온 놈이 이대, 숙대가 당키나 하냐고 하면, "You are Number ten people, I am number one people, You know?" 하고 답했다 한다. 자기는 1등 국민이니까 꼴등 국민인 이대생나 숙대생을 배우자로 맞을 자격이 있다는 얘기였다.

나는 그 얘기를 듣고 가가대소했지만, 뒷맛이 매우 썼다.

1976년 1월 나는 제대를 했다.

가르친다는 것

1973년 충남 서천여고에 부임해서 2008년 8월 천안신당고에서 명예퇴임할 때까지 나는 36년 6개월 동안 11개 고등학교에서 국어를 가르쳤다. 그리고 1996년부터 공주사범대학에서 15년간(강의가 없어서 출강하지 않은 학기도 있었음) 소설을 강의했다.

대학에서 국어교육을 전공했다 하나, 일선 교육 현장에 나가보니, 다시 공부해야 할 것이 많았다. 대학 교수는 자기 전공인 한 분야만 깊이 있게 잘 알고 있으면 되지만, 고등학교 국어 교사는 그게 아니었다. 국어를 크게 문학과 어학으로 나눌 때, 문학만 해도 시, 소설, 수필, 희곡으로 나뉘고, 시도 현대시와 고전시가로, 소설도 현대소설과 고전소설로, 수필도 현대수필과 고전수필로 나뉘어져 있다. 대학에서 문법을 가르치는 교수는 그 한 분야만 완벽하게 알면 그만이지만, 고등학교에서 문법은 한 단원에 불과하다. 그럼에도 교사는 문법을 상당

수준 통달하지 않으면 가르치기가 어렵다. 정확하게 알지 않고는 잘 가르칠 수 없기 때문이다. 그런 면에서 최소한 10년쯤 치열하게 교재 연구를 하지 않은 사람은 실력 있는 교사라 할 수 없고, 나 또한 처음 5년 정도는 뭘 모르고 아이들을 가르친 엉터리 교사였다 할 것이다.

내가 대학 때 소설 창작에 몰두하다가, 일선 학교에 나가 10여 년 동안 소설을 쓰지 못한 것은(변명이지만) 가르치는 것에 집중한 탓도 있다. 나는 가르치는 것에 의미와 가치를 두었고, 내 나름으론 잘 가르치기 위해 노력했다. 게다가 예산여고와 천안여고에서 근무한 10년 동안은 거의 매해 3학년 진학반을 맡아, 아침 8시 이전에 출근하여 아침 자율학습을 지도하고, 밤에도 10시까지 야간 학습 지도를 해야 했다. 여학교의 특성상 여교사들이 많았는데, 여교사가 밤늦은 시간까지 학교에서 근무하기 어렵다며, 젊은 남교사들에게 계속 3학년 담임을 맡겼던 것이다.

중년에는 한문 교과를 맡아 가르치기도 했다. 그 시대엔 사범대학에 한문교육과가 없었고, 따라서 한문 교사도 없었는데, 한문 교과가 생긴 것이다. 국어과 교사가 느닷없이 한문을 지도하게 된 것이다. 나는 순전히 독학으로 '하늘 천, 땅 지'부터 시작해서 중국의 유명한 고전을 거의 공부했다. 고생은 했지만 재미있었고, 내가 한문 교사 못지않은 한문 실력을 갖게 된 것은 결과적으로 나에게 매우 유익한 일이 되었다. 그 전부터 실감한 것이지만 가르치는 것이 바로 배우는 것이다.

또한 가르치는 일은 자기를 좀 더 위로 끌어올리는 일이다. 아이들에게 가치 있는 삶, 참다운 삶, 정의로운 삶을 매일 역설하면서 그 반대되는 행동을 할 수는 없다. 내가 한 말에 구속되어, 가능한 한 내가 한 말대로 살려고 노력하게 된다. 이런 점은 비단 교육자만이 아니라 성직자도 마찬가지이다. 사회에서도 교육자와 성직자에겐 보통 사람들보다 더 높은 도덕적 엄격성을 요구한다. 가르치는 사람이 말과 행동이 다르면 안 되기 때문일 것이다. 나는 가르치는 사람이었기에 가능하면 내가 가르치는 대로 행동하려 했고, 그 때문에 내가 조금이라도 더 나은 사람이 되었다고 생각한다.

나는 정통 사범대학과 교육대학원을 나왔지만 승진에는 뜻을 두지 않았다. 일반인들은 평교사로 몇 십 년을 근무하는 교사를 무능하다고 생각할지 모르겠지만, 나는 교감이나 교장이 되어 학교 관리를 하는 것보다, 현장에서 학생들을 가르치는 게 더 가치 있다고 생각했다. 가르치는 게 재미있고, 보람 있다. 또한 나의 자질이 관리하는 것보다 가르치는 데 맞다고 생각했다. 이솝 우화에 나오는 신포도 같은 말이 될지 모르지만, 나는 지위의 높고 낮음에는 큰 관심이 없다. 지위가 높은 사람이나 부귀영화를 누리는 사람을 오히려 낮추어 보는 경향마저 있다. 권력이 클수록 나쁜 짓을 많이 하고, 지위가 높을수록 비리를 저지르는 사람이 많은 게 우리 현실 아닌가.

퇴임할 때 정부로부터 옥조근정훈장을 수여 받았다.(아내도 같은 날 같은 훈장을 받았음.) 교사나 공직자로 퇴임하면 누구나 받는 훈장이라고 하시(下視)하는 사람도 있을지 모르나, 나는 한 평생 큰 잘못 저지르지 않고, 양심에 거리끼는 일 하지 않고, 내 나름으론 정성껏 학생들을 가르쳤다는 데 대한 증표로 여겨, 마음이 느꺼웠다.

요즈음도 스승의 날이 되거나 하면 만나는 제자들이 있다. 이미 사회의 중견 내지 중진이 된 제자들이 전화를 해 오면 반갑기도 하고, 고맙기도 하다. 그들에겐 내가 그리 형편없는 스승은 아니었던가 보다 하고 스스로를 위로한다.

나는 평생 두 가지 일에 가치를 두고 살았다. 그 하나는 소설 창작이고, 그 밖의 하나는 가르치는 일이었다. 두 부분 다 큰 성취는 없었지만, 내가 하고 싶어 했고, 가치를 둔 일이라 후회는 없다.

〈신인문학(新人文學)〉 활동

1.

1987년 천안여고에 재직 중인 어느 날, 공주사대 조동길 교수가 나를 찾아왔다. 그가 활동하고 있는 〈신인문학〉에 함께 합류하면 어떻겠느냐는 얘기였다. 나는 대학교를 졸업한 뒤 바로 군대에 가서 3년을 복무한 다음, 합덕여고와 부석고, 예산여고를 거쳐 천안여고에 와 있었다. 그간 아버지와 어머니, 할아버지, 할머니가 연이어 돌아가시고, 결혼하고, 아이가 태어나고, 교사 생활에 여념이 없어 문학에 눈 돌릴 겨를이 없었다. 아니, 정확하게 말하자면 현실 생활에 압도되어 문학에 대한 열정이 좀 식었다고 해야 할 것이다. 그간 학교 축제에서 연극 공연을 하기 위해 희곡 몇 편을 썼을 뿐, 소설은 손도 대지 못하고 있었다. 당장 발표할 지면이 없었다는 것도 한 이유가 될 수 있을 것이다. 그러나 마음속으로는 늘 내가 해야 할 중요한 일을 내팽개쳐 두고 있다는 자책감 같은 것에 시달렸다.

나는 그 자리에서 조동길 교수의 제의에 흔쾌히 응했다. 〈신인문학〉은 늘 신인의 자세로 작품을 쓰자는 취지에서 붙여진 이름으로, 소설을 쓰는 강태근(충청대, 고려대 교수), 김기홍(조치원고 교사), 조동길(공주사대 교수)이 있었고, 시를 쓰는 손종호(충남대 교수), 김백겸(원자력연구소 직원), 박재화(한국자동차보험 상무), 서정학(두원공대 교수), 박광천(대전대신고 교사), 그리고 평론을 하는 윤성희(천안여고 교사), 송재일(공주간호대학, 후에 사범대학 교수) 등이 그 동인이었다. 그리고 뒷날 임승빈(청주대 교수), 구수경(건양대 교수), 임관수(충청대 교수), 이형권(충남대 교수), 이태관(대학 강사), 강신용(문경출판사 사장), 박헌오(대전시 문화체육국장), 윤은경(대학 강사), 김영화(시인) 등이 합류하였다. 이들은 충남과 대전, 충북의 젊고 야심찬 문학도들로서 치열하게 동인 활동을 했고, 훗날 모두 문단에 나가, 지역사회의 중진이 되었다.

나는 「신인문학 제3집」(1988. 11.)에 「장림(長霖)」이란 소설을 게재하며, 본격적인 소설을 쓰기 시작했고, 「신인문학 제4집」에 작품 「번제(燔祭)」를, 「신인문학 제5집」에 「신강정오수도」를 발표하였다.

그리고 1991년 〈신인문학〉 동인 중 소설을 쓰는 강태근, 김기홍, 조동길과 함께 4인 창작집 『네 말더듬이의 말 더듬기』(녹원출판사)를 펴냈다. 나는 이 책에 4 편의 소설과 윤성희 동인의 작품 해설을 실었다.

〈신인문학〉은 2002년 제10집 이후에 '신인'이란 말이 너무 어울리지 않는다는 논의 끝에 동인 이름을 〈문학 마당〉으로 바꾸었다. 이제 연륜이 깊어져서 신인이라는 말은 아무래도 민망하지 않느냐는 의견들이었다. 그리고 계제에 책의 출간도 발전적으로 확대 개편하여, 1년에 4회씩 펴내는 계간지로 바꾸고, 또한 동인지 형태에서 일반 작가들에게 지면을 할애하는 문학잡지로의 대전환을 꾀하였다. 〈문학 마당〉은 편집진은 바뀌었으나, 지금도 꾸준히 발간되고 있고, 중부 지방의 의미 있는 문학지로의 위치를 굳혔다.

나는 이 〈신인문학〉을 통해 비로소 본격적인 작품 활동을 시작했고, 그들 동인과는 지금도 교유를 계속하고 있다.

2.

나는 〈신인문학〉 활동을 하면서 개인적으로 1987년 3월 단국대학교 대학원에 입학하여, 1991년 8월에 졸업하였다. 졸업 논문은 「장길산 연구」였고, 지도 교수는 송하섭 교수였다. 나는 그전부터 「망이와 망소이」란 작품을 쓸 생각을 갖고 있었고, 이와 같은 계열의 역사소설인 벽초 선생의 『임거정』과 황석영 작가의 『장길산』을 주의 깊게 읽었다. 그리고 「망이와 망소이」를 쓰기 전 그 전초 작업 겸해서 『장길산』에 대한 본격적인 연구를 한 것이다. 내 나름으로 소설 『장길산』의 성공 요소는 무엇이며, 소설 미학의 관점에서 부족한 점은 무엇인가를 파악해 보기 위함이었다. 이 「장길산 연구」는 단국대학교에서 그 해의 훌륭한 논문으로 선정되기도 했다.

그리고 1992년 월간 「문예사조 23호」에 단편 「미륵제(祭)」가 소설 신인상에 당선되어, 이른바 등단이라는 통과의례를 거쳤다. 심사위원은 서울대 교수이자 소설가인 구인환 선생과 이동희 소설가였다. 변명 같지만 나는 평소에 등단이라는 것에 대해 심각하게 생각해본 적이 없었다. 그 해에 천안의 젊은 시인이 「문예사조」를 통해 등단했다 해서, 나도 별 생각 없이 작품을 보내봤더니, 곧바로 소식이 왔다. 어떤 사람은 더 권위 있고 연조가 오래된 문학지를 통해 데뷔할 걸 그랬다며, 아쉬워하기도 했으나, 나는 좋은 작품을 쓰는 것이 중요하지, 등단 매체는 그리 중요하지 않다고 생각했다. 신춘문예나 문학지를 통하지 않고도 훌륭한 작품을 쓰는 작가들이 얼마든지 있기 때문이었다. 어떤 의미로는 세상 살아가는 데 내가 너무 물정을 모르거나, 어수룩했는지도 모른다. 그러나 그 또한 나의 한계로서, 그 결과 역시 내가 감당해야 할 내 몫이다.

나는 1992년 7, 8월 2개월간 대전일보의 〈한밭 春秋〉 란에 매주 칼럼을 연재하였다. 일상의 사회생활이나 우리 현실에서 느낀 점을 짤막짤막하게 쓴 글이다.

그리고 그해 10월 〈제7회 청구문화제 소설현상모집〉에 작품 「돌아와요 부산항에」가 당선되었다. 심사위원은 소설가 김원일 선생이었다. 〈청구 그룹〉은 대구에 바탕을 둔 대기업으로서 해마다 문화제를 개최했는데, 그 일환으로 문학상을 현상 모집했다. 「돌아와요 부산항에」는 일제시대 일본인 역사 선생이 우리 문화재를 수집하여 일본으로 반출하려다가, 갑작스런 해방을 맞아, 묘지에 숨겨 둔 것을 그의 손자가 다시 와서 훔쳐가려다가 실패하는 일제강점기 일본인의 문화재 침탈을 고발한 작품이다.

1995년 9월 〈도서출판 이서원〉에서 창작집 『그곳에 이르는 먼 길』과 『돌아와요 부산항에』를 동시에 출간했다. 「그곳에 이르는 먼 길」에는 중편 1편과 단편 7편, 꽁트 1편이 수록되었고, 『돌아와요 부산항에』에는 중편 1편, 단편 7편, 꽁트 1편, 윤성희 평론가의 작품해설 1편이 수록되었다. 두 창작집의 표지화는 나의 아내 김정숙이 맡았다. 작품집 한 권도 내기 쉽지 않은 그 시절 형편에 2권의 창작집을 갖게 된 나는 매우 감명 깊었다. 비로소 작가가 된 느낌이었다. 이 2권의 소설집으로 1997년 12월 나는 〈충남문인협회〉로부터 〈제12회 충남문학대상〉을 수상하였다.

또한 1996년부터 공주사범대에 출강하여 한국현대소설에 대한 강의를 하게 되었다. 이는 공주사대 조동길 교수의 주선에 의해 이루어진 것으로, 이후 근 15년간 나는 공주사대에 출강하여, 때로는 학생들을 대상으로, 때로는 일선 중고교 교사(준교사에서 2급 정교사로, 2급 정교사에서 1급 정교사로 승급하기 위해 사범대학에서 연수를 함)를 대상으로 문학을 강의를 하였으며, 많은 보람을 느꼈다. 몇 십 년 동안 누적하여 쌓

148

아온 소설문학의 엑기스를 다음 세대를 교육할 사람들에게 전한다는 긍지가 컸고, 그들의 반응 또한 좋았다고 자부한다.

1999년 7월에 〈효성출판사〉에서 창작집 『사로잡힌 영혼』을 출판하였다. 이 작품집에는 중편 1편과 단편 6편이 수록되어 있고, 표지 디자인은 전(前) 작품집과 마찬가지로 아내 김정숙이 맡았다.

2003년 5월 〈제13회 허균 문학상〉 소설 부문 본상을 수상하였다. 지방에서 꾸준하게 작품 활동을 하는 중견작가에게 드리는 작은 상찬이라는 심사위원회의 말씀이 있었다.

〈천안문학〉과의 인연

천안은 내 고향은 아니나, 나는 결혼 후 천안을 생활 근거지로 삼아, 천안에 있는 천안여고, 천안중앙고, 천안농고, 충남예술고, 천안신당고 등 여러 학교를 순회하며 근무하였다. 그런 까닭으로 천안은 나의 제2의 고향이라 할만하다.

1991년 1월 경, 윤춘택 소설가, 윤성희 평론가, 소중애 아동문학가가 나를 불러내어, 〈천안문학회〉에 들어와 함께 활동하길 권했다. 나와 함께 〈신인문학〉에서 활동하고 있던 윤성희 선생이 나를 추천한 것이다. 나는 이미 그전에 〈천안문학회〉에 대해 알고 있었으나, 별 관심을 가지지 않았다. 그 전에 나온 동인지 「천안문학 9, 10, 11집」을 훑어보았더니, 몇 편의 시를 제외하곤 대부분의 글이 습작 수준으로, 내 마음에 차지 않았던 것이다. 내가 그런 속내를 내비쳤더니, 그들은, 그렇기 때문에 외인부대가 함께 들어가서 기존의 틀(지방의 작은 친목 단체

비슷한 동호회)을 깨고 본격적인 문학을 해 보자고 나를 설득했다. 윤춘택, 소중애, 윤성희, 이심훈, 김세관, 한정찬 등이 모두 천안 사람이 아니었으나, 천안에 생활 터전을 두고 글을 쓰는 사람들이었다.

동아일보 신춘문예에 당선된 윤춘택 소설가가 회장이 되고, 아동문학가로서 위치를 굳힌 소중애 선생이 부회장이 되어, 〈천안문학회〉는 그 르네상스 시대를 열었다. 동인지부터 그 이전과는 비교할 수 없이 충실한 내용과 두툼한 볼륨으로 환골탈태한 모습을 선보였다. 회원들의 작품만이 아니라, 조재훈 교수, 홍정선 평론가, 채수영 시인, 우찬제 평론가, 문무학 시인, 나태주 시인 등, 외부인의 글을 함께 실어, 읽을거리가 있는 알찬 작품집을 내놓았다.

그 당시 지방 문학동인의 경우 동인지를 내는 데는 2 가지 어려움이 있었다. 그 첫째가 본격적으로 문학 하는 사람이 적다는 것이고, 둘째가 동인지를 내는 데 필요한 자금 조달이 어렵다는 것이다. 〈천안문학회〉는 시 부문에 김명배, 인수환, 김윤완, 윤여홍, 권상기, 이병석, 장성균, 수필 파트에 백남일, 소설 부문에 김용기 등의 기존 회원에, 외인부대가 대폭 합류함에 의해, 다른 지역 사람들이 부러워하는 많은 인적(人的) 자원을 지니게 되었다. 그리고 동인지를 내는 자금 문제를 해결하기 위해 〈천안문학 후원회〉를 결성했다. 초대 후원회장 김석화 산부인과 원장은 천안 지역 유명인들(의사, 정치인, 회사 경영인, 자영업 사장 등)을 회원으로 초빙하여 천안문학을 적극적으로 후원하였고, 이로 인해 〈천안문학회〉는 1년에 2권의 문학지를 정기적으로 간행하는 전국 굴지의 문학회로 성장하였다. 이 후원회 구성에는 소중애 아동문학가와 윤성희 평론가의 수고가 많았다.

나는 10여 년 간 「천안문학」에 빠짐없이 소설을 게재하여, 문학지로서의 구색을 갖추는 데에 일조(一助)하였다. 대개 지방 문학지의 경우 작가의 부족으로 시와 수필이 그 주종을 이루고, 소설과 평론, 희곡, 아동문학 등은 찾아보기 어려운 게 현실이다. 그러나 천안문학은 드물게 이 모든 부문의 작가들이 활약을 하여, 내용이 풍성한 문학지를 만들어 냈다.

〈백매문학〉 결성과 문학지 「좋은 문학 좋은 동네」

1. 원고 100매를 쓰자

1995년 겨울 어느 날, 평소 의기상투하던 심규식, 소중애, 윤성희, 이심훈이 눈 내리는 작은 산사(山寺) 밑 주막에서 막걸리를 마시다가, 이야기가 우리들의 문학으로 옮아갔다. 이렇게 게으르게 몇 글자 끄적거리고 작가랍시고 행세해도 되나. 이러다 누구처럼 "우물쭈물하다 내 이럴 줄 알았다."라고 하지 않겠나. 우리는 준열한 반성을 했고, 명색이 작가라면 한 달에 원고 100매 정도는 써야 하지 않겠느냐는 데 동의했다. 그리하여, 동인 명칭을 〈백매문학〉이라 하고, 우리가 펴낼 문학지 이름을 「좋은 문학 좋은 동네」로 하기로 정했다.

사실 한 달에 원고 100매를 쓴다는 건 보통 일이 아니다. 글을 써 본 사람은 알겠지만, 이는 거의 불가능한 일이다. 펜만 잡으면 글이 줄줄 물 흐르듯 나오는 게 아니다. 쓰기 전에 주제(테마)를 확실히 하고, 그 주제를 형상화할 이야기를 가장 효과적으로 엮어야 하고(플롯), 그 다음에 글을 써야 하는데, 이 글이 마음대로 되는 게 아니다. 작가라면 누구나 썼다 지우고, 또 썼다 지우고를 반복한다. 안고수저(眼高手低). 호랑이를 그리려 하는데, 고양이가 되기 때문이다. 그럼에도 우리가 〈백매문학〉을 선언한 것은, 작심삼일이 될지도 모를 우리의 결심을 구속하기 위함이었다.

우리는 〈백매문학〉 '창간의 말씀'에 5년간 20권의 책을 간행하기로 공언하고, 닻을 올렸다. 현실적으로 4명의 글로 책 한 권을 만든다는 건 쉬운 일이 아니다. 그것도 1년에 4권씩이나. 그 때문에 「좋은 문학 좋은 동네」에는 우리가 읽은 글 중에 독자들에게 추천할 만한 좋은 작품도 함께 싣기로 했다. 「좋은 문학 좋은 동네」 창간호(1997년 여름호)에는 우리 4인의 작품 외에 고진하, 이정록, 나태주, 민경현, 신천희 등 5인의 시가 함께 실려 있다.

2. 대하소설 「망이와 망소이」

나는 「좋은 문학 좋은 동네」 창간호부터 대하역사소설 「망이와 망소이」를 연재하기 시작하였다. 망이와 망소이는 고려 명종 때 공주 명학소에서 천민(賤民)에 대한 차별 인습에 항거하여, 봉기(蜂起)한 혁명아 형제이다. 나는 고등학교 역사 시간에 이 명학소의 난과 그 주인공 망이 형제에 대해 배우게 되었고, 그때 문득 이것은 '아주 쓸 만한 소설 감'이라는 생각을 했다.

봉건왕조적 사관(史觀)에 의하면 '난(亂)'으로 명명되는 모든 민중 봉기(예컨대 만적의 난, 홍경래의 난, 동학란 등)가 민중 사관의 관점에서 보면 부조리한 현실을 변혁하려는 혁명이다. 사관(史觀)에 따라 하나의 역사적 사건이 '난'과 '혁명'으로 달리 이름 매겨진다. 게오르그 루카치에 의하면 역사 변혁의 주체는 대다수 이름 없는 민중이지 왕이나 권세가, 이름난 장군이 아니다.(루카치의 'Der historische Roman, 이영욱 역, 거름출판사, 1987.') 이런 면에서 망이와 망소이는 민중을 대표하는 전형적 인물이며, 불합리한 봉건 제도와 인습을 타파하려는 영웅이라 할 수 있다. 시저나 징기스칸, 나폴레옹 같은 사람이 영웅이 아니라 로마의 검투사 전쟁을 이끈 스파르타쿠스나, 로빈 후드, 전봉준 같은 민중의 지도자가 영웅이라는 뜻이다. 헤겔은 그의 역사철학에서 세계의 역사는 '세계 정신(Welt Geist)'이라는 궁극의 목표를 향해 발전해 가며, 이 역사의 수레바퀴를 앞으로 굴리거나, 굴리려 애쓰는 사람을 '세계사적 개인'이라 명명했는데, 망이와 망소이 같은 사람이 바로 그런 사람에 해당된다고 생각했다.

나는 망이 형제를 언젠가는 소설로 쓰려고 내 나름대로 오래 준비해 왔었고, 〈백매문학〉 출범과 때맞춰 「망이와 망소이」를 집필하기 시작했다. 3개월마다 350여 매의 원고를 쓰는 강행군이었으나, 나는 해냈다. 5년 동안 '매달 100매'의 약속을 지킨 것이다. 내 나름으론 제법 작가답게 산 5년이었다.

3. 〈백매문학〉 동인들

〈백매문학〉 동인 윤성희 평론가는 나의 평생 지기지우이다. 그는 〈신인문학〉과 〈천안문학〉을 오래 함께 했을 뿐 아니라 천안여고, 충남예술고에서 같이 근무하기도 했다. 윤 평론가는 풍채는 좀 작은 편에 속하나, 모든 면에서 평범의 경지를 넘어 있는 사람이다. 작은 거인이다. 우선 그는 의욕이 넘치는 사람이다. 끊임없이 일에 대한 열정이 솟구친다. 그 때문에 쉼 없이 많은 작품을 두루 읽고, 재기 넘치는 평론을 쓴다. 그의 글은 날카로우면서도 인간에 대한 따뜻한 이해를 바탕으로 하고 있다. 그는 문학권력 중심부에 있는 작가나 시인들보다 비평가들의 주목을 받지 못한 변두리나 지방 작가들의 작품에 따뜻한 시선을 보내준다. 그의 평론집 『문학의 발견』 서문을 보면 그는 이를 '감싸기의 비평'이라 명명했다. 또한 그의 비평문학의 뛰어난 점의 하나는 문장의 감칠맛이다. 문학이란 결국 문장에서 시작하여 문장으로 끝나는 것인데, 그의 문장은 정말 백미(白眉)이다. 평론가의 문장이 난해하기 십상인데, 그의 문장은 쉽고, 정확하고, 시적(詩的) 묘미가 있다. 그리고 무엇보다 유려(流麗)하다. 그의 글을 읽으면서 감탄하고, 부러워한 적이 한두 번이 아니다. 그는 인간관계가 폭넓고, 봉사 정신도 뛰어나, 〈천안문학회〉, 〈천안예총〉, 〈충남문인협회〉, 〈충남예총〉 등의 책임자가 되어, 여러 해 많은 예술가들을 이끌고 지역 예술을 꽃피우는 데 크게 이바지하였다.

그의 집은 전원적인 저수지 옆 푸른 숲에 둘러싸여 있고, 집 옆으론 맑은 골짝 물이 졸졸거리며 흘러간다. 산새들이 사철 지저귀고, 다람쥐나 고라니가 마당에까지 내려온다. 우리는 때때로 그곳에서 모임을 갖곤 했다. 그의 고향 서천 바닷가에서 채취해온 석화를 장작불 위에 올려놓고, 그가 가져온 고향 술 한산소곡주를 한 잔 즐길 때면 밤하늘에 별이 낮게 내려앉고, 반딧불이가 불티처럼 우리 주위를 날아다니곤 했다. 젊은 우리는 인생과 문학을 논하고, 노래도 불렀다.

소중애 동인은 전국적으로 유명한 아동문학가이다. 〈백매문학〉을 시작할 때 이미 백 수십 권의 책을 낸 작가로서, 우스갯소리로 '충남에서 글 써서 돈 번 사람은 소중애 밖에 없다'는 말을 듣는 사람이다. 그녀는 드물게 글 쓰는 재주를 갖고 태어났다. 글을 쉽게 쓰고, 많이 쓰고, 잘 쓴다. 나 같은 사람이 단편 하나 써보려고 끙끙거릴 때 그녀는 한 권이나 두 권의 책을 내놓는다. 그러나 어찌 글이 재주만으로 쓰여지겠는가. 그만큼 남몰래 치열하게 글에 몰두했다는 얘기가 되겠다. 게다가 그림도 잘 그려서, 그녀의 책에는 그녀 자신이 그린 그림이 많다.

그녀의 대표 작품선집 『몽상, 몽상이』의 발문 '소중애의 삶과 문학'

을 보면, 그녀는 어렸을 때부터 일기를 써왔고, 교사 시절 아이들과의 생활을 기록한 일기가 글감으로 쓰이고 있음을 알 수 있다. 그녀는 지금도 '희망과 꿈과 감동을 주는 글'을 쓰고 싶어 한다.

그녀는 참 부지런하다. 서울과 지방에서 쇄도하는 강연을 거의 빠짐없이 소화해 낸다. 말솜씨도 좋고, 강연 내용도 알차서, 인기가 좋다.

또한 그녀는 인간에 대해 긍정적이고 따뜻한 마음의 소유자이다. 그녀의 글이 널리 읽히는 까닭이 바로 여기에 있다. 글만이 아니라 실생활에서도 그녀는 늘 마음이 열려 있고, 그 때문에 인간관계가 원만하다. 남자 동인들과 스스럼없이 어울리고, 음식값이나 술값, 찻값도 잘 낸다. 리더십이 있는 여장부이다. 겉보기에 너무 대범하여 여자답지 않다고 생각하는 사람이 있을지 모르나, 그녀는 굉장히 여성적인 감수성과 면밀함을 동시에 지니고 있다.

공주 정안면에 소중애 작가 소유의 작은 밤 밭이 있다. 밤이 익으면 그녀는 지인들을 초대하여 밤을 주우며 즐거운 시간을 갖곤 하는데, 그때 그녀가 준비한 것들을 보고 나는 그녀를 다시 보았다. 갖은 음식에, 여러 종류의 술에, 과일들, 커피, 음료수, 화장지, 심지어 이쑤시개까지 빠짐없이 준비해 왔기 때문이었다.

얼마 전, 그녀에게 연락을 했더니, 담양 〈작가의 집〉에 두어 달 머물면서 글을 쓰고 있다고 했다. 앞으로도 그녀는 '아이들에게 희망과 꿈과 감동을 주는 글'을 계속 써 낼 것이다.

동인 중에 가장 젊은이인 이심훈은 헌칠한 풍채를 가진 미남이다. 그는 백제의 옛 마을 부여 사람으로, 일찍부터 그곳의 시인 신동엽의 「껍데기는 가라」 「금강」 등의 시를 읽으며, 시인이 될 꿈을 꾸었다 한다. 이심훈은 일찍이 80년대에 〈터〉라는 동인 활동을 통해 문학적 바탕을 다지고, 그간 쉼 없이 시를 썼다. 그는 범속하고 안온한 일상, 부조리와 비리로 점철된 현실을 날카롭게 비판, 풍자한다. 그리고 벌레나 곤충, 들풀, 잡초 등 하찮은 생명들에 포커스를 들이대며, 거기에 민초들의 꺾이지 않는 생명력을 중첩시켜, 보여준다. 비루한 세상사를 껄껄껄 웃으며, 때로는 낄낄낄 비웃으며, 막걸리를 마시며 노래를 부른다. 가곡 「명태(양명문 시, 변훈 작곡)」를 노래할 땐 풍류아로서의 멋이 넘쳐흐른다. 그는 서두르지 않으나 지구력이 있고, 꾸준하여 대기만성하는 시인이다. 그리고 교육자로서도 열심히 노력하여 교사, 교감, 장학사, 장학관, 교육장 등의 이력을 지니고 있고, 지금도 현직 교장으로 교육 일선에 있다.

〈백매문학〉은 1999년 제9호를 발간하면서 박경철 소설가를 영입하였다. 그는 민속 마을로 유명한 아산 외암리 출신으로, 「염소를 위하여」 「헤밍웨이 읽을 시간은 어디로 사라졌을까」 「빙어가 올라오는 계절」 등 주목할 만한 작품을 쓴 젊은 전업 작가이다. 우리나라에서 작품만을 써서 생계를 유지한다는 건 극히 어려운 일이다. 원고료나 인세가 몇 푼 안 되기 때문이다. 그럼에도 전업 작가의 길을 선택했다는 것은 그가 얼마나 문학에 가치를 두고, 어떤 자세로 글을 쓰는가를 보여주는 한 예이다. 박경철 작가는 2000년에 장편 「내 마음의 지도」로 〈삼성문학상〉을 받았다. 〈삼성문학상〉은 그 당시 우리나라에서 상금이 가장 크고 권위가 있어서, 젊은 작가들이라면 누구나 한번 도전해볼 만한 문학상이었다.

4. 5년 동안 20권의 책을 출간하다

〈백매문학〉을 하면서 어려웠던 일 중의 하나가 책을 내는 자금 문제였다. 우리는 각자 25만 원을 갹출하고, 출판비를 마련하기 위해 백방으로 노력했다. 우선 후원회를 만들어 자금 지원을 받으려 했으나, 실제로는 큰 도움이 안 되었다. 우리는 당시 〈충남예총(당시 회장 김영천)〉에서 출간하는 「충남의 예술 (1997~1999년, 전 3권)」을 도맡아, 직접 현지에 가서 취재하고, 사진도 찍고, 집필하여 출간하는 수고를 하고, 그 대가로 받은 돈으로 「좋은 문학 좋은 동네」를 간행하였다. 그 중 나는 1997년에는 예산군편을, 98년에는 서천군편을, 99년에는 공주시편을 맡았다. 그 후에는 천안시의 후원을 받아 문학 축제를 열고, 축제에서 남은 돈으로 출판비를 해결했다. 당시 천안시 이근영 시장은 문학에 이해가 깊은 분으로, 소중애, 윤성희 동인과 친교가 있었고, 두사람이 문학 축제의 취지를 설명하자 시의 문화 예산으로 후원해 주었다. 우리는 천안시 광덕산 기슭에 있는 보산원초등학교에서 〈반딧불이 축제〉를 개최하기도 했고, 천안문화원 공터에서 〈백매문학 축제〉를 열기도 했다. 그리고 행사 자금을 아껴서 「좋은 문학 좋은 동네」의 출판비로 썼다. 그러다가, 1999년 「좋은 문학 좋은 동네 제9집」부터는 서울의 〈도서출판 이서원〉이 책의 출판을 도맡았다. 〈도서출판 이서원〉은 나의 소설집 『돌아와요 부산항에』와 『그곳에 이르는 먼길』을 출판한 회사로서, 내가 〈백매문학〉의 어려움을 이야기하자 「좋은 문학 좋은 동네」의 출간을 흔쾌하게 맡아준 것이다. 덕택에 우리 〈백매문학〉은 경제적 어려움에서 벗어나, 마지막 20권까지 순항할 수 있었다. 고마운 일이었다.

그 시절 에피소드 한 토막.

어느 날, 후원회에 전두한이란 이름으로 10만 원이 기탁되었다. 전두한이라니. 우리 중 그런 이름을 아는 사람이 아무도 없었다. 전두환 전 대통령인가. 우리는 궁금했다. 훗날 그 전두한은 아코디언을 전공하는 천안의 젊은 음악도임을 알고, 우리는 한바탕 크게 웃었다.

자부컨대, 우리 5인에게 〈백매문학〉은 젊은 열정의 발산이며, 그 노력의 열매이다. 단 5인의 힘으로 5년간 20권의 책을 냈다는 건 그 작품의 수준이야 어떻든 흔히 볼 수 있는 일이 아니고, 자긍할 만한 일이다.

우리 5인은 모두 〈백매문학〉을 통해 많이 성장했다.

덧붙이는 말: 우리는 처음 5년간을 한시적으로 동인 활동을 한다고 명시했으나, 그간 쌓인 우의(友誼) 때문에 아주 해산할 수는 없었다. 그 때문에 〈포스트 백매문학〉이 출범했다. 〈포스트 백매문학〉은 천안 지역의 문화운동가이며 시인, 수필가인 이정우 작가와 위에 언급한 음악인 전두한 선생을 영입하여, 꾸준히 문학, 문화 활동을 계속하고 있다.

〈충남소설가협회〉와 〈충남문인협회〉 활동

1.

충남 지역에서 문학 활동을 하다 보니 자연 이름이 알려지고, 1993년 〈충남문인협회〉 나태주 시인으로부터 함께 활동하자는 정중한 권유를 받았다. 이미 〈천안문협〉의 회원들이 〈충남문협〉에 많이 가입해 활동하고 있는데다가, 그러한 권유를 받자 가입하지 않을 수 없었다. 나태주 회장의 정중하고도 간절한 권유를 뿌리치기도 어려웠거니와, 소설 쓰는 사람이 많지 않은 지역 문단에 나 같은 사람도 도움이 되지 않을까 하는 생각도 하게 되었다. 〈충남문인협회〉는 1년에 2회 「충남문학」지를 펴내는데, 나는 제23호에 「순치 안 되는 녀석」이란 작품을 실으면서 활동을 시작했다.

1994년 11월 나는 중편 「거둘 수 없는 잔」(소설충청 제1호(1993.8.)으로 〈충남문협〉으로부터 〈제1회 동인지 문학상〉을 받았다. 「거둘 수 없는 잔」은 일제강점기 위안부로 끌려간 여성이 해방이 된 후 일본에까지 쫓아가서 복수를 하는데, 그의 아들은 일본 기업체의 간부에게 성접대를 하는 내용이다. 위안부 문제에 미온적인 우리 사회와 정부의 자세를 반성하고, 청산되지 않은 일제(日帝)문제를 환기하기 위해 쓴 작품이었다. 나는 1997년 12월 『그곳에 이르는 먼 길』과 『돌아와요 부산항에』라는 2개의 작품집으로 〈제12회 충남문학대상〉을 받았다.

2.

1993년 3월 〈충남소설가협회〉가 결성되고, 9월에 「소설 충청」 제1호가 출간되었다.

그 이전 1991년에 출범했던 〈대전 충남 소설가 협회〉가 있었지만,

그 협회가 문학 활동이 거의 없이 친목회 수준의 동호회에 머물고 있었던 것에 대한 반발로, 다시 〈충남소설가협회〉가 만들어진 것이다. 여기에 1회라도 작품을 게재한 작가는 지요하, 조동길, 심규식, 김명주, 이길환, 이사형, 양병옥, 이걸재, 김제영, 김우영, 표윤명, 박선자, 박중곤, 서순희, 이태주, 성기조, 김영곤, 방영주, 박하수, 박청운, 정안길, 남정화, 이석구 등이었다. 이들 중 한 회도 거르지 않고 지금까지 작품을 발표한 사람은 지요하, 조동길, 심규식, 이길환 작가이다.

〈충소협〉은 그 탄생부터 태안의 지요하 작가가 산파 역할을 맡았으며, 처음부터 지금까지 17년 동안 계속해서 회장의 책임을 맡아서 큰 헌신을 하였다. 〈충소협〉의 작가들은 여러 지역에 살고 있기에, 자주 만나기도 어려웠고, 따라서 1년에 책 1권씩을 만드는 것으로 그 명맥을 이어갔다. 지요하 작가는 혼자 원고를 수집하고, 편집하고, 교정보고, 발송까지 도맡아 했다. 제일 큰 문제가 책을 만드는 비용 조달이었는데, 지요하 작가는 몇 푼 안 되는 회비와 어렵게 찬조 받은 약간의 돈으로 이를 해결해 나갔다. 솔직하게 말해서 지요하 작가가 없었으면 〈충소협〉은 없었을 것이다.

지요하 작가는 태안 태생으로 평생 태안을 벗어나 본 적이 없는 토박이 태안 사람이다. 그는 1982년 동아일보 신춘문예로 등단하여, 현재까지 80여 편의 작품을 발표한 소설가로서, 그 성품이 솔직하고 직설적이다. 그는 또한 독실한 가톨릭 신자로서 평생 성당엘 다니며, 예수님의 가르침에 충실하고 그만큼 봉사하는 삶을 산 사람이다. 한때는 천주교 정의구현 사제단에서 개최하는 시국 모임에 참석하기 위해 매주 서울을 오가기도 했다.

지요하 작가는 향리 태안과 서산에 대한 향토애가 남달라(전에는 태안과 서산이 하나의 행정 구역이었음), 청년 시절부터 지역의 척박한 문화풍토를 개척하기 위해 발 벗고 나섰다. 예컨대, 〈서산 문학회〉〈흙빛 문학회〉〈태안 문학회〉 등을 창립하고, 이를 오랜 동안 이끌어 나가며 지역의 가능성 있는 젊은이들을 발굴하고, 나아가 그들과 손잡고 향리의 자연, 문화재, 역사적 유물 등을 보호하기 위한 자연보존, 생명 존중운동에 앞장섰다. 또한 지역신문 등에 많은 칼럼을 기고하여, 지역인의 맹목적이고 완고한 인습적 사고(思考)에 날카로운 경종을 울렸다. 그는 아주 드물게 진보적인 사람으로, 경향 각지의 각종 언론 매체에도 그의 생각을 거침없이 쏟아낸다. 당연히 권위주의 시대에는 민주화를 위해 직접 투쟁하기도 했다.

요컨대, 그는 능력 있는 작가이며, 실천적인 문화운동가, 양심적인 종교인이다.

2009년 1월, 나는 지요하 작가의 적극적인 권유로 그 동안 관심이 없었던 〈한국문인협회〉와 〈한국소설가협회〉에 가입했다. 그는, 어차피 작가 활동을 하려면 우리나라의 대표적인 2개의 문인 단체에 회원으로 등록하여, 함께 활동하면 좋지 않겠느냐면서 가입원서까지 가져다주었다. 그 덕택에 나는 서울에서 활동하는 몇 작가와도 교분을 갖게 되었다.

2017년부터는 〈한국소설가협회〉 중앙위원으로 위촉되어 활동하고 있고, 2018년 문예지 〈한국소설 8월호〉에 단편 「석봉선사 구전(石峯禪師 口傳)」을 게재했다.

4.
보다 나은 삶을 향한
우리 시대의 항쟁

민청학련과 인혁당 사건

1.

1972년 박정희 대통령의 영구집권을 위한 10월 유신은 광범위한 국민의 저항을 초래하였다. 이에 정부는 1973년 1월 〈긴급조치 1, 2호〉를 발동하여 저항 세력을 억압한다. 이러한 상황에서 중앙정보부가 일본에 있던 김대중 선생을 납치해 오는 사건이 발생하자 반독재 운동이 거세지기 시작하고, 그간 각 대학별로 일어나던 데모가 민주청년학생총연맹(이하 민청학련)이란 이름으로 조직화한다. 1974년 4월 3일 전국 각지의 학생들이 시위에 나서자 유신 정권은 이들의 저항 운동이 확산되는 것을 막기 위해 긴급조치 제4호를 발동하여, 관련자 1,024명을 조사하고, 그 중 180명을 구속한다. 공산주의 국가를 건설하려는 인민혁명당(이후 인혁당)의 사주를 받아 국가 전복을 꾀했다는 죄목이었다.

군사 법정은 이들을 준엄하게 단죄했는데, 윤보선 전 대통령, 지학순 주교, 박형규 목사, 김동길 교수, 김찬국 교수 등 저명 인사들도 투옥되었고, 사형을 당한 사람이 8명(여정남, 도예종, 서도원, 하재완, 이수병, 김용원, 우홍선, 송상진), 사형 선고를 받았으나 집행되지 않은 사람이 7명 (후에 무기징역으로 감형됨, 이철, 유인태, 이현배, 김영일, 김병곤, 나병식, 김지하), 그리고 20년형을 받은 사람이 12명, 15년형을 받은 사람이 6명이었다.

당시 중앙정보부는 이들 학생들의 뒤에는 '인혁당 재건위'라는 공산주의 혁명 단체가 있었다면서, 그들이 민청학련을 조종하여 국가를 전복하려 했다는 죄목으로 인혁당 간부들을 구속했다.

'인민혁명당'이란 이름이 처음 나온 건 1964년이었다. 1963년 한일회담에 대한 범국민적인 반대 운동이 일어났을 때 위기에 직면한 군사

정권은 64년 6월 계엄령을 선포하고, 학생들의 시위 뒤에는 북괴의 지령으로 국가를 전복하려는 대규모 지하조직 '인민혁명당'이 있었다면서, 41명을 구속하였다. 걷잡기 어렵게 타오르는 반정부 시위의 힘을 약화시키려는 중앙정보부(당시 김형욱 부장)의 치졸하고도 악랄한 책략이었다. 이 때 구속된 사람들은 4·19 직후 민주주의를 주장하거나 남북대화를 부르짖던 진보주의자들로서 5·16이 일어난 직후 한번 검속된 적이 있는 사람들이었다. 이를 '제1차 인혁당 사건'이라 하는데, 당시 검찰에 송치된 피고인들이 무자비한 고문에 의해 거짓 자백을 했다면서 중앙정보부에 의한 조작설을 폭로함으로써, 그 대부분이 무죄로 방면되고, 반공법 위반으로 도예종 3년, 양춘우 등 6명은 1년을 선고받았다. 태산명동 서일필(泰山鳴動鼠一匹)이라 할까.

그런데 이 사람들이 다시 10년이 지난 후, 민청학련의 배후 세력으로 지목되어 체포되었다. 이른바 '제2차 인혁당 사건' 혹은 '인혁당 재건위 사건'이다. 위에 언급한 도예종만 하더라도 1차 인혁당 사건으로 옥살이를 한 뒤 대구 팔공산 산속에서 꿀벌을 키우면서 외부와의 접촉이 없는 고립된 생활을 하다가, 느닷없이 북한 간첩이라며 잡혀온 것이다. 이 사건은 즉시 국내외에 큰 반향을 불러일으켜, 7월 22일 뉴욕타임즈가 '한국에 있어서의 탄압'이라는 사설을 게재하였다. 명동성당을 중심으로 인권회복기도회가 열렸고, 대통령과 대법원장에게 국민의 탄원서가 제출되고, '인혁당' 관련자에 대한 고문협박을 규탄하는 집회가 개최되는 등 '인혁당' 피고들을 구하려는 노력이 각계각층에서 계속되었다. 그러나 75년 4월 8일 대법원은 피고 8명의 사형을 확정했다. 더욱 놀라운 것은 대법원 확정 판결이 있은 지 18시간 만에 전격적으로 그들 8명의 사형이 집행되었다는 사실이다. 문명국에선 상상도 못할 야만적인 일이 벌어진 것이다. '인혁당재건위사건'은 그 과정에서 자행된 잔혹한 고문과 허위 날조, 33명이라는 많은 사람에 대한 무자비한 최종 선고, 그리고 유례를 찾아볼 수 없는 신속한 형 집행 등으로 하여, 박정희 권위주의 시대에 벌어졌던 많은 인권침해 사건 중에서도 가장 악랄하고 야만적인 사건으로 기록되고 있다. 스위스에 본부를 두고 있는 〈국제법학자협회〉는 이 날을 '사법 사상 암흑의 날'로 명명하여, 그 야만성을 기록에 남겼다.

그 때문에 정권이 바뀌자 이 사건은 다시 국가적 논의의 대상으로 떠올랐고, 2002년 〈의문사 진상규명위원회〉는 이 인혁당 사건을 중앙정보부에 의한 조작 사건이라고 발표하였다. 학생들의 유신체제에 대한 거센 저항에 직면한 박정희 정권이 학생 시위의 배후에 공산주의자들이 있다는 인상을 심어주기 위해 조작한 사건이라는 것이다.

마침내 2007년 서울중앙지법은 도예종 등 8인의 무죄를 선고하였고, 동시에 그 유족들에게 637억 원의 배상금을 지급하도록 하였다. 국가 권력에 의한 자국 국민의 살인에 대한 책임을 엄중하게 물은 것이다.

2.

김원일 작가의 작품집 『푸른 혼』(이룸출판사, 2005)은 바로 이 제2차 인혁당 사건에서 사형당한 8인의 억울한 이야기를 그린 소설이다. 6편의 중·단편이 연작으로 되어 있는 이 소설에서 작가는 그들의 성장 과정, 가족 관계, 그들의 사상, 당시 중앙정보부의 잔악한 인권 유린 등을 낱낱이 보여주며, 어두웠던 한 시대를 증언하고 있다.

'푸른 혼'이란 무엇인가. 우선 푸르다는 건 젊은 생명을 의미하고, 그 냥은 결코 사라질 수 없는 처절한 원한을 의미한다. 시퍼런 원한이란 말이 있잖은가. 우리의 설화에 나오는 귀신들은 한결같이 억울한 원한 때문에 저승엘 못 가고 남은 사람들에게 자기의 억울함을 호소하려는 혼백이다. 장화 홍련이 그렇고, 아랑이 그렇다. 우리나라 무속신앙에서 모시는 최영 장군이나 임경업 장군이 그렇고, 여신으로 모시는 단종의 정비 정순왕후 송 씨도 마찬가지이다. 사람이 죽으면 저승으로 가는 것이 순리인데도, 이들은 너무나 억울하고 원통해서 그 순리를 어겨가면서까지 차마 저승으로 갈 수가 없다. 인간이, 그래도 인간인데 아무 잘못도 없이 이렇게 한 마리 벌레나 곤충보다 못하게 짓밟혀 죽을 수가 있는가. 그들은 혼이 되어서라도 증언하고 싶어 한다.

그들의 죽음이 더욱 비극적인 것은, 그것이 야만시대가 아닌 문명한 사회에서, 국민의 생명과 재산을 지켜야할 국가 권력에 의해 저질러졌다는 것이다.

나는 김원일 작가의 『푸른 혼』을 읽고, 오랜 동안 불 꺼진 방에서 분노와 비애에 사로잡혀, 푸른 혼으로 남은 사람들을 애도하고, 또 애도했다. 너무 억울하고 분해서 눈물이 쏟아지고 온몸이 부들부들 떨렸다.

나는 계간문학 「문학 마당 15호」(2006. 봄호)에 『푸른 혼』에 대한 서평(書評) 「시대의 어둠에 대한 통절한 증언과 진실의 힘」이라는 글을 발표하여, 인혁당 재건위 사건으로 억울하게 죽은 푸른 혼을 달랬다.

박정희 대통령의 사망

1979년 10월 26일 박정희 대통령이 시해되었다.

그해 3월 YH라는 가발업체에서 노사 대립이 발생하고, 그간 노동자들을 갖은 방법으로 착취했던 YH 사장은 회사를 폐쇄하고 미국으로 도피한다. 기댈 곳이 없었던 여공들은 야당 당사로 몰려갔고, 김영삼 총재는 여공들에게 호의적으로 집회 장소를 제공했다. 그러나 경찰은 이러한 노동 운동에 강경 대응하여, 여공들을 강제로 체포하고, 그 과정에서 여공들의 대표 김경숙이 사망한다. 그리고 유신 정권은 이를 빌미삼아 야당 총재 김영삼의 정치 생명을 끊어 버리기 위해 국회에서 제명까지 한다. 이에 격분한 부산, 마산에서 '유신 철폐, 독재 타도'를 구호로 하는 대대적인 시위가 일어나고, 정부는 긴급조치와 계엄령으로 이를 진압, 1500여 명을 구속한다. 이것이 이른바 부마사태이다.

당시 대통령의 좌우 손발이었던 사람은 정보부장 김재규와 경호실장 차지철이었다. 그런데 이 두 사람은 부마사태 진압에 대해 정 반대의 의견을 내놨다. 김재규가 민심이 심상치 않으니, 약간의 민주화 조치로 민심을 달래자는 온건책을 내놓은 데 비해, 차지철은 캄보디아의 킬링필드까지 언급하면서 1~200만 명쯤 죽여 버리면 꼼짝 못할 것이라는 강경책을 주장했다. 그리고 박 대통령은 차지철의 강경론을 지지했다.

김재규는 박 대통령과 같은 고향인 경북 구미 출신으로, 박 대통령이 교사를 하다가 군인이 된 것과 마찬가지로, 그도 김천중고에서 교편을 잡다가, 군에 투신, 승승장구하여 중장으로 예편하였다. 박 대통령과 김재규는 친구이면서 선후배로서, 군 생활에서도 김재규는 박 대통령의 총애를 받아 요직을 두루 거쳤고, 예편한 뒤에도 장관으로,

정보부 수장으로 늘 박 대통령을 보좌하였다.

이에 비해 차지철은 5·16 때 공수여단 대위로 쿠데타에 참여하여, 박 장군의 총애를 입어 파격적인 승차(陞差)를 거듭하였고, 문세광 사건(1974년 8월 15일 재일교포 2세 문세광이 육영수 여사를 암살한 사건) 이후 경호실장을 맡아, 박 대통령을 지근(至近) 거리에서 보좌하면서 제 분수에 넘치는 권력을 행사하였고, 매사에 강경책을 내놓아, 김재규와 대립하였다.

김재규는 기껏 육군 중령 출신인 차지철이 3성 장군인 자기에게 맞서는 걸 참을 수 없었는 데다 박 대통령이 그런 차지철의 편을 들자 결국 두 사람에게 총을 쏜 것이라 한다. 혹자는 김재규가 독재를 종식시키기 위해 대통령을 시해했다는 주장을 펴기도 하나, 유신 정권에서 많은 권력과 혜택을 누린 그가 뒤늦게 민주투사라는 이름을 갖는다는 건 온당치 않다고 생각한다.

결국 박 대통령은 지나친 권력욕 때문에 독재 정치를 했고, 이에 저항하는 국민들의 시위로 인해, 비극적인 결말을 맞았고, 그와 동시에 유신 독재도 그 막을 내렸다.

전두환 장군의 등장

박 대통령의 사망과 동시에 그간 유신체제에 반대하다 구속되었던 민주 인사들이 일제히 석방되고, 우리 사회는 민주화에 대한 희망으로 잠깐 들떴다. 그런데 언제부터인가 전두환이라는 이름이 사람들의 입에 오르내리기 시작했다. 보안사령관 전두환 장군. 그는 김재규가 맡았던 중앙정보부장까지 겸직하며 박 대통령 시해사건의 수사를 전담하는 합동수사본부장이 되어, 돌연 역사의 전면에 등장하였다.

전두환 장군은 수사본부장이 된 지 달포가 채 지나지 않은 1979년 12월 12일 전격적으로 이른바 〈12·12 군사반란사건〉을 일으켰다. 12·12 사건은 당시 육군참모총장이고 계엄사령관이었던 정승화 대장을 김재규의 내란에 방조한 혐의가 있다며 체포한 사건이다. 그리고 이 사건에는 전두환을 중심으로 한 군대 내 사조직 〈하나회〉가 결정적 역할을 하였다. 하나회는 육사 11기 동기생인 전두환, 정호용, 노태우, 김복동 등이 1963년 결성한 친목단체로 출발했으나, 각 기수 별로 3~4명의 경상도 출신 장교들을 영입하여, 12·12 당시엔 정치적 목적을 지닌 거대한 조직으로 성장해 있었다. 이들은 선후배가 서로 밀어주고 당겨주며 군 요직을 차지하고, 공조직의 명령과 지시보다 하나회의 명령을 더욱 중시하는 군대 내의 암(癌)적 존재였다. 12·12에서 본격적으로 그 실체를 드러낸 하나회는 육참총장 공관에 난입하여 정승화 계엄사령관을 체포하고, 육군 본부, 국방부, 중앙청을 점령하여, 권력을 접수하였다. 이들 하나회 회원들과 이들의 작전에 협조한 장성들을 '신군부'라 하는데, 신군부는 12·12 이후 권력의 실세로 나서게 된다.

당시 최규하 대통령은 전두환 장군의 이러한 계획에 반대했으나, 신군부는 허수아비 대통령의 결재 여부와 관계없이 유례없는 하극상을 연출하였으며, 이 12·12 사태로 정승화 참모총장, 장태완 수경사령관, 정병주 특전사령관 등이 숙청되고, 드디어 전두환 장군의 쿠데타가 막을 올린다.

이후 하나회는 전두환 정권과 노태우 정권 12년간 권력의 핵심부를 형성했다가, 김영삼 대통령에 의해 전격적으로 해산되어, 그 결말을 맞이했다.

5·18 광주민주화운동의 비극

1. 있을 수 없는 비극

1980년 봄, 전두환 신군부의 정권 탈취 야욕이 노골화하자 5월 13일부터 서울, 부산, 대구, 광주 등 대도시의 37개 대학에서 계엄 철폐와 신군부에 반대하는 시위가 일어난다. 5월 15일 학생 시위는 서울 시가지를 마비시킬 정도로 격렬하였으며, 신군부를 위협할 정도였다. 결국 전두환 신군부는 5월 17일 자정을 기해 비상계엄을 확대하고, 각 학교에 휴교령을 내린다. 그리고 당시 3김으로 불리던 김종필 씨와 김대중 씨를 구속하고, 더불어 권력형 부정축재자, 소요 조종 혐의자, 학생시위 주동자 등을 광범위하게 체포한다.

그리고 이튿날, 5월 18일 대대적인 시위가 발생한다. 전남대 학생들은 학교 교문이 봉쇄되자 교문 앞에서 시위를 시작했고, 전날 밤 파견되었던 공수부대는 이를 강력히 저지했다. 공수부대를 피해 시내 곳곳에서 다시 집결한 학생들은 시위를 계속했고, 이날 오후 1시부터 공수부대의 무자비한 진압이 시작되었다. 진압군은 금남로 등 시내 중심가에서 학생은 물론, 학생처럼 보이는 청년이나 여자 들을 무자비하게 구타하고, 칼로 찌르고, 짓밟았다. 도로엔 유혈이 낭자하고, 수많은 사람들이 비참하게 나뒹굴었다. 그들의 잔혹한 행동은 자국군 군대가 자국 국민에겐 도저히 행할 수 없는 만행이었다. 아니 적국의 민간인에게도 할 수 없는 잔혹한 폭행이었다. 그 때문에 이를 지켜본 시민들이 경악과 분노로 학생들의 시위에 가담하게 되었다. 성난 시민과 학생 들은 파출소를 파괴하는 등 적극적인 공세에 나선다.

5월 19일 11특전여단이 광주에 투입되었고, 전날 수백 명이 다친데 항의하는 시민들이 금남로에 모여들자 또 공수부대가 진압에 나섰다.

헬기가 동원되고, 탱크까지 나타났다. 그리고 진압군은 이때부터 총검을 사용했다. 그들은 체포한 시민들을 거의 발가벗겨 무릎을 꿇리고, 개머리판으로 얼굴을 까고, 머리를 땅에 박게 한 뒤 군화로 짓뭉개는 등 차마 눈으로 볼 수 없는 야만적 진압을 계속했다. 이날 오후 5시경 최초의 발포가 있었다. 시외버스 터미널에서 시체 7~8구가 발견되고, 시위 군중의 구호는 '비상계엄 철폐'에서 '살인마 전두환 물러가라'로 바뀌었다.

20일 무장의 필요성을 절감한 시민들은 화순, 해남, 나주 등 광주 인근지역에서 무기를 탈취하여 무장하였고, 계엄군과 시가전에 들어간다. 시민 봉기가 무력 항쟁으로 전환된 것이다. 양측에 많은 사상자가 나고, 계엄군은 21일 오후 광주 외곽 지역으로 일시 작전상으로 퇴각한다.

그리고 계엄군은 27일 새벽, 탱크 등으로 중무장한 2만 5천여 명의 대병력을 투입하여 대대적인 진압작전을 전개한다. 도청에 있던 시민군은 5시 22분 모두 진압되어, 전원 계엄군에게 체포되고, 그날 하루 종일 시내 가택 수색으로 시위 관련자들이 상무대로 잡혀간다.

1995년 국방부 검찰부의 발표에 의하면, 그때까지 확인된 사망자는 193명(군인 23명, 경찰 4명, 민간인 166명)이고, 부상자는 852명이었다. 그 후 다른 기관에서 발표한 내용에는 사망자가 231명이었다는 기록도 있다.

2. 언론과 방송의 왜곡 보도

그런데 우리 국민은 이러한 비극이 일어난 것을 한 동안 까맣게 모르고 있었다. 우리 언론과 방송은 광주에서 북한 공산당의 사주를 받은 불순분자들이 국가를 전복하기 위한 폭동을 일으켰으며, 정부는 이를 진압하기 위해 진압군을 파견했다는 터무니없는 보도를 했다. 매스컴을 장악한 신군부의 명령에 따른 것이었다. 우리 국민은 장님과 귀머거리가 되어 아무 것도 몰랐다. 공수부대의 과잉 유혈 진압과 발포 사실은 어떤 신문이나 방송에도 나오지 않고, 광주 시민들은 불순한 폭도, 간첩으로 내몰렸다. 국민들은 국가를 전복하기 위한 광주 폭동에 군대를 파견했다는 걸 당연하게 여겼다.

5월 20일 전남매일신문 기자들은 공수부대의 무자비한 진압과 발포 사실을 보도하는 기사를 작성했으나, 신군부의 감시를 받는 신문 경영진의 방해로 발표하지 못했다. 그들은 진실이 무참하게 왜곡되는 현실을 짤막한 유인물로 남겼다. "우리는 보았다. 개 끌리듯 죽어가는 것을 두 눈으로 똑똑히 보았다. 그러나 신문에는 단 한 줄도 싣지 못했다. 이에 우리는 부끄러워 붓을 놓는다." 우리 언론은 이처럼 5·18의 진실에 대해 침묵을 강요당했다.

그러나 국내의 매스컴과는 달리 전 세계의 외신은 신군부의 이러한 만행을 제대로 보도하였다. 5월 21일 독일 NDS 방송은 광주 사태의 실상을 발표했으며, 5월 25일 AFP 통신은

"광주의 인상은 약탈과 방화와 난동이 아니다. 그들은 민주주의란 대의에 의해 움직이고 있다."라고 전 세계에 타전했다.

5월 28일 미국 CBS 방송은 "한국 정부가 광주 사태의 원인을 공산주의의 선동에 의한 것이라고 왜곡함으로써, 시위가 계엄령 반대와 군부의 과잉 진압 때문에 일어났다는 것을 숨기려 하고 있다."고 진실을 보도했다.

프랑스 언론사 르 몽드의 기자 필립 퐁스는 "1980년 5월 27일 아침 광주는 죽음의 도시와 같았으며, 그때 당시의 상황을 학살"이라 증언했다.

독일 기자 위르겐 힌츠펜터는 광주의 진실을 서방 세계에 처음 알

린 기자로서, 그는 목숨이 위태로운 현장에 잠입하여, 그 참담한 광경을 사진에 담아 전 세계에 폭로하였다. "내 생애에 이와 비슷한 상황을 목격한 적이 없었다. 심지어 베트남 전쟁에서 종군기자로 활동할 때도 이렇듯 비참한 광경은 본 적이 없었다."

또 AP 통신 테리 엔더슨(당시 LA 타임즈 일본 총국장)은 "5·18은 사실상 군인들에 의한 폭동이었다. 군인들은 놀라움과 분노로 가득 찬 시민들 앞에서 시위대를 추격하며 곤봉으로 때리고 최루탄은 물론 총까지 쏘았다. 공수부대원들은 상점과 시내버스 안까지 쫓아가서 젊은이들을 잡아 끌어냈다. 광주는 분노로 일어섰다."고 술회했다.

또 미국 AP 통신 기자 샘 제임슨은 "한국전쟁 이후 한반도에서 1980년 광주의 3일간 군대 만행에 의한 희생보다 더 큰 것은 없었다."면서, "대한민국의 거대 신문들은 광주 소재 ㈜한국화약 창고의 다이너마이트 탈취 같은 시위자들의 과격 행동은 강조하고, 군대의 잔인한 행동에 대해서는 침묵했다."고, 당시 언론의 태도에 대해서도 비판의 필봉을 휘둘렀다.

5·18 광주민주화운동을 무자비하게 진압한 전두환 장군과 신군부는 이때부터 그들의 정권욕을 노골적으로 드러내고, 1980년 5월 31일 〈국가보위비상대책위원회〉를 발족시켜, 실질적으로 국가를 통치하게 된다. 12·12에서 시작된 쿠데타가 드디어 완성된 것으로, 훗날 세계에서 가장 오랜 시간이 걸린 쿠데타라고 평가되었다.

3. 아직도 끝나지 않은 논란

5·18 광주민주화운동은 전두환 노태우 정권 내내 '북한의 사주를 받은 일부 불순분자들의 폭동'으로 평가되다가, 1993년 김영삼 대통령

이 문민정부를 출범시키자마자 곧바로 국가적 논의의 화두로 떠올랐다. 이후 국가 차원의 논의의 끝에 1995년 5·18은 '광주민주화운동'이라는 새로운 이름으로 긍정적 평가를 받게 되고, 우리나라 민주화 운동의 중요한 분수령으로 자리매김받게 되었다. 당연히 전두환 장군은 군사반란 및 내란죄의 수괴(首魁)로 1996년 8월 6일 사형 선고를 받았고, 같은 날 노태우 장군은 22년 6개월의 징역에 처해졌다. 신군부의 핵심 멤버였던 정호영, 황영시, 허화평, 이학봉 등은 10년형을, 허삼수, 유학성, 최세창, 이희성 등은 8년형을 받아 모두 수감되었다. 이들은 훗날 국민화합 차원에서 감형 내지 사면을 받았지만, 전두환과 신군부의 쿠데타에 대한 사법적, 역사적 평가는 '군사반란'과 '내란'으로 최종 기록되었다. 그리고 1997년 보훈처는 5월 18일을 '5·18 민주화운동 국가기념일'로 제정, 그 정신을 길이 기리도록 했다.

역사적으로 볼 때 5·18 광주민주화운동은 1960년 4·19 혁명의 정신을 이어 받은 민주화 투쟁이고, 그 연원을 거슬러 올라가면, 1919년 3·1 만세운동, 더 나아가 1894년 동학운동으로까지 소급할 수 있다. 그리고 이러한 5·18의 정신은 7년 뒤인 1987년 6월 민주항쟁으로 이어진다.

얼마 전 전두환 장군이 회고록을 냈는데, 그 책에 5·18 광주민주화운동을 '북한의 사주를 받은 불순분자들이 일으킨 폭동'이라고 기록하여, 세인의 공분을 샀다. 광주 시민단체는 전두환 전 대통령을 명예훼손으로 고발하여 법정 심판을 앞두고 있다. 게다가 얼마 후 모(某)당 국회의원 3명이 그와 궤를 같이하는 발언을 하여, 다시금 우리를 놀라게 했다. 1980년 발발한 광주민주화운동은 이미 몇 십 년이 지났고, 그간 왜곡되었던 진상이 밝혀질 만큼 밝혀졌다. 그런데도 일부 국민들이 5·18 광주민주화운동을 '북한의 사주를 받은 불순분자들이 일으킨 폭동'이라고, 신군부가 한 말을 그대로 믿고 있다는 것은, 참으로 안타까운 일이다.

이러한 광주민주화운동에 대해 황석영 작가는 「죽음을 넘어, 시대의 어둠을 넘어(1985년)」라는 저서를 내어, 5·18의 진실을 상세하게 기록, 고발하였고, 윤정모의 「밤길」, 임철우의 「동행」, 홍희담의 「깃발」 등의 소설이 발표되기도 했다. 또한 「꽃잎」 「화려한 휴가」 「26년」 「택시 운전사」 등의 영화로 만들어지기도 했다.

나는 광주에서 중고등학교를 다닌 데다, 내 형제들이 광주에서 살고 있어서, 광주의 비극에 대해서 일반 국민과는 다른 심한 아픔을 느꼈다. 그런 엄청난 사건이 일어났는데도 한동안 그 진상을 모르고 있었다는 데 대한 자괴감도 있었고, 그런 광주민주화운동에서 아무런 행동도 하지 못한 방관자가 되었다는 데 대해 평생 부채감을 갖게 되었다.

1987년 6월 민주항쟁

12·12 군사정변과 5·18 광주민주화운동을 통해 정권을 찬탈한 전두환 장군과 신군부는 1980년 10월 계엄령 하에서 새로운 헌법을 통과시키고, 1981년 3월 전두환 장군이 대통령이 되며 제5공화국을 출범시켰다. 전두환 정권은 사회 통제를 목적으로 언론을 통폐합하고, 뉴스를 사전 검열하여, '땡전뉴스'라는 풍자적인 말이 유행하기도 했

다. 저녁 9시가 땡하고 울리면 언제나 전두환 대통령의 얼굴이 뉴스의 첫머리에 나온다는 데서 유래한 말이다. 정권 초기에 과외를 전면 금지하고, 각계각층에 만연한 사회악을 정화하여 국가 기강을 확립한다는 명분으로, 삼청교육(불량배 소탕 계획)을 실시했다. 그러나 이 삼청교육대에 잡혀간 사람 중에는 원래의 의도와는 달리 억울한 사람이 상당수 있었으며, 고된 육체 훈련과 구타, 얼차려 등이 상습적으로 행해졌다. 사망자도 수십 명이나 되었다. 이런 가혹 행위와 인권유린 때문에 삼청교육대는 훗날 과거사 진상규명위원회에 의해 그 설치 자체가 불법이라는 판정을 받았다.

전두환 정권은 유신 체제와 마찬가지로 자유를 억압하고, 민주화 운동을 탄압하는 등 군사 독재를 계속하였다. 이에 대해 사회단체와 학생들의 저항은 정권 말기로 갈수록 심해졌고, 이들을 막기 위한 경찰과 정보 기관의 대응 또한 갈수록 악랄해져 갔다.

1985년 전두환 정부는 정권을 계속 유지하기 위한 방편으로 야당의 일부를 끌어들여 내각제 개헌을 추진했고, 이에 대해 민주 세력은 민주 헌법 쟁취, 독재 타도, 대통령 직선제 쟁취를 외치며 치열하게 맞섰다.

이런 와중에 1987년 1월 14일 박종철 고문 치사 사건이 발생했다. 경찰은 1985년부터 지명수배된 서울대생 박종운의 소재 파악을 위해 그의 후배인 박종철을 잡아다 고문을 하다가, 사고를 냈던 것이다. 당시 치안본부장은 "책상을 탁! 치니까 박종철 학생이 억! 하고 죽었다."는 터무니없는 해명을 하며, 이 고문치사 사건을 은폐, 왜곡하려 했으나, 천주교 정의 구현 사제단 김승훈 신부에 의해 진실이 폭로되었다. 그리고 박종철 학생의 죽음은 엄청난 폭발력으로 6월 민주항쟁의 도화선이 되었다.

결국 내각제 개헌이 불가능해지자 전두환 정권은 1987년 4월 13일

5공 헌법을 그대로 유지하겠다는 '호헌 조치'를 발표하고, 이에 반대하는 시위가 전국적으로 확산되었다. 당국은 이러한 민주 세력을 강도 높게 탄압하였고, 6월 9일 연세대 학생 이한열이 최루탄을 맞고 쓰러졌다. 이에 분노한 민주 세력들은 6월 10일과 18일, 26일, 3차례에 걸쳐 대대적인 규탄대회를 열고, 시위를 벌였다. 이때 시위에 참여한 시민들의 숫자가 400만 내지 500만으로 서울의 모든 거리는 물론 지방 도시까지 휩쓸었으며, 국민들의 이러한 분노에 놀란 5공 정권은 마침내 항복하지 않을 수 없었다. 6월 29일 당시 민정당 대통령 후보였던 노태우 씨는 ①대통령 직선제 실시 ②선거법 개정 ③김대중 사면 복권 ④시국 사범 석방 ⑤언론 자유 보장 ⑥지방 자치제 실시 ⑦대학 자율화 ⑧자유로운 정당 활동 보장 등 8개항을 수용하는 담화문을 발표했다. 이것이 바로 '6·29선언'으로, 20여 일간 치열하게 전개되었던 민주 항쟁이 국민의 승리로 끝난 것이다.

1987년 6월 민주항쟁은 국민들의 힘으로 권위주의 정권의 지속을 저지하고, 민주주의를 쟁취했다는 데 큰 의미가 있다. 비록 야당 대통령 후보가 둘로 갈라져서 노태우 민정당 대표가 대통령에 당선되어, 아쉬움을 남겼지만, 이로 인해 우리 국민의 정치의식은 한층 성숙해졌고, 우리나라는 더 이상 권위주의 독재가 발붙일 수 없는 땅이 되었다.

청천하늘에 날벼락 IMF 사태

1.

그때, 1990년대 중반 우리나라는 단군 이래 최대 호황이라고 난리가 났었다. 사치품, 호화 외제품을 사들이고, 비싼 외식을 일상화하고, 유명 브랜드 상품을 구매하고, 너도 나도 해외여행을 간다고 부산을 떨었다. 과소비가 미덕이라고 떠들어대는 사람들까지 있었다. 당시 김영삼 정부는 OECD(경제협력개발기구)에 가입하기 위해 원화 가치를 고평가하여, 1인당 GNP가 1만 달러를 넘어섰다며, 뜬구름을 띄웠다.

그러다 하루아침에 날벼락이 떨어졌다. 갑자기 국가 부도가 나게 생겼다는 것이다. 한보그룹이 제일 먼저 부도를 내고, 뒤이어 삼미그룹, 진로그룹, 대농그룹, 기아자동차, 쌍방울, 해태 등 12개 대기업이 연쇄적으로 부도가 났다. 우리 국민은 아연실색하였다. 알고 보니, 이미 국가 경상수지가 급감하고, 국가 부채가 1,500억 달러를 넘어서고 있었다. 이러한 외환위기는 먼저 태국, 인도네시아, 홍콩을 강타하고, 우리나라에까지 불어닥쳤으나, 정부나 민간 모두 속수무책이었다. 심지어 김영삼 대통령도 11월 10일 당시 경제부총리의 전화 보고를 받기 전까지 이러한 외환위기에 대해 깜깜히 모르고 있었다니, 무슨 대책이 있었겠는가.

우리나라는 그간 산업화 과정에서 기업 설립을 최우선시하여, 정부가 보증을 서고 기업이 금융기관으로부터 자유롭게 융자를 받게 하였는데, 이러한 관치(官治) 금융의 결과, 놀랍게도 당시 대기업의 부채 비율이 1000% 내지 3000%가 되었던 것이다. 내 돈이 1억인데 빚이 10억 내지 30억이나 되었다는 얘기이다. 한국 경제가 위태롭다는 판단에 그간 우리나라에 돈을 빌려 주었던 채권국들이 앞다투어 돈을 회수하기 시작하자 우리나라는 하루아침에 달러 빈털터리가 되었다. 국고에 달러가 20억 불밖에 남지 않았다는 보도도 있었다. 은행은 당연히 돈을 융자해 주었던 기업에게 빚을 갚으라고 독촉하고, 갑자기 돈을 갚을 길이 없었던 기업은 결국 부도를 내고 망하게 되었다. 1997년 12월부터 1998년 1월 사이에 이렇게 망한 기업이 3000여 개가 넘었다. 나라가 망하게 되었다는 말이 과언이 아니었다.

이러한 외환위기 뒤엔 외국계 거대 자본회사들의 음흉한 농간이 숨어 있었다는 원인설이 있고, 이는 어느 정도 정설로 받아들여지고 있다. 국제적으로 급격한 자본의 자유화가 이루어지고 있는 상황에서 아시아 여러 나라의 금융 산업이 일천(日淺)하고 그 기법이 원시적임을 노려, 서구와 미국의 거대 자본이 아시아의 금융 산업을 장악하고, 기업을 지배하기 위한 음모를 꾸몄다는 것이다. IMF 이후 대규모의 기업 구조 조정이 이루어지고, 적대적 M&A(기업인수합병)가 이루어질 때 외국 거대자본이 우리나라 알짜 기업을 말도 안 되는 헐값으로 인수한 것 등이 그 구체적 예라는 얘기이다. 실제로 IMF 이후 국내 우량 주식의 외국인 소유 비율이 엄청나게 높아진 것은 통계로 증명되고 있다. 론스타 법인이 외환은행을 헐값에 사들였다가 단기간에 엄청난 이윤을 내고 금방 빠져나간 것은 온 국민이 다 알고 있는 사실이다. 론스타는 금융에 투자한 것만이 아니라 회사나 건물 등도 사들여 4조 6천억의 시세 차익을 얻고 썰물처럼 빠져나갔다. 그럼에도 불구하고 궁극적으로는 이러한 사태가 올 것을 모르고, 그에 미리 대처하지 못한 정부에 그 책임이 있다.

2.

 김영삼 정부는 부랴부랴 IMF(국제통화기금)에 구조를 요청했고, 정권을 넘겨받은 김대중 정부는 195억 달러의 구제 금융을 받아 우선 급한 불을 껐다. 그러나 그 대가는 매우 혹독했다. 경제 주권이 IMF로 넘어가, 우리나라는 IMF의 요구대로 시장 개방, 대기업 구조 조정, 정리 해고제 도입, 적대적 M&A 허용, 대량 해고, 임금 삭감 등 뼈를 깎는 조치를 하지 않을 수 없었다. 주가종합지수는 1/3로 하락하고, 환율은 900원대에서 최고 1950원까지 2배로 올랐고, 은행 금리는 11%에서 30%로 3배나 폭등했다.

 IMF 기간 중에 발표된 한 통계에 의하면, 구체적으로 5개의 부실 은행, 16개의 종합금융사, 2개의 증권사, 4개의 생명보험사가 문을 닫았고, 그 밖의 금융회사도 대규모 금융 조정과 부실채권 정리에 들어가야 했다. 기업의 구조조정으로 재벌 그룹 중 주력기업 1, 2개만 남기고 사실상 해체된 그룹이 20개가 넘었다. 대기업이라 불릴 만한 회사 중 93개가 매각되고, 250여 개는 기업정리에 들어갔다. 중소기업은 소리 소문도 없이 3만 3천여 개 회사가 부도를 맞거나 워크아웃(기업 개선 작업)되었다. 공공기관 또한 광범위하게 통폐합되었다. 이런 과정에서 정리 해고, 희망 해고 등으로 엄청나게 많은 사람들이 일자리를 잃고 쫓겨났으며, 물가는 치솟고, 시중에 돈이 고갈되는 등 우리나라는 견디기 어려운 엄혹한 시절을 맞이했다. 많은 가정이 파괴되고, 자살자가 속출하고, 거리엔 실업자가 넘쳐났다. 일반 국민에겐 문자 그대로 청천하늘에 날벼락이었다.

 나는 평소 대우 그룹 김우중 회장을 매우 뛰어난 기업인으로 생각하고 있다가, 이때 대우 그룹이 해체되는 것을 보고 안타깝게 생각했다. 훗날 내가 베트남을 여행하다가, 베트남 사람들이 대우 그룹 김우

중 회장을 'Chairman Kim'이라 부르며 매우 존경하고, 대우그룹이 해체된 것을 안타깝게 생각한다는 것을 알았다. 그 까닭은, 베트남이 '도이모이(새롭게 바꾼다는 뜻)'라는 이름으로 개혁, 개방 정책을 펼칠 때 외국인으로서 제일 먼저 과감한 투자를 하고, '도이모이'에 여러 유익한 조언을 해준 사람이 김 회장이기 때문이라 했다. "조금만 더 기다리면 황금 알을 낳을 닭을, 그 잠깐을 못 참고 잡아버렸다."는 게 베트남 사람들의 생각이었다. 훗날 김대중 대통령의 자서전을 읽어보니, 김 대통령은 김 회장을 만나 "주력 기업 몇 개만 살리고 나머지는 모두 매각하여 우선 살아남아야 하지 않겠느냐?"며 몇 번이나 권했으나, 김 회장이 우물쭈물하며 결단을 내리지 못하다가 결국 그룹이 해체되는 비운을 맞았다고 쓰여 있었다.

우리 국민은 IMF를 벗어나기 위해 정부와 국민이 일심 단결하여 빚 갚기에 총력을 기울였다. 을사(乙巳) 늑약(勒約) 후 일본에 진 빚을 갚기 위한 〈국채보상운동〉을 능가하는 범국민적인 금 모으기 운동이 전개되었다. 그 결과 351만여 명의 국민이 이에 참여하여, 227톤, 달러 환산 21억 3천만 달러 어치의 금을 모았다. 이러한 일은 일찍이 어느 나라에서도 찾아볼 수 없었던 사례로서 세계를 놀라게 했고, 기네스북에까지 기재되기도 했다. 우리는 놀라운 저력을 발휘하여 빠르게 빚을 갚고, IMF 체제에서 빠져 나왔다. 그러나 그 상처는 깊었고, 후유증은 오래 계속되었다.

5.
그대에게 하고 싶은 이야기가 있다

한국인의 신분 상승 욕구와
노블레스 오블리쥬

한국인처럼 신분상승 욕구가 강한 민족도 드물 것이다. 언어란 사람의 생각을 표현하는 것으로, 언어를 살펴보면 그 언어를 쓰는 국민의 의식과 감정, 사상을 이해할 수 있다.

내가 어렸을 때만 해도 간호사를 간호원으로 불렀다. 운전기사를 운전수, 가정관리사를 식모, 요리사를 숙수(熟手)라 했다. 어느 사이 모두 '사(士)'자가 붙여졌다. '사(士)'는 배운 사람, 교육받은 사람, 즉 선비를 뜻한다. 그리고 선비가 벼슬에 나가면 대부(大夫)가 된다. 봉건시대에 가장 높은 계층이 사대부 계층이었고, 이러한 의식은 21세기인 오늘날에 와서도 별로 변함이 없다. 우리 부모 세대는 안 먹고 안 입고 안 쓰고 허리띠를 졸라매고서 자식들을 대학 공부를 시키기 위해 자기를 희생했다. 대학을 나오면 이른바 '사(士)'자를 붙여주기 때문이다. 학사(學士), 석사(碩士), 박사(博士)가 그것이다.

또 하나 우리나라 사람들이 좋아하는 것이 '장(長)'이다. 계장, 과장, 부장, 사장, 회장, 교장, 이장, 면장, 시장, 의장, 총장······. 조그마한 구멍가게 주인도 사장이고, 몇 명 안 되는 모임의 책임자도 회장이다. 회장도 모자라 심지어 왕회장도 있다. 장(長)은 우두머리이다. 다들 '장'으로 불리는 걸 좋아한다.

이러한 말의 사용을 보면 우리 사회가 얼마나 신분 상승의 욕구가 강한지 알 수 있다. 그리고 우리 사회는 세계 여러 나라 중에서도 신분 상승의 걸림돌이 제일 적은 나라이다. 산골 나무꾼의 아들이 공부 좀 하여 사법고시라도 합격하면, 하루아침에 상류층에 편입된다. 기업 운영에 성공하여도, 의사만 되어도, 고위 관리와 군대 장성만 되어도 금방 상류 사회 사람이 된다.

100여 년 전엔 '장이(匠人)'라 해서 천대받던 장인들이 이제 '명인' 대접을 받고, 광대라고 천대받던 연예인들이 지금은 사람들의 부러움을 받는 상류층이 되었다. 이러한 사회 계층의 자유로운 상승은 주로 교육에 의해 이루어졌고, 그 때문에 우리나라는 세계 어느 나라보다 교육에 대한 열의가 뜨겁고, 교육에 대한 국가적, 가정적 투자 또한 엄청나다. 인구 비례로 볼 때 우리나라는 세계에서 대학진학률 1위 국가이다. 유럽의 대학 진학률이 40~50%인데 비해 우리나라는 80%에 달한다. 국가적으로, 가정적으로 과잉 투자된 면이 있다.

일제강점기인 1920년대에 당시 천대받던 백정(白丁)들에 의해 '형평사(衡平社) 운동'이 일어났다. 그만큼 천민에 대한 사회적 차별이 심했었다. 우리가 어렸을 때만 해도 백정들은 신분을 감추기 위해 자기가 살던 곳을 떠나 감쪽같이 종적을 감춘 일이 비일비재했다. 자녀의 혼사를 위해 신분을 감추고 타지로 떠났던 것이다. 그러나 몇 십 년이 지난 지금 어디 백정을 천대하고, 정육업을 천대하는 사람이 있는가. 그리고 옛날 양반이었다고 가문 자랑하는 사람이 있는가. 그만큼 우리 사회는 신분 이동이 자유롭고, 봉건적인 차별을 과감하게 혁파했다.

눈을 세계로 돌려보면 지금도 왕과 왕족, 귀족이 엄연히 존재하고, 왕이 작위(爵位)를 수여하는 나라를 어렵지 않게 볼 수 있다. 영국의 상원의원들은 귀족으로 구성되고 세습되며, 평민은 발을 들여놓을 수 없는 곳이다. 민주주의의 본 고장인 영국에 아직도 계급의 벽이 우뚝하며, 미국 또한 눈에 안 보이는 상류사회가 엄연히 존재한다. 흔히 미국을 지배하는 것은 WASP(White Anglo Saxon Protestant)라고 한다. 백인이며, 그 중에서도 앵글로 색슨족이고, 개신교도(改新敎道)라는 말이다. 아직도 WASP가 부와 권력을 독점하고 있는 게 현실이다. 미국을 자유와 평등의 나라라고 하지만 이는 지향목표일지언정 현실은 아니다. 흑인과 히스패닉(라티노), 아시아계 이민들에 대한 차별은 미국의 고질적 문제 중 하나이다. 심지어 지금까지 카스트제도가 엄연히 존재하는 나라도 있다. 그만큼 신분 이동이나 상승이 쉽지 않다.

그러나 외국의 상류사회는 철저하게 노블레스 오블리쥬(Noblesse Oblige) 사회이다. 프랑스말로 노블레스 오블리쥬는 '귀족은 의무를 갖는다'는 뜻이다. 상류층으로 대접 받는 만큼 일반 서민들보다 더 크고 많은 사회적 의무를 충실히 이행한다. 영국이 전쟁에 돌입하면, 제일 먼저 황태자가 앞장서고, 그걸 보고 귀족이 뒤따르고, 그 다음에야 평민이 나아간다는 얘기가 있다. 미국의 억만장자들은 해마다 수십억 달러를 사회 환원하고, 사망할 때는 공익재단을 만들어 국가와 사회에 기여한다. 해마다 400조 원 내외의 천문학적인 돈이 기부금으로 걷힌다. 얼마 전에는 뉴욕의 부자 40여 명이 부자증세를 자청하여 우리를 놀라게 했다. 모든 일에 솔선수범하고, 도덕적 규범을 준수하여, 사람들의 존경을 받는다. 부정부패를 혐오하고, 봉사활동을 일상적으로 행한다.

그러나 우리나라 사람들은 신분상승으로 누리는 권리와 명예, 부만 탐할 뿐, 마땅히 따라야 할 책임과 의무를 다하지 않는다. 참다운 노블레스 오블리쥬 정신을 실천하는 사람이 매우 드물다. 오히려 더 큰 권세와 명예, 부를 누리기 위해 불법과 탈법, 부정비리를 저지르는 사람이 많다. 국가의 요직에 임명될 사람들의 국회 청문회를 보면, 어찌 그리 깨끗한 사람이 드문가. 지금 재판에 회부되어 매스컴에 오르내리는 상류계층 사람들의 행태는 또 어찌 그리 더럽고 지저분한가.

상류사회를 부러워하고 존경하는 사회는 건전한 사회이다. 그러나 우리나라는 상류사회를 부러워하긴 하나, 존경하지 않는다. 그 까닭이 어디 있는가. 비극적인 일이다.

도적과 영웅

1.

우리나라의 국문 소설은 허균의 『홍길동전』을 그 효시로 삼는다. 홍길동은 홍 판서의 서자로 태어나, 어린 나이에 도술까지 할 줄 아는 기인이사(奇人異士)이다. 그러나 그는 호부호형을 못하고 대장부의 뜻을 펼칠 수 없는 봉건적 신분제도에 절망하여 가출한다. 그는 산적들의 두목이 되어 그들 무리를 활빈당이라 이름하고, 탐관오리들을 징치하고 그들의 재물을 탈취하여 가난한 자들의 구제에 쓴다. 나라에서는 그를 잡으려 한다. 그러나 도술을 쓰는 그를 잡는 것이 불가능하자, 그에게 병조판서의 벼슬을 주겠다며 회유한다. 길동은 무리를 이끌고 율도국에 가서, 불의한 왕을 내쫓고 이상국을 건설한다.

홍길동은 조선조 연산군 시대에 공주 무성산 일대를 무대로 악명을 떨쳤던 실존인물이다. 실록 「연산군 일기」에는 연산군 때 홍길동이 도적으로 이름을 떨쳤으며 조정의 대신 엄귀손과도 교유가 있었다는 기록이 여러 곳에 있고, 「중종 실록」에도 그의 이름이 오르내리고 있다. 허균이 한때 충청도 관찰사가 되어 충청 감영이 있는 공주에 좌정해 있을 때 그곳 무성산성을 본거지로 하여 홍길동이라는 대적(大賊)이

활약했었다는 이야기를 듣고, 이를 작품화하였다는 가설이 가능하다.

그런데 부정적 인물인 도적이 긍정적 인물인 민중의 영웅으로 탈바꿈된 까닭은 무엇일까. 긍정적 현실, 바람직한 현실에서는 도적은 한낱 도적일 뿐 그 이상도 그 이하도 아니다. 그러나 그 현실이 극한적 부정적 현실일 때는 도적이 바로 그 부정적 현실과 대립하는 영웅이 되는 것이다. 마이너스와 마이너스가 결합되면 플러스가 되는 이치이다.

허균이 당대 현실에 불만을 품고 2번이나 혁명을 계획하다 실패하여, 결국 사사(賜死)되었다는 사실은 그가 당대 현실을 어떻게 보았는가를 보여준다. 그리고 이러한 부정적 현실 인식이 도적 홍길동을 영웅으로 탈바꿈시킨 원천이 되었다 하겠다.

2.

벽초 홍명희의 대하소설 『임꺽정(임거정, 임거질정)』도 마찬가지이다. 명종 때 황해도의 산악지대를 중심으로 몰락 농민과 백성, 천민 들을 규합하여 지배 계층의 수탈에 대항한 큰 도적이 임꺽정이다. 소설 『임거정』의 첫머리 「봉단편」 「피장편」 「양반편」은 연산군과 중종, 인종조의 사회 현실을 그려준다. 어두운 임금과 권력 투쟁에 영일(寧日)이 없는 조정, 피폐한 백성들의 삶이 파노라마처럼 펼쳐진다. 이러한 암울한 역사적 사회적 배경에서 천하장사 임꺽정이 출현한다. 「의형제편」은 임꺽정이 현실 사회와 불화하여 내쫓긴 사람들과 의형제를 맺는 과정을 보여 준다. 귀신같은 활솜씨를 가진 이봉학, 백발백중 표창을 던지는 박유복, 힘센 젊은 노비 곽오주, 쇠도리깨를 자유자재로 쓰는 길막봉, 하루에 천릿길을 오가는 황천왕둥이, 돌팔매질의 달인 배돌석, 아전 출신의 꾀돌이 책사(策士) 서림, 이들은 다들 부조리한 봉건적 제도와 관습 때문에 밝은 세상을 살지 못하고 녹림으로 숨어든 자들이다. 소설의 마지막 편인 「화적편」은 임꺽정 패거리들이 청석골을 거점으로 의적으로 활약하는 내용이다. 임꺽정은 의형제들과 함께 여러 지역의 관청, 지방의 토호, 지방 관리가 조정에 상납하는 봉물 등을 통쾌하게 약탈한다. 그리고 약탈한 재물을 가난한 백성들에게 나누어 주어, 의적으로서의 성가를 높인다. 조정에서는 여러 차례 청석골 화적패들을 토벌하려 하나 실패하고, 임꺽정은 개성과 서울에까지 진출한다. 그러나 책사 서림이 관군에 체포되고, 그를 앞세운 관군에 의해 임꺽정패는 위기에 처한다. 벽초의 소설 「임꺽정」은 여기에서 미완으로 끝난다.

해방 후 소설가 최인욱이 쓴 『임꺽정』은 그가 관군이 쏜 화살에 맞아 죽는 것까지 그려 주고 있다.

또한 벽초 홍명희의 손자 홍석중은 『황진이』라는 작품을 쓴 북한의 소설가인데, 그가 할아버지 벽초가 완성하지 못한 뒷부분을 완성했다는 얘기도 있다.

우리 문학사에서 벽초의 『임거정』은 일제시대 최고의 역사소설이라는 평가를 받고 있다. 이광수나 김동인, 박종화 등의 역사소설이 실록을 재현하듯 왕과 벼슬아치 중심의 권력투쟁이나 후궁들의 쟁패를 그려준 데 비해, 벽초의 『임거정』은 우선 민중이 역사의 원동력이라는 민중 중심의 사관(史觀)에 바탕한 작품이다. 당연히 주인공들이 민중이고, 현실에서 쫓겨난 뿌리 뽑힌 자들이다. 뿐만 아니라 그는 이 작품에서 조선 시대 상, 하층의 생활상과 관습, 언어, 정서 등을 총체적으로 재현해내고 있다. 기존의 역사소설과는 다른 새로운 경지를 개척했다고 평가되는 소이(所以)이다.

3.

황석영의 『장길산』 또한 역사적 실존 인물을 모델로 하여 창작된 소설이다. 실존 인물 장길산은 조선조 숙종 때의 도적으로 실록에도 그 이름이 보이는 대도(大盜)이다. 장길산은 도망 노비의 아들로 태어나, 광대의 집안 자식으로, 광대가 된다. 그는 총명하고 날렵하며 힘 또한 장사로서, 당대의 부조리한 봉건적 현실을 혁명하려는 큰 뜻을 품고 동지들과 새로운 세상을 도모한다. 그의 동지인 송도의 상인 행수 박대근, 광대 출신 천하장사 이갑송, 구월산 산적 두목으로 검술이 뛰어난 마감동, 해주의 뱃놈으로 기용이 출중한 우대용, 장연의 소금장수로 갑송에 버금가는 장사 강선홍, 낙방 선비로서 자살하려다가 이들의 책사가 된 김기 등은 의형제를 맺고, 구월산 녹림당이 된다. 이들은 지극히 윤리적이고, 이타적이며, 뚜렷한 목적의식을 가지고 새 세상을 열려 한다. 반면, 이들의 대척점에 있는 고달근, 최형기, 신복동, 동춘만, 유복령, 유필준 등은 부도덕하고 이기적이며, 잔인, 간교하다. 권세와 지위를 가지고 민중을 착취하고 그 피를 빨아먹는 기생충 같은 자들이다.

장길산은 도탄에 빠진 민중을 구하고, 봉건적 낡은 세상을 혁파하여, 미래에의 전망을 제시하는 인물로서, 헤겔이 말한 이른바 '세계사적 개인'이라 할 만하다(프리드리히 헤겔은 그의 〈역사철학 강의〉에서 '세계사적 개인'이란 말을 사용했는데, 이는 세계사의 궁극적인 목적을 달성하기 위해 모든 것을 희생할 준비가 된 개인, 즉 역사의 수레바퀴를 앞으로 나아가게 할 개인을 뜻한다.)

장길산의 이러한 혁명은 현실로서는 실패하지만, 그러나 그의 정신은 불꽃처럼 살아남아, 커다란 들불이 되고 마지막엔 나라 전체를 활활 태우는 거대한 불길이 되어, 새로운 대동 세상을 열 것임을 예언한다.

4.

　문학에서 흔히 사용하는 용어에 '개인과 세계의 대결'이란 말이 있다. 여기서 얘기 되는 '세계'는 거대하고 강력한 부정적 세계이다. 개인을 둘러싸고 있는 부정적 현실이다. 이에 비해 '개인'은 작고 약하며 그 부정적 세계에 짓밟힌 자이다. 이 둘은 필연적으로 대립, 투쟁하게 되는데, 이 투쟁에서 개인이 승리하면 영웅이 되고 패배하면 비극이 된다. 그러나 민중들은 그들의 분노, 고통, 염원을 대변해 준 이 패배한 개인을 영웅으로 다시 살려낸다. 그들이 앞으로 지향해야 할 세계의 비전을 보여준 인물이기 때문이다.

좌우 이데올로기와 우리 소설

　우리나라는 8·15 해방 이후 나라를 세울 때 좌우, 즉 공산주의와 자본주의 양 진영의 대립이 극한에 이르렀고(우리나라에선 공산주의의 상대적 개념이 민주주의라고 알고 있는 사람들이 많지만, 민주주의의 상대적 개념은 군주주의이다. 나라의 주인이 군주냐 국민이냐의 개념이다. 공산주의와 자본주의는 자본을 공동으로 소유하느냐 개인이 소유 하느냐의 문제이다), 결국 남한에는 우익 정부가, 북한에는 좌익 정부가 들어섰다. 두 개의 정부가 수립된 후에도 이러한 갈등과 대립은 더욱 첨예화해져, 결국 비극적인 6·25 전쟁으로 분출되었다. 그리고 전쟁 후에도 이러한 갈등과 대립은 계속되었고, 2세대가 지난 지금도 우리는 이러한 이데올로기의 갈등에서 자유롭지 못하다.

　우리 세대는 6·25를 전후하여 태어나, 전후의 비참한 현실을 직접 체험했다. 전쟁의 상처가 너무 컸기 때문에 반공은 당연한 것이 되었고, '빨갱이'란 말로 대변되는 공산주의와 공산주의자에 대한 적대감과 반감은 거의 동물적인, 비이성적 수준이었다. 당연히 학교 교육도, 사회의 정서도 반공 일변도였다. 한번 빨갱이로 낙인찍히면, 그는 사회적인 매장은 물론, 직접 목숨까지 잃기 일쑤였다.

1.

소설문학에서 이러한 현실을 정면으로 문제 삼은 작품은 황순원의 『카인의 후예』이다. 이 작품의 배경은 해방 직후의 북한으로, 토지개혁을 둘러싼 갈등이 주요 사건으로 등장한다. 주인공 박훈은 일제의 전쟁을 피해 고향에 돌아와 야학을 하는 인텔리 청년이다. 그의 집은 누대에 걸친 지주 집안으로 많은 전답을 소유하고 있으며, 이러한 전답을 관리하는 마름(토지 관리인) 도섭 영감은 충직한 하인이다. 그런데 해방이 되고 공산 정권에 의해 토지 개혁(무상몰수 무상분배 정책)이 시행되자 도섭 영감은 그 앞잡이가 되어 날뛰며, 박훈을 핍박한다. 그는 농민위원장이 되어 지주 계층 숙청에 앞장서며, 박훈의 조부 송덕비까지 도끼로 깨부순다. 목숨의 위협을 느낀 박훈은 월남을 결심하고, 도섭 영감의 이러한 변신에 분노한 박훈의 사촌 박혁은 도섭 영감을 살해하려 한다. 아우의 계획을 안 박훈은 아우 대신 자기가 도섭 영감을 죽이고 월남하려 한다. 그러나 그는 도섭 영감을 죽이려다가 오히려 힘이 센 그에게 죽임을 당할 처지가 된다. 그때 도섭 영감의 아들 심득이가 나타나, 박훈을 구해주며, 그의 누님 오작녀와 함께 남쪽으로 가길 종용한다. 오작녀는 한 번 시집을 갔던 여자이며 신분상의 격차 때문에 마음속으로만 박훈을 사모하고 사랑하는 여인이다. 이데올로기의 투쟁으로 살벌한 이 작품에서 서정성을 보여주는 구원의 여성상이다.

카인은 성경 「창세기」에 나오는 인류 최초의 살인자이다. 그는 시기심 때문에 친아우 아벨을 돌로 쳐 죽인다. 이 소설에서 카인은 바로 도섭 영감이고, 그로 대표되는 공산주의자들이다. 악의 화신이다.

이 작품에는 한때 지주였고, 그 토지를 빼앗기고 월남한 황순원 자신의 주관적인 체험이 많이 녹아들어 있고, 그 때문에 작품의 객관성 문제가 제기되기도 했다. 그럼에도 불구하고 이 작품은 공산주의를 악으로 보는 우익의 시선이 가장 강렬하게 나타난 작품이라 할 수 있다.

2.

그러나 우리 근대 문학의 초창기라 할 수 있는 1920년 대 중반에는 오히려 공산주의와 사회주의 이데올로기에 대한 경도(傾倒)를 볼 수 있다. 1925년 〈조선 프롤레타리아 예술가 동맹(Korea Artist Proletaria Federation, 약칭 KAPF)〉이 결성되고 우리 문학의 주류는 완전히 카프에 점령되었다. 카프는 문학도 프롤레타리아 해방에 이바지해야 한다는 노골적인 정치적 사회적 목적의식을 드러냄으로써 공산주의 혁명을 위한 도구로서의 문학의 기능을 강조하였다. 따라서 지나친 정치적 사회적 편향성과 도식성(圖式性) 때문에 예술성이 희생되었다는 과오를 남겼다. 카프에서 활동했던 작가로는 김기진, 박영희, 이상화, 김형원, 이익상, 조명희, 이기영, 한설야, 최서해, 안막 등이 있는데, 지나친 목적의식 때문에 문학 미학적으로 훌륭한 작품이 드물고, 이기영의 「고향」, 조명희의 「낙동강」 등이 의미 있는 작품으로 언급되고 있을 뿐이다. 카프는 1935년 일제에 의해 해산되었는데, 이때 카프의 선봉장 박영희가 남긴 "얻은 것은 이데올로기요, 잃은 것은 예술이다."란 말은 이후에도 인구에 널리 회자되고 있다. 카프 문학의 본질을 잘 나타내 주는 말이기 때문이다.

3.

1960년 4·19 혁명이 일어난 후 우리 문학은 잠깐 반공주의의 사슬에서 풀려나, 자유를 만끽하게 되었다. 이 시기에 나타난 대표적인 작품이 최인훈의 『광장』이다. 이 작품에서 광장과 밀실은 상대적 의미를 갖는 장소로서, 광장은 타인과의 소통을 위한 열린 장소이며, 밀실은 개인의 사생활이 보장되는 닫힌 장소이다. 그리고 인간에겐 이 광장과 밀실이 함께 보장되어야 인간다운 삶을 누릴 수 있다는 게 주인공의 생각이다.

주인공 이명준은 철학과 3학년 학생으로 아버지의 친구 집에 얹혀 살고 있다. 그는 그 집 아들딸들이 부르주아적인 퇴폐와 향락에 젖어 있는 것에 반감을 느낀다. 그들과 한 집에 살지만, 참다운 소통의 광장이 없다. 그뿐만이 아니다. 철학도 이명준의 눈에 남한에는 참다운 광장이 없다. 정치의 광장은 도끼, 삽을 들고 마스크를 쓰고 강도질을 하는 정상배들에게 점령당해 있다. 그곳은 탐욕과 배신, 약탈과 살인이 판을 친다. 경제의 광장엔 사기와 협잡, 허영이 창궐해 있고 도둑 물건이 쌓여 있다. 문화의 광장엔 헛소리의 꽃이 만발한다. 선량한 시민은 문에 자물쇠를 채우고 창문을 닫고 있다. 남한의 광장은 죽은 광장이고, 남한에는 광장이 없다.

이명준의 아버지는 충성스러운 공산주의자로 월북한 사람인데, 어느 날 대남 방송을 한다. 그리고 이 때문에 이명준은 몇 번이나 사찰 당국에 끌려가 무자비한 고문을 당한다. 빨갱이임을 자백하라는 것이다. 그는 결국 남한 사회에 절망하고, 새로운 희망의 공화국을 찾아 월북한다. 그러나 북한 또한 낙원은 아니었다. 잿빛 공화국. 그곳엔 김일성 왕조만 있을 뿐 밀실이 허용되지 않는다. 김일성의 양떼와 개만 있을 뿐이다. 어느 날, 그는 중국 북방에 있는 조선인 콜호즈(집단농장)

를 소개하는 글을 썼다가, 자아비판을 하게 된다. 콜호즈 사람들이 일본군이 버리고 간 군복을 입고 있었다는 내용이 문제가 된 것이다. 그는 사실대로 썼음을 주장했으나, 공산당 간부는 "사회주의 리얼리즘은 인민의 적개심과 근로 의욕을 앙양, 고무시키기 위해 취사선택을 해야 한다."며 그를 비판한다. 공산 혁명을 위해서는 진실을 감추거나 왜곡해야 한다는 주장이다. 초기 공산주의 창시자들의 대동 세상을 만들려는 의지와 마음은 사라진 지 오래인 것이다.

그는 6·25에 참전했다가 포로가 되고, 드디어 송환에 앞서 갈 곳을 선택하게 된다. 남한이냐 북한이냐. 그러나 그의 선택은 남한도 아니고, 북한도 아닌 제3국 인도였다. 그는 이미 남한도 북한도 이상적인 사회가 아님을 몸소 체험했기 때문이다. 그러나 배를 타고 남중국해를 지나던 중 이명준은 투신자살한다. 어쩔 수 없이 택한 인도 또한 그가 기대하던 이상향이 아닐 것임을 알았기 때문이다.

최인훈은 이 소설에서 남한과 북한을 동시에 등가적으로 비판하고 있다. 그 이전 시대의 소설이 남한을 이상향으로, 그리고 북한을 그 반대로 그리고 있는 데 비해, 확실히 새로운 경지를 보인 작품이다. 4·19로 인해 그 이전까지 허용되지 않았던 반공 이데올로기와 남한에 대한 비판이 가능해진 것이다.

4.

1983년 9월 문학지 〈현대문학〉에 조정래의 대하소설 『태백산맥』이 연재되기 시작했다. 주인공 염상진은 노비 집안 출신으로, 우리 민족의 역사와 분단의 현실에 확고한 역사의식을 가진 공산주의 혁명가이다. 그는 착취 없는 대동 세상을 이룩하기 위해 혁명의 최전선에 나선 투철한 사상가요, 과감한 행동가이다. 소설의 배경은 벌교읍으로, 벌교는 우리 민족의 이데올로기 갈등과 국토 분단의 현장이라는 중요한 상징성을 지닌 장소로 떠오른다.

작품의 큰 줄거리는, 염상진이 여순반란사건을 지도하다가, 군경에 쫓겨 그 동지들과 함께 산속으로 들어가는 데서부터 시작되어, 6·25 이후 그가 다시 벌교를 장악하고, 그 이후 토벌군에 의해 쫓기다가 자폭하는 내용이다. 이 소설에는 염상진 외에도 여러 인물이 등장하는데, 그 중 중요한 인물은 김범우이다. 김범우는 지주 집안 출신의 진보적인 지식인이다. 염상진과 사범학교 동창인 그는 역사의 세찬 소용돌이에 휩쓸린 연약한 지식인으로, 염상진의 사상과 투쟁을 이해하지만 그에 가담하지는 못한다. 그는 좌와 우, 두 극단적인 세력에 낀 힘없는 이상주의자로서, 결국 두 세력 모두에게 배척당한다. 양조장집 아들 정하섭은 이른바 부르주아로서 좌익 혁명에 투신한 인물이고, 그와 비슷한 부르주아 지주 집안 출신 안창민도 염상진의 동지이다. 가난한 소작농 출신 하대치도 또한 투철한 혁명가이다. 나아가 무당의 딸 소화도 좌익 투쟁에 합류한다.

염상진의 아우 염상구는 깡패이며 극우주의자로서, 염상진의 부하 강동진의 아내를 강간하는 등 온갖 악질적인 착취와 행패를 일삼는 반동적 인물이다.

이 소설에서 좌익 투쟁을 하는 사람들은 한결같이 역사와 현실에 대한 책임을 다하려는 긍정적 인물들이고, 우익 진영에 속하는 지주(地主)들, 경찰서장, 양조장 사장, 국회의원 등 지역 유지들은 다들 권력과 부귀에 대한 탐욕과 이기심에 눈 먼 부정적인 인물들로 나타난다. 그들은 일제강점기 땐 보신(保身)을 위해 친일을 했으며, 해방 이후에는 재빨리 반공을 방패막이 삼아 여전히 사회의 주류가 되어 떵떵거리는 기회주의자들이다.

이러한 도식적인 이분법적 인물 유형 때문에 이 소설은 발표 직후부터 보수적 논객들로부터 맹비난을 받아왔으며, 1990년 대검찰청에 의해 '이적(利敵) 표현물'로 공식적으로 선언되었다. 그리고 1994년 극우 반공단체에 의해 국가보안법 위반으로 고발당해, 오랜 동안 수사당국에 의해 수사를 받게 되었다. 그리고 작가 조정래는 이 작품을 연재하는 동안 수구적 맹목적 극우 세력에게 말할 수 없는 명예 훼손과 노골적인 협박과 위해(危害), 고통을 당해 왔다. 심지어 그들은 작가를 살해하겠다는 동물적인 적개심을 드러내기도 했다.

　그러나 『태백산맥』은 반공주의의 거대한 흐름 때문에 그간 그 실체를 드러내지 못했던 좌익 혁명가들의 투쟁을 새롭게 평가했을 뿐 아니라, 개별적인 무수히 많은 사람들의 생동하는 삶을 구체적으로 형상화하고, 크고 작은 낱낱의 사건과 에피소드를 연결하여, 우리 역사의 가장 드라마틱한 한 시기를 재현한 공로가 있다. 단순한 이데올로기 소설이 아니라, 한 시대를 어울려 살고 있는 무수히 많은 사람들의 구체적 삶을 생동감 있게 재현하여, 궁극적으로는 전체로서의 세계를 보여주고 있다. 이러한 이유로 『태백산맥』은 그간 맹목적인 보수주의자들의 염려에도 아랑곳없이 여러 해 대학가 학생들이 읽어야 할 필독서로 선정되기도 한 것이다. 요컨대, 그간 감고 있던 왼쪽 눈을 뜨게 한 것이다.

　『태백산맥』의 이러한 공로 때문에 평론가 김윤식은 "우리 문학이 여기까지 이르기 위해 해방 40년의 기간이 필요하였다."고 감동적으로 술회하였다.

　지금까지 몇 작품을 들어 우리 문학이 어떻게 이데올로기의 대립과 갈등의 현실에 대응해 왔는가를 살펴보았다. 무릇 이데올로기란 그것이 지닌 강력한 힘에도 불구하고 우리가 사람답게 살기 위한 한 방편이지 우리 삶의 목적이나 주인이 아니다. 이영희 선생의 "새는 좌우 날개로 난다."라는 말을 새겨볼 때이다.

소설이란 무엇인가

대학 다닐 때 급우 중의 한 명이 내게 말했다.

"네 소설은 왜 박정희 장군의 잘한 일은 외면하고, 그의 잘못만을 꼬집어 내나?"

그 시절은 박정희 유신 정권이 한창 때였는데, 그는 박 대통령의 치적에 많이 긍정적이었던 것 같다.

"의사가 건강한 사람한테는 관심이 없고, 환자에게만 관심을 기울이는 것 비슷하지. 세속화된 의사 말고, 제대로 된 의사라면 말이야."

소설은 무엇인가.

물론 소설은 재미있는 이야기이다. 재미가 없으면 누가 소설을 읽겠는가. 소설을 쓰는 나로서는 소설이 재미가 없으면 우선 소설의 자격이 없다고 생각한다. 그만큼 재미는 소설의 기본 요소 중의 하나이다. 소설을 뜻하는 외국어에 노벨(novel)이란 말은 '신기한 이야기'란 뜻이고, 픽션(fiction, fabrication)은 '꾸며낸 이야기'란 뜻을 지니고 있다. 모두 재미를 전제로 한 말이다. 그러나 소설은 재미있는 이야기이면서, 재미있는 이야기만은 아니다. 소설은 우리 삶의 현실을 반영한다. 꾸며낸 이야기이기 때문에 사실은 아니나, 삶의 진실을 말한다. 예컨대 박경리의 『토지』에는 최서희라는 인물이 나오는데, 최서희는 실존 인물은 아니다. 그러나 최서희가 겪는 일제 치하 우리 민족의 고난의 역사는 진실이다. 그 때문에 소설은 사실은 아니지만 진실을 말한다고 한다.

이처럼 소설은 우리 삶의 현실을 반영하는데, 그 중에서도 주로 문제적 현실에 관심을 기울인다. 미국의 스토우 부인이 쓴 『톰 아저씨의 오두막(Uncle Tom's cabin)』은 당대 사회에서 가장 문제였던 노예 제도를 정면으로 문제 삼는다. 켄터키 셸비 가문의 충직한 노예 톰과 그의 아들 해리가 주인의 빚 때문에 팔리게 되자, 이를 안 그의 아내 엘리자가 해리를 안고 탈출하면서 노예 생활의 비인간적인 면면이 적나라하게 공개된다. 새벽 3시부터 밤 9시까지 계속되는 혹사, 옥수수 가루로 연명하고 흙바닥에서 잠을 자는 매일매일, 까딱 잘못하거나 주인의 기분을 상하게 하면 무자비한 매질, 채찍질, 감금이 일상이 된 생활…….

노예 주인 중의 한 사람인 리글리는 "노예란 죽을 때까지 부려먹고 병들면 치료할 필요 없이 내다버리고, 새것을 사는 게 경제적"이라는 말을 한다. 그 당시 백인들의 노예에 대한 일반적인 생각이다. 백인들에게 노예는 인간이 아니다. 문서 한 장으로 사고파는 짐승과 같다. 그런데 스토우 부인은 노예도 인간이며, 그들 또한 백인과 같은 영혼, 희로애락의 정서를 지닌 인간임을 역설하며, 묻는다.

"그대가 진정 자유와 평등, 인권을 찾아 신대륙으로 건너온 기독교인이 맞는가? 사랑을 말씀하신 그대의 하느님은 지금 그대들의 행위를 용납하고, 축복하시겠는가?"

이에 대해 노예제도를 유지하려던 남부인들은 무엇이라 답하겠는가. 그들은 스토우 부인의 소설을 금서로 지정하고, 출판과 유통, 판매, 독서를 금한다. 그들도 스스로의 행위가 부끄러웠던 것이다. 그러나 이 소설은 엄청난 파문을 일으키며 퍼져나갔고, 결국 1853년 남북 전쟁의 불씨를 당기게 된다. 일부러 스토우 부인을 만난 링컨 대통령은 '엄청난 전쟁을 일으킨 작은 여인'이라며, 스토우 부인을 예우했다는 일화도 있다.

소설은 사람들이 관심 갖지 않는 문제적 현실에 초점을 맞춘다. 그 현실은 인간의 존엄이 훼손되어 있는 현실이고, 소설은 그러한 현실을 변혁하려는 권력의지를 숨겨 지니고 있다. 이 글의 첫머리에서 의사가 건강한 사람에겐 관심이 없고, 환자에게만 주의를 기울인다는 비유가 바로 이것이다. 소설은 인간의 존엄이 확보되어 있는 긍정적 현실에는 별 관심이 없고, 그 존엄이 훼손되어 있는 현실을 문제 삼는다. 문제를 제기하고 독자를 고문한다.

"그대는 이러한 현실을 어떻게 생각하는가?"

그렇다고 소설이 정답을 제시하는 것은 아니다. 독자마다 생각은 다를 것이나, 깊이 생각하면 결국 변화해야 한다는 결론에 이르게 된다. 문학은 감화적 기능이 있기 때문이다. 이런 점에서 정치적 사회적 권력의지와 소설이 지닌 권력의지는 차이가 있다고 하겠다.

소설은 인간의 존엄을 파수(把守)하려는 목적을 지니고, 인간의 존엄을 훼손하고 있는 제도나 관습, 역사, 현실 등 모든 부정적 요소에 포커스를 들이댄다. 최근의 소설들이 짓밟힌 인간, 훼손된 인간, 희생된 인간, 불행한 인간 들을 그려주고 있는 것은 너무나 당연한 일이다. 이러한 소설문학의 정신을 한마디로 말한다면 '인간의 존엄성 옹호'라 할 수 있다.

어떤 이가 나에게

"소설이란 어차피 꾸며낸 거짓말인데, 그렇게 머리를 싸매가며 쓸 필요가 어디 있겠느냐?"

하고 말했는데, 나는 소이부답(笑而不答)했다. 그리고 그에 대한 대답으로, 내 나름의 소설관(小說觀)을 정리해 봤다.

말에 대한 몇 가지 편상(片想)

말은 엄청난 힘이 있다.

구약성서 「창세기」 첫머리에는 오만한 인간들이 꼭대기가 하늘에 닿는 거대한 바벨탑을 쌓아 하나님에게 도전하는 이야기가 나온다. 그때 하나님은 벼락으로 탑을 쳐부수거나 거대한 물이나 불로 휩쓸어 버리지 않고 사람들의 말을 통하지 못하게 한다. 그러자 탑은 벽돌 한 개도 더 올라가지 못하고, 사람들은 뿔뿔이 흩어져 버린다. 언어의 소통이 문명의 발달은 물론 인간 생활에 얼마나 중요한가를 보여 주는 한 에피소드이다.

우리나라의 고대 가요 '구지가(龜旨歌)'는 당시 부족장들인 구간들이 그들의 왕을 내려주길 기원하는 노래이고, 신라 향가 '해가(海歌)'는 용왕에게 붙들려간 수로부인을 돌려달라는 백성들의 노래이다. 그런데 공교롭게도 두 노래 모두 언어의 힘이 얼마나 강력한가를 보여주고 있다. 하늘의 신령은 9명의 족장들이 부르는 노래에 응해 김수로왕을 강탄(降誕)시켜 주고, 수로부인을 납치해간 용왕은 뭇사람들의 말을 거역할 수 없어 결국 수로부인을 다시 돌려보내 준다. 하늘의 신령도, 초월적인 존재인 용왕도 언어의 힘엔 맞서지 못했던 것이다. 언어의 이런 주술적인 힘 때문에 저주나 기도가 모두 언어로 이루어지고, 그 때문에 언어가 영혼을 지니고 있다는 이른바 '언령사상(言靈思想)'이 생기기도 한 것이다.

인간만이 이러한 언어를 사용하고, 그 때문에 인간의 특징을 언급하는 용어 중에 호모 로쿠엔스(Homo-Loquens)라는 말이 있다. 언어적 인간. 언어 사용이야말로 인간이 다른 사물과 구별되는 특이한 존재임을 증명해 주는 특징 중에 하나라는 주장이다.

예로부터 우리나라엔 사람을 판단하는 기준으로 '신언서판(身言書判)'이란 말이 있다. 우리의 감각 중에 시각이 최우선이기에 신(身)을 제일 앞에 내세운 것은 납득할 만하다. 어떤 사람을 대할 때 우선 그의 용모가 우리 눈에 들어오는 것은 너무나 당연하고, 특히 최근에 들어서는 사람의 용모를 중시하는 경향이 더 짙어진 듯하다. 그리고 그 다음이 언(言)이다. 말이야말로 그 사람 됨됨이를 판단하는 바로미터라 할 수 있다. 점잖은 사람, 사려 깊은 사람, 교양 있는 사람, 착한 사람, 경박한 사람, 보고 배운 것 없는 사람, 천박한 속물 인간 등 긍정적 부정적 모든 평가가 주로 그의 말을 기준으로 하여 비롯된다. 예의 바르고, 겸손한 말, 격앙된 상황에서도 평정을 잃지 않는 말, 자기보다 어리거나 아랫사람에게 쓰는 높임말은 그 사람을 돋보이게 한다. 반면에 상스러운 욕지거리, 생각 없이 마구 뱉어내는 막말, 근거도 없는 편파적인 비난, 상대방을 깔아뭉개는 노골적인 적대적 모욕 등은 그 말의 주인을 아래로 보이게 한다.

말의 중요성은 아무리 강조해도 지나치지 않다. 세상 살아가면서 우리는 무수히 많은 다양하고 복잡하고 불분명한 상황에 처하게 되는데, 이때 우리 입에서 나온 말 한마디는 그 상황을 정리하고, 앞으로의 방향을 결정한다. 말이 복잡다기한 현실을 매듭짓고, 삶을 다음 단계로 나아가게 한다.

또한 말에는 책임이 따른다.

한 청년 옆에 좋은 미덕을 두루 갖춘 여러 처녀가 있다. 여러 처녀들에게 호감을 갖고 있던 청년이 어느 날 한 처녀에게 "사랑합니다."라고 말한다. 그 순간 그는 이제 다른 처녀에게는 그런 말을 할 자격이 없고, 그런 말을 해서도 안 된다. 적어도 그가 도덕적 인간이라면 자기 말에 책임을 져야 하기 때문이다. 진실한 사랑은 두 사람을 동시에 사랑할 수 없고, 두 사람을 동시에 사랑한다면 그 사랑은 이미 진실한 것(절실한 것)이 될 수 없기 때문이다. 말은 이처럼 그 주인을 구속하는 힘을 지니고 있다. 도덕적 인간이라면 한 입으로 두 말을 해선 안 된다. 일관성이 있어야 한다. 그리고 도덕적 인간이라면 자기가 한 말에 반드시 책임을 져야 한다. 그 때문에 말은 신중해야 하고, 말을 할 때는 듣는 사람의 처지까지 배려하는 혜안이 요구된다.

요즈음 우리 사회는 지나치게 말이 넘친다. 말 중에서도 부정적인 말, 살벌한 말, 극단적인 말, 사실을 왜곡한 말, 타인의 명예를 훼손하는 말 들이 횡행하고 있다. 국민의 모범이 되어야 할 사회 지도층도 예외가 아니다. 아니, 오히려 더하다. 마땅히 지녀야 할 '금도(襟度)'라는 게 사라진 지 오래다. 그래서 그런지 근래에 '금도'라는 단어를 들어본 적이 없는 것 같다. 거친 말이 판을 치니 그만큼 사회가 살벌해지고, 사람들의 마음도 거칠어져 간다.

순화된 언어가 사용되는 사회, 금도가 지켜지는 사회, 그만큼 품격 있는 사회를 꿈꾼다면 그게 지나친 욕심일까.

나의 요술상자 컴퓨터

1980년대 초에 나는 처음으로 〈대우 286 컴퓨터〉를 구입했다. 200만 원쯤을 준 것 같은데, 당시 물가 수준으로는 적은 돈이 아니었다. 그러나 나는 조금도 후회하지 않았다. 그 컴퓨터의 워드 프로세서가 너무 편리했기 때문이었다.

붓만 잡으면 글이 줄줄 흘러나온다는 사람도 있고, 하룻밤에 원고 몇 백 매를 썼다는 얘기도 들은 적 있지만, 나는 그런 말이 과장이 아닌가 생각한다. 천재나 신동 같은 사람은 드물게 그럴 수도 있겠지만, 일반인의 경우 글은 그렇게 쉽게 쓰여지지 않는다.

흔히 글은 처음 초고를 쓰고, 그 다음 다시 퇴고를 한다고 한다. 그러나 첫 문장을 쓸 때부터 마음에 쏙 드는 문장이 나오지 않는다. 썼다 지우고, 썼다 지우고를 반복한다. 짧은 글은 짧은 글대로, 소설 같이 긴 글은 긴 글대로 무수히 많은 썼다 지우기를 반복한다. 나의 경우 하룻밤에 200자 원고지 15매를 쓰기가 쉽지 않다. 글은 문장(쎈텐스)으로 시작해서 문장으로 끝난다는 말이 있다. 이 말은 어떤 생각이나 느낌을 표현하든 그 문장이 가장 적확하고 아름다워야 한다는 뜻이다. 그런데 그 '가장 적확하고 아름다운' 문장, 다시 말하면 그렇게 밖에, 다른 말로는 표현할 수 없는 문장을 찾아내기가 쉽지 않다. 그 때문에 글 쓰는 사람은 머리를 싸매고 썼다 지웠다를 반복한다(물론 그렇다고 해서 그의 글이 완벽하다는 얘기는 아니다). 소설의 경우, 몇 십 매를 쓰다가, 처음부터 다시 시작하기도 하고, 글을 쓰다가 아예 그만두는 경우도 있다. 퇴고 과정에서도 무수히 많은 첨삭을 거친다. 심지어는 이미 발표를 한 작품을 다시 또 첨삭한다.

작가 최인훈의 『광장』은 1960년 11월 처음 발표할 때 600여 매의 작품이었으나, 이후 6번이나 개작하여 최종작은 800여 매가 되었다 한다. 한 작품의 완성에 대한 작가의 집념이 어느 정도인가를 보여주는 예이다.

그런데 이 모든 과정에서 글 쓰는 이의 노력과 시간을 파격적으로 줄여주는 도우미가 바로 컴퓨터라는 요술상자이다. 우선 컴퓨터는 원고지가 필요 없다. 썼다 지웠다를 아무리 반복해도 파지(破紙)가 나지 않는다. 예전 원고지에 글을 쓸 때는 몇 번 씩 새 원고지에 옮겨 쓰지 않으면 안 되었는데, 컴퓨터는 새 단어, 새 문장을 입력하는 순간 깨끗하게 정서(正書)까지 자동으로 한다. 나는 글씨를 꾹꾹 눌러쓰는 습관 때문에 빨리 쓰지 못한다. 그 때문에 컴퓨터를 쓰기 전에는 최종적으로 완성된 단편소설 원고를 정서하는 데만도 8~9시간이 걸렸다.

물론 컴퓨터도 기계라서 사람이 잘못 사용하면 낭패를 당할 수도 있다. 내가 컴퓨터를 사용한 지 얼마 안 되었을 때이다. 일요일 오전 내내 작업해 놓은 글이 갑자기 없어졌다. 나는 지금도 그 까닭을 모르지만, 뭔가 내가 키를 잘못 눌렀던 것도 같다. 나는 화가 나서 두어 시간 작업을 못했다. 오후에 다시 마음을 가다듬고 컴퓨터 앞에 앉았으나, 아무리 해도 오전에 쓴 글이 다시 나오지 않았다. 잃어버린 그 글이 너무 아까웠다.

요즈음 컴퓨터는 엄청나게 발달했다. 그만큼 많은 일을 할 수 있고, 또 방대한 자료를 저장할 수 있다. 내가 쓴 글을 즉시 출판사에 보낼 수도 있다. 예전 같았으면 원고를 우체국에 가서 발송해야 하는 번거로운 일을 지금은 단 몇 초 만에 하는 것이다. 출판사도 마찬가지이다. 전에는 원고를 보고 일일이 글자판에서 글자를 찾아(문선), 책 모양의 판을 짜고(조판), 초고를 뽑아, 오자, 탈자를 바로잡고(교정), 인쇄에 들어갔는데, 지금은 인쇄 전의 모든 과정이 없어진 것이다.

예전 글씨를 펜으로 쓸 때엔, 글씨 잘 쓰는 사람이 대접을 받았다. 모든 문서나 기안서를 손수 써야 했기 때문에, 필재(筆才)가 필요했다. 악필인 사람은 주눅이 들기까지 했다. 직장마다 글씨를 대신 써 주는 필경사도 있었다. 그러나 요즈음은 모든 것을 컴퓨터가 대신 해 준다. 그것도 몇 배나 더 빠른 속도로.

나같이 긴 글을 쓰는 사람에게 컴퓨터는 꼭 필요하고 중요로운 물건이다. 보물이고 요술상자이다.

바둑 이야기

오늘 한국의 바둑 기사 박정환 선수가 드디어 중국 제일의 기사 커제를 누르고 세계바둑챔피언이 되었다. 6시간이 넘는 긴 시간 한 순간의 긴장도 늦추지 않고 혈투를 거듭하여 승리자가 된 것이다. 오늘 바둑은 처음 포석 단계에서부터 커제가 주도권을 쥐고 바둑을 유리하게 이끌었고, 박정환 선수는 힘이 부치는 듯 보였다. 그러나 박 선수는 끝까지 포기하지 않고, 줄기차게 커제 선수를 압박하며 추격을 계속하여, 마침내 대역전승을 이루어냈다. 1.5집의 아슬아슬한 승리였다. 이로써 박정환 선수는 3년 연속 〈월드바둑챔피언쉽〉을 제패하고, 근래 세계 바둑계의 최강자로 군림하는 커제와의 대결도 11:8로 앞서 나가게 된 것이다. 참으로 자랑스러운 쾌거이다.

바둑은 가로 19줄, 세로 19줄, 총 361개의 점 위에 바둑돌을 놓아, 집을 많이 차지하는 사람이 이기는 마인드 스포츠(Mind Sports)이다.

신체적 우월성을 겨루는 일반적인 스포츠에 비해 마인드 스포츠는 인간의 정신적 창의력과 사고력, 예지력, 의지와 담력 등을 겨루는 스포츠로서, 서양 장기라 불리는 체스, 우리의 장기, 바둑 등이 그것이다. 그런데 바둑은 체스나 장기와는 비교할 수 없이 다양하고 수준 높은 정신력을 요구하고, 그 만큼 고차원의 스포츠라 할 수 있다. 그 때문에 바둑을 기예(棋藝) 또는 기도(棋道)라 불러, 다른 스포츠와 구별하여 부르고 있다.

바둑의 유래는 유구하다. 정확하진 않지만 중국에선 요 임금 순 임금이 그 아들을 가르치기 위해 바둑을 창시했다는 설도 있고, 우리나라에선 삼국시대부터 바둑을 두어왔다는 기록이 여러 문헌에 보인다. 「구당서(舊唐書)」에는 고구려 사람들과 백제 사람들이 바둑을 즐겨, 그 수준이 높았다는 기록이 있고, 「삼국사기」에는 백제 개로왕이 바둑을 좋아했는데, 고구려는 이를 이용하여, 도림이라는 바둑 잘 두는 승려를 백제에 보내서, 개로왕을 바둑에 빠지게 한 뒤, 백제를 쳐서 개로왕을 죽였다는 기록이 있다. 그 때문에 백제는 공주로 천도까지 했다는 것이다.

얼마 전 일본에 가 있는 우리나라의 문화재를 소개하는 텔레비전 프로그램이 있었는데, 그 중에 백제 의자왕이 일본 왕에게 선물했다는 바둑판이 나왔다. 나라시(奈良) 동대사의 보물창고 정창원에 보관되어 있다는 바둑판은, 1천 5백 년이라는 세월이 흘렀어도 그 휘황찬란하고 화려한 모습이 가히 보물이라 할만 했다.

우리나라에선 성리학이 숭상되면서부터 바둑을 잡기(雜技)로 여겨, 크게 장려하진 않았으나, 세조와 그의 아우 안평대군, 흥선대원군 등이 바둑에 출중한 실력을 보였다는 기록이 있다. 이에 비해 일본 막부(幕府)에선 바둑을 적극 권장했고, 자연히 근대에 들어와선 일본이 바둑의 종주국 노릇을 자처하게 되었다.

우리나라는 해방 후 조남철 사범이 〈한국기원〉을 설립하고, 바둑 보급에 진력하여, 각종 제도를 완비하고, 8회의 국수(國手) 타이틀을 보유하는 등 명실상부한 한국 바둑의 비조(鼻祖)가 되었다. 그 뒤를 이어 김인 사범이 6회의 국수가 되었고, 이어 일본으로 유학을 간 조치훈과 조훈현이 한국 바둑을 세계 정상에 올려놓았다. 조치훈은 귀국하지 않고 일본기원에서 활약했는데, 대삼관(일본에서 가장 명성 있는 기전인 명인전, 본인방전, 국수전)을 3차례씩이나 석권했으며, 일본 국수를 9회나 역임하여, 일본 바둑계를 놀라게 했다. 조훈현은 귀국하여 우리나라의 모든 타이틀을 휩쓸어 전관왕에 올랐고, 120여 회가 넘는 기전에서 우승, 기네스북에까지 기록되었다. 특히 조훈현은 바둑계의 올림픽이라 할 응씨배에서 초대 우승자가 되어, 그간 한국 바둑을 이류라고 깔보던 중국과 일본의 오만한 콧대를 통쾌하게 꺾어 놓았고, 조훈현의 뒤를 이어 제2회에 서봉수, 제3회에 유창혁, 제4회에 이창호, 제6회에 최철한 등이 연속적으로 응씨배를 차지하여, 한국은 가히 세계 최강의 바둑 강국으로 군림하게 되었다.

특히 이창호 선수는 조훈현 사범의 내제자로 어린 나이에 입단하여, 그 스승 조훈현의 타이틀을 차례로 이어받았을 뿐 아니라, 중국 당대의 천재 네웨이핑을 철저하게 초토화시켜 결국 은퇴하게 만들었고, 그 후 10여 년 동안 세계 바둑계에 적수가 없었다. 어찌 이창호 뿐이랴. 이창호의 뒤를 이어 이세돌이라는 기린아가 나타나, 우리 바둑의 맥을 이었고, 이제 박정환 선수가 그 바톤을 이어받았다.

일본에서 7관왕의 명예를 거머쥔 이야마 유타는 본국에선 그 누구도 그의 권위에 도전하지 못할 만큼 출중한 기사다. 그러나 그러한 이야마 유타가 한국 바둑 5위의 기사에게도 판판 나가떨어지는 걸 보면 우리 실력이 어느 정도인지 자부심을 갖게 된다.

그런데 근래 중국에서는 국가적으로 바둑을 장려하여 인해전술로 우리에게 도전, 우리를 위협하고 있다. 우리나라는 소수의 천재들이 그들의 도전에 응전하고 있는 형세이다. 솔직하게 말하면 중국이 이미 우리를 넘어섰다고 해도 과언이 아닐 정도로 그들의 기세는 맹렬하다. 중국은 바둑 애호가가 물경 6천만 명이나 된다고 한다. 그 어떤 스포츠보다 인기가 있다. 앞으로 중국의 바둑에 밀려, 우리나라가 바둑 이류 국가가 될까 저어되지 않을 수 없다.

바둑은 다른 스포츠에 비해 많은 준비가 필요 없다. 우선 특별한 유니폼이 필요 없고, 신발이나 모자, 도구가 필요 없다. 특별한 경기장이 필요치 않다. 아무 곳에서나 바둑판과 바둑알만 있으면 된다. 또한 배구나 축구, 야구처럼 많은 선수가 있어야 게임을 할 수 있는 스포츠가 아니다. 그만큼 쉽게 접근할 수 있다. 바둑은 기본적으로 둘이 하는 경기이고, 선수들이 무척 가까이 앉아 있다. 상대방의 숨소리가 들리고 같은 공기를 호흡하며 경기를 한다. 겨루는 시간도 비교적 길다. 지금은 텔레비전 중계 등 여러 여건의 변화로 시간이 많이 짧아졌지만, 예전에는 이틀씩 경기를 하기도 했다. 그만큼 상대방의 기분을 잘 알게 되고, 상대방에 대한 예의와 배려가 필요한 경기이다. 그리고 경기가 끝난 다음 복기(復棋)를 하여 피아(彼我)의 잘잘못을 서로 검토한다. 복기를 하는 경기는 바둑밖에 없다. 당연히 선수 사이에 우정이 싹튼다.

요즈음은 인터넷 바둑이 생겨서, 더욱 게임하기가 쉽게 되었다. 컴퓨터를 켜고 바둑 사이트에 들어가면 바둑을 둘 수 있다. 상대방이 누구인지도 모르고 게임을 하게 된다. 참 쉽고 편리하다. 그런데 그 익명성 때문에 가끔 예의에 벗어나는 행동을 하는 경우를 만나게 되기도 한다. 즐거운 시간을 공유하는 것도 인연인데, 안타까운 일이다.

내가 어렸을 때, 우리 집 사랑방은 동네 할아버지들의 쉼터 역할을 했다. 농한기가 되면 노인들이 오셔서, 한담을 하며 긴 겨울밤을 보내시곤 했다. 그때 그분들이 즐긴 놀이가 장기와 바둑이다. 나는 노인들의 옛날이야기에 관심이 많아, 자주 사랑방에 놀러가곤 했고, 어깨 너머로 바둑을 배우게 되었다. 그때 형과 함께 바둑을 두었고, 중학교 때 자취를 하면서 자취집 아들 손영렬과도 바둑을 두었다. 손영렬은 나이도 동갑이고, 실력도 비슷해서 자주 어울렸다. 그러다가 바둑이 취미가 되어 평생 가끔씩 직장 동료들과도 바둑을 두곤 했다. 나는 체계적으로 바둑을 익힌 적이 없기 때문에 바둑의 이론도 잘 알지 못하고, 바둑 실력도 보잘 것이 없다.

직장 생활을 하다 만난 사람 중에 바둑 실력이 가장 뛰어난 이는 이창우 선생이었다. 나는 그와 여러 학교에서 같이 근무했었고, 함께 3학년 담임을 오래 하다 보니, 절친한 사이가 되었다. 그는 온유하고 원만한 인격자로서, 궂은일엔 늘 남보다 먼저 나서고, 좋은 것은 남에게 양보하는 미덕을 가졌다. 그리고 남에게 화를 내지 않는다. 사람이 살다 보면 어찌 화나는 일이 없을까마는, 그것을 밖으로 드러내지 않을 만큼의 인품을 갖췄다. 그는 아마추어 4~5단의 실력자로서, 가끔 바둑을 둘 때엔 여러 점을 깔고도 번번이 지곤 했다.

"형님, 바둑 실력이 늘려면, 그냥 두어서는 안 되고, 책을 봐야 해요."

그가 나에게 바둑책 몇 권을 가져다주며 한 말이다.

나는 오래 바둑을 안 두다가 교직을 은퇴한 후 심심할 때면 가끔 인터넷 바둑을 둔다.

바둑 두는 시간은 다른 생각을 전혀 하지 않고, 오로지 바둑돌 놓을 자리에만 집중하게 되는데, 그 집중이 좋다.

낚시터에서 만난 노인

그날은 운이 좋았다. 50센티가 넘는 잉어 2마리와 월척 3마리를 포함해 감잎처럼 씨알이 굵은 붕어 10여 수를 낚았다. 바람은 잔잔하고, 저수지를 빙 둘러싼 숲에선 가끔씩 새소리가 들려오고, 물결은 순한 아가처럼 얌전하여, 드물게 낚시하기 좋은 날이었다. 이런 날 심심치 않게 손맛을 보다 보면 시간 가는 줄 모르게 된다.

나는 어린 시절 저수지나 냇가에서 가끔 소꿉장난 같은 낚시질을 하곤 했다. 그러나 내가 낚시다운 낚시를 하게 된 것은 순천에서 중학교를 다니던 때다. 순천 남초등학교 교사로 계시던 숙부님 댁에서 형과 함께 학교를 다니고 있었는데, 숙부님이 주말이면 으레 낚시를 하셨다. 나와 형은 토요일 방과 후엔 지렁이를 잡고, 깻묵으로 떡밥을 만들고, 낚시도구를 점검하는 등 부산을 떨고, 일요일 새벽이면 채 날이 밝기도 전에 시 교외에 있는 조례 저수지로 달려가곤 했다. 조과(釣果)는 대체로 보잘 것이 없었으나, 한 주일 내내 공부에 시달리다가 대자연 속에서 여유를 갖는 게 여간 즐겁지 않았다. 어느 날 새벽 큰바람이 불어 저수지 물이 뒤집어지고 낚시를 하기가 어려워 낚싯대를 걷으려 할 때 엄청나게 큰 메기가 낚시에 걸려 끌려나왔던 기억이 난다. 그

때까지 그렇게 큰 메기는 본 적이 없었다. 마치 괴물을 본 것 같이 겁이 났다.

그 뒤로 나는 근 50년을 때때로 낚시를 즐기며 살았다. 젊은 날 한때는 거의 매주 낚시를 간 적도 있었다. 당연히 그간 가까이 지낸 지인들 중에 나의 낚시에 대해 부정적인 견해를 토로하는 사람들도 많았다. 바쁜 현대 생활에 시간 낭비다. 물고기가 잡히지도 않는데, 답답하다. 젊은 날에 촌음을 아껴 자기실현을 해도 시간이 부족한데, 비생산적이다. 다 나를 생각해서 해 준 말이고, 일리가 있는 말이다. 그러나 세상살이가 그렇게 계산적으로만 되는 것인가. 오히려 바쁘고 번잡한 세상살이일수록 여유와 휴식이 필요한 게 아닌가.

낚시는 즐거움이 많다. 우선 준비를 하는 동안 가슴이 설렌다. 낚싯대를 점검하고 미끼를 준비하면서 내일은 어떤 하루가 될까 기대된다. 낚시터로 가는 동안 나도 몰래 걸음걸이가 빨라진다. 첫새벽에 집을 나서고, 무거운 낚시가방을 짊어지고도 저절로 달음박질이 된다. 낚시찌를 바라보다가 찌가 치솟는 순간 낚싯대를 낚아채면 묵직한 손맛이 뒤따른다. 그러나 낚시는 허탕을 치는 날이 많다. 하루 종일 찌 한 번 움직이지 않는 날이 허다하다. 그런 날이면 이것저것 생각하는 게 많다. 지난날의 허물을 되새기며 다시는 그런 잘못을 저지르지 않게 마음을 다잡기도 하고, 앞으로 쓰려는 작품의 얼개를 생각하기도 하고, 근래 읽었던 책의 내용을 반추하기도 하고…….

어느 새 하루해가 저물어, 서녘 하늘에 엷은 노을이 먹물처럼 번져가고 있었다. 아쉬웠지만 낚시를 마쳐야 할 시간이다. 낚싯대를 거두고, 살림망에 잡아 두었던 잉어와 붕어들을 물에 다시 넣어주려 할 때였다.

"그거 놓아주려는 거요?"

10여 미터 떨어진 곳에 앉아 낚시를 하던 노인이 물었다.

"예! 놓아 주고 가려고요."

"그럼 나 잉어 두 마리만 주면 안 되겠소?"

언뜻 보기에 팔순은 되어 보이는 노인은 아침부터 그곳에서 낚시질을 하고 있었으나, 종일 별로 입질을 받지 못하는 듯하였다. 가끔씩 그 저수지에서 보던 얼굴이었다.

"필요하시면 드리지요."

나는 어망을 가져가 그날 낚은 물고기를 모두 그의 어망에 쏟아주었다.

"어휴, 감사합니다."

그는 약간 민망스러운 얼굴로 말했다.

두어 달 지난 뒤였다.

그날도 아침 일찍부터 낚시를 하고 있는데, 저만치 저수지 옆으로 나 있는 도로에 승용차 한 대가 들어오고, 그 노인이 차에서 내렸다. 그는 바로 내 옆자리에 낚싯대를 폈다.

"두어 달 안 보이시더니, 오랜만에 출조 하셨군요."

"그리 되었소. 그때는 고마웠소."

그날 나와 노인은 이런저런 얘기를 나누면서 서로의 사정을 알게 되었다.

그는 6·25 때 북에서 혼자 내려와 온갖 고생을 하면서 시 외곽의 황무지를 사서 포도밭을 일구었다. 아내는 일찍이 세상을 떴다. 그는 새벽별을 보고 일어나 밭엘 나오고, 저녁별을 보며 집에 들어갔다. 그의 목표는 아들딸을 잘 가르치는 것이었다. 그 덕택에 아들과 딸은 박사가 되어, 지금 아들은 군산에 있는 모(某) 대학 교수이고, 딸은 서울에 있는 신학대학 교수가 되었다. 도시가 팽창함에 따라 그의 포도밭은 수십 억을 호가하는 금싸라기 땅이 되었다. 그런데 그 포도밭이 문제가 되었다. 연로하신 아버지가 뭐가 아쉬워 힘든 농사를 하느냐. 포도밭을 팔면 하루아침에 부가옹이 되는데, 이제 쉴 때가 되지 않았느냐. 아들과 며느리, 딸과 사위가 교대로 와서 하도 졸라대는 바람에 결국 포도밭을 처분했는데, 그날로 그는 실업자가 되었다.

"알고 보니 노인장께선 엄청난 부가옹이시군요."

"부가옹은 무슨 ……. 포도밭을 판 다음 바로 그 돈이 아들놈과 딸년한테 넘어갔지. 노인이 어떻게 그 큰돈을 관리하겠느냐. 재테크라나 뭐라나를 하려면 제대로 배운 제놈들이 해야 한다면서……. 자식놈들도 품안에 있을 때 자식이지, 이길 수가 없어요. 돈이 요물이요. 그놈들이 전에는 착하디착했는데……."

노인은 잠깐 말을 멈췄다가

"아까 차를 몰고 나를 데려다 준 사람이 내 며느리요. 안서동에 있는 00대학 교수라오. 솔직히 말해서 낚시터 입어료 3만 원도 자주 달라고 하기엔 눈치가 보여요. 빈손으로 집에 들어가기가 민망해서 지난번에 잉어를 달라고 한 거요. 그래야 다음에 또 낚시를 간다고 해도 낯이 서지. ……그렇다고 며느리가 나한테 잘못한다는 건 아니오. 잘못하는 건 아니여."

애써 며느리를 변명하는 노인의 얼굴에 황혼의 쓸쓸함이 묻어났다.

사주팔자(四柱八字)

예전에는 청춘 남녀 간의 사귐이 지금 같지 않았다. 봉건적인 사고 방식의 잔재 때문이었는지 남녀 교제는 은연중에 금기시 되는 분위기였고, 따라서 남녀교제를 하려면 그만큼 용기가 필요했다. 내가 잘 아는 사람 중에 예쁜 처녀와 사귀는 청년이 있었다. 문자 그대로 선남선녀인 두 사람은 아무런 장애도 없었고, 사귄 지 오래되어 누구나 두 사람이 결혼할 것으로 알고 있었다. 그런데, 얼마 후 그의 결혼식에 갔다가, 나는 잠깐 우두망찰하였다. 신부가 늘 보던 그 처녀가 아닌, 생전 처음 보는 딴 사람이었기 때문이었다. 그가 괘씸하기 짝이 없었다. 사람이 의리가 있어야지, 어찌 그럴 수 있단 말인가. 나중에 들은 사연인즉슨, 그의 모친이 두 사람의 사주를 가지고 사주보는 사람에게 갔더니, 두 사람의 사주가 상극이라 둘이 결혼하면 남자가 요절할 괘가 나왔다는 것이다. 모르면 몰랐지, 금쪽같은 자식이 요절을 한다는데 어느 부모가 그런 결혼을 시키겠는가. 결국 부모의 완강한 반대로 그 결혼은 무산되었다는 얘기였다.

나는 사주나 관상 등에 별로 관심을 둔 적이 없다. 사주팔자란 무엇인가. 생년, 생월, 생일, 생시를 일컫는 것으로 그 글자 수가 8자이다. 다시 말하면 태어난 순간에 이미 그 운명이 정해져 있다는 일종의 운명론이다. 이 사주팔자론은 중국의 고전 중의 하나인 주역(周易)에 바탕을 두고 있고, 이를 명리학, 또는 역학이라 한다. 음양과, 오행, 10간, 12지를 근간으로 하여 8괘, 64괘 등으로 수를 나누어, 우주와 세계, 인간의 운명 등을 해석하려는 하나의 철학체계라 할 수 있다.

그러나 이 사주에서 말하는 1시간은 지금 우리가 일상으로 쓰는 2시간으로, (예전에는 하루의 시간을 12지로 나누어, 자, 축, 인, 묘, 진, 사, 오,

미, 신, 유, 술, 해시로 표시했음) 이 2시간 동안에 태어나는 세계 인구가 대략 70만 명이라 한다. 명리학에 의하면 이 70만 명의 운명이 같아야 하는데, 이를 상식적으로 납득할 수 있겠는가.

그럼에도 우리나라엔 지금도 골목마다 역술집이나 점집이 성업 중이고, 이젠 인터넷 역술가들까지 등장했다 하니, 이런 현상을 어떻게 설명해야 할까. 사회가 불안정하고, 미래가 불확실한 현실에서 조금이나마 위안을 얻기 위한 방편이라 해야 할까.

원래 인간은 그를 둘러싸고 있는 우주와 세계, 인간 그 자신에 대한 제 나름의 체계적인 해석을 해 왔고, 사주팔자론 또한 인간의 삶을 해석하려는 한 철학 이론이라 할 수 있다. 원시 부족들의 천지창조론이나, 점성술 등도 다 마찬가지이다.

나는 우리나라에서 오랜 동안 사주팔자론이 세력을 떨친 데에는, 이른바 주류세력(권력과 부귀영화를 독점한 왕족, 귀족, 벼슬아치 등)의 정치적, 사회적 숨은 의도가 있었다고 생각한다. 봉건 사회에서 왕이나 귀족 및 관료들의 화려한 생활은 대다수 백성들의 희생 위에 이루어진 것이다. 이들 계층은 생산에 종사하지 않는다. 그러면서도 온갖 부귀를 독점한다. 일장공성 만졸골고(一將功成 萬卒骨枯). 한 장수가 공을 세우는 데 만 명 졸병의 뼈가 삭는다는 말이다. 귀족 한 명이 높은 가마에 앉으면 여러 명의 하인이 가마를 떠받든다. 귀족은 아름다운 자연을 즐기며 풍류를 읊지만, 가마꾼 하인들은 죽 같은 땀을 흘리며 숨차게 달려야 한다.

생각이 있는 사람이라면 당연히 이러한 현실이 불합리하고 부조리하다는 걸 깨닫게 된다. 그리고 용기 있는 사람은 이러한 현실을 혁파하려고 할 것이다. 옛날 로마의 검투사 스파르타쿠스나, 고려 시대의 망이와 망소이, 만적 등이 그러한 사람이다. 근대의 동학혁명도 마찬가지이다.

이들의 현실 변혁 의지를 원초적으로 꺾어 버리는 억압기제로 작용하는 것 중의 하나가 바로 사주팔자론, 숙명론이다. 너희들은 태어날 때부터 그런 운명을 가졌으니, 엉뚱한 생각 말고, 현실(그 현실이 부조리할지라도)을 받아들이라는 것이다.

나는 불교의 윤회론과 인연설도 이러한 혐의에서 자유롭지 못하다고 생각한다. 윤회는 수레바퀴처럼 여러 세상을 돌아가면서 태어나 살아감을 의미하고, 인연설은 윤회할 때 전생의 업보에 의해 다음 삶이 결정된다는 말씀이다(석가 부처께선 이러한 인연설을 전폭적으로 인정하고 설법하시지는 않았지만). 이 인연설에 의하면 현세의 불합리하고 비참한 운명이 전생에 저지른 잘못 때문이라는 해석이 가능하다. 전생의 잘못으로 현세의 운명이 결정되었다면, 그 운명에 순응해야 하지 않겠는가. 우리나라에 불교가 처음 들어올 때 왕실 불교로 들어왔고, 왕과 왕족 및 귀족들의 비호 아래 수많은 사찰들이 지어졌다는 역사적 사실은 이러한 혐의를 더욱 짙게 한다. 그들의 권력과 부귀영화가 이미 전생의 업보 때문이라면, 이는 누구도 거역할 수 없는 숙명이라는 얘기 아닌가.

나의 삶은 나의 의지에 의해 형성된다. 바다로 갈 것인가 산으로 갈 것인가는 내가 결정하고, 내 의지에 의해 나는 바닷사람, 산사람이 된다.

명당 이야기

아직도 우리 사회엔 명당에 관한 많은 이야기가 떠돌고 있다. 어느 정치인이 그 부모의 묘소를 명당으로 옮겨 대통령이 되었다느니, 어느 재벌이 명당 덕에 발복을 했다느니, 어느 지관이 용하다느니, 등등.

흔히 듣는 얘기로, 신라 말 도선 스님이 풍수지리설에 능통했는데, 그는 구례 사성암에 있을 때 이인(異人)을 만나 풍수지리에 관한 묘리를 전수받았다 한다. 그는 고려 송악산의 산세를 보고 그 정기를 받은 왕건이 고려의 건국주가 될 것임을 예언하여, 유명해졌다고 한다. 「고려사」에는 그가 지은 「도선비기」라는 풍수지리책이 있었다는 기록이 있는데, 지금은 실전(失傳)되어 전해지지 않는다.

조선의 건국에도 무학 스님이 젊은 시절 이성계의 꿈(이성계가 불난 집에서 기둥 세 개를 짊어지고 나왔다 함)을 장차 왕이 될 것으로 해몽하고, 지금의 서울을 도읍으로 정하는 데에도 깊이 간여했다 한다. 또한 흥선대원군이 정만인이라는 용한 지사(地師)를 찾아가, 둘이서 명당을 찾아다니다가, 충남 가야산의 가야사 자리가 2대에 걸쳐 황제가 날 자리라는 말을 듣고, 가야사를 폐한 후, 그곳에 대원군의 부친 남연군의 묘소를 옮겨, 고종과 순종이 났다는 얘기도 있다.

풍수도참설은 땅의 생김새에 따라 길흉화복, 성쇠득실을 점치는 것으로, 원래는 죽은 사람의 묘소인 음택(陰宅)보다는, 살아 있는 사람의 집인 양택(陽宅)을 선정할 때 유의해야 할 점에 초점이 있었던 것이다. 중국과 우리나라에선 예전부터 배산임수(背山臨水)를 명당의 조건으로 얘기해 왔는데, 상식적으로 볼 때에도 배산임수, 즉 북쪽으로 산을 등지고, 남쪽에 강이 있는 그 사이의 넓은 터전을 명당이라 할 수 있다. 북쪽에 산이 있으니 차가운 북풍을 막아주고, 남쪽에 강이 있으니 물을 끌어다가 관개(灌漑)하기가 용이하다. 또한 산에서 땔나무를 구하고, 사냥을 하며, 강에서 물고기를 잡는다. 그리고 유사시엔 산과 강이 외적의 침략을 막는 방벽이 된다. 이러한 땅을 '양(陽)'이라 하여 '한양(漢陽), 고양, 남양, 낙양, 단양, 밀양, 악양, 언양, 함양' 등이 그러한 특징을 가진 지역이다.

옛날에는 사람의 힘이 부족했고, 자연의 재해는 잦아, 해변은 쓰나미가, 산기슭은 산사태가 발발할 위험이 있고, 외적이 자주 침탈하는 곳도 사람 살 곳으로는 적합지 않았다.

조선조 중기 이중환이 지은 『택리지(擇里志)』에는 사람이 살기 좋은 곳으로 4가지를 들었는데, 땅이 기름진 곳(지리), 생활이 편리한 곳(생리), 인심이 좋은 곳(인심), 경치가 좋은 곳(산수)이 바로 그것이다. 그는 대개 강의 중상류 지방, 전쟁의 재화(災禍)를 피할 수 있는 곳이 좋은 곳이라며, 그 예로 안동의 하회, 예안, 도산을 들었다. 실학적 사고방식을 가진 선비로서 지리지를 저술하면서 풍수도참설에 빠지지 않았음을 알 수 있다.

고려와 조선의 창업에 풍수지리설이 등장한 것은 두 왕조의 창업이 사람의 의지만이 아닌, 하늘의 뜻이 미리부터 예정되어 있었고, 그만큼 절대적인 정당성, 즉 천명성(天命性)이 있었음을 강조하려는 의도가 있었다고 생각된다. 하늘이 미리 그 나라의 창업을 점지했다는 데 누가 그 정당성에 의문을 제기하고 나서겠는가.

언제부터인지 우리나라에선 양택보다 음택을 조성할 때 풍수를 강조해 왔고, 21세기인 지금도 묘터를 잡고 방향을 정할 때 여전히 지관을 부른다. 이러한 명당 사상의 근저(根底)에는 윗부모와 아랫자손들이 눈으로 보이지 않은 어떤 기(氣)나 생명으로 이어져 있다는 생각이 자리하고 있다. 나무의 뿌리가 거름진 곳에 들어가야, 그 꽃과 열매가

풍성하다는 자연 법칙을 원용한 사상이라 생각된다. 그러나 인간의 삶은 스스로의 의지와 선택, 노력의 결과로 이루어지는 것이지 돌아가신 부모의 묘소에 의해 좌우되는 것이 아니다.

물론 조상을 숭배하고 그 은혜에 감사할 줄 아는 것은 사람의 도리이다. 그런 의미에서 돌아가신 부모의 장례를 정성스럽게 한다는 것은 당연하다. 그러나 명당에 조상을 모셔, 그 대가로 부귀영화를 누린다는 생각은 권장할 만한 것이 못 된다. 특히 권세와 부를 향유하고 있는 상류 계층일수록 이러한 명당 사상에서 자유롭지 못한 경향이 있는데, 이는 경계해야 할 일이다.

일제강점기 1931년 조선총독부는 군대를 동원하여 우리나라 곳곳에 365개의 쇠말뚝을 박았다는데, 이 또한 우리 조선인들이 풍수지리설에 깊이 침혹되어 있음을 이용하여 조선인의 기를 꺾어 놓기 위한 계략 아니겠는가.

평범한(平凡漢)의 생활 철학

가끔 생각해 본다.

나는 무엇을 소중하고 값지게 생각하며, 어떻게 살아왔는가. 물론 나 같은 평범한 사람이 무슨 대단한 철학을 지니고 살았을 리 없다. 뚜렷한 가치관을 가지고 있는 것도 아니다. 그러나 사람은 너나없이 자기 삶에 나름의 어떤 기준이나 좌표 같은 것을 두고 살아가는 것 또한 사실이다.

내 삶의 첫째 기준은 남을 해치지 않는다는 것이다. 짧은 세상, 잠깐 소풍 나온 듯한 세상살이에 남에게 이로운 일은 못할망정 해로운 일은 하지 않겠다는 생각이다. 의도적은 아니었으나 남에게 피해를 주었을 땐 최대한 진심으로 사과하고 보상한다.

둘째는 나를 해치지 않는다는 것이다. 사람은 이기적인 존재로서, 누구나 자기에게 해로운 일은 하지 않으려 한다. 그러나 우리의 삶을 곰곰이 살펴보면 꼭 그렇지만도 않다. 욕망이나 즐거움에 탐닉하다 보면 자기도 모르게 스스로를 해치는 일이 한두 가지가 아니다.

대학 1학년 방학 때였다. 집 뒤란에서 담배를 피우다가 아버지 눈에 띄었다. 대학생이 되었다고 건방을 떠느라고 담배를 피웠던 것이다.

"너 그것 피우냐? 난 이것 피운다."

아버지가 피우시는 담배는 싸구려 담배였고, 내 것은 고급이었다. 나는 말도 못하고 얼굴을 붉혔다. 심히 부끄러웠다. 나는 그 즉시 가지고 있던 담배를 버리고, 그 후로 오늘날까지 담배를 손대지 않았다.

할 것인지 말 것인지 망설여지는 일이 있다. 나는 그때마다 우선 그 일이 남을 해치는 일이 아닌지, 다음으로 나를 해치는 일이 아닌지 생각하고, 이 2개의 마지노선에 걸리면 가차 없이 그만둔다. 내가 생각해도 매우 소극적인 기준이지만, 나 같은 범인(凡人)은 이만한 것도 실천하기가 쉽지 않다.

내가 또 중요하게 여기는 것은 가장 일상적이고 가까운 것의 고마움과 귀함을 아는 일이다. 의식주가 고맙고, 내 가족이, 부모 형제가, 친구가 고맙다. 나와 관계를 맺고 있는 사람과, 사물들이 고맙다. 나는 이들에 가능하면 마음을 열어 놓으려 한다. 내가 그를 존귀하게 대할 때, 그의 안에서 나 또한 존귀한 존재가 된다는 생각이다. 그러나 그게 어디 쉬운가. 안고수비(眼高手卑). 눈은 높으나 행동이 못 따르니, 공

염불이 되지나 않을까 걱정이다.

종교에 대한 나의 생각

1.

오늘은 음력 사월 초파일, 석가모니의 탄생일이다. 절마다 화려한 연등이 수백 수천 개씩 매달려 휘황찬란하고, 거리 또한 불제자들의 연등 행렬로 장관을 이루고 있다. 불교인이 아니더라도 성인(聖人) 석가에 대해 한 번쯤 생각해 보는 날이다.

인간은 이기적 존재이고, 타인에 대해 완악(頑惡)하고 적대적이기 쉽다. 이 때문에 사람과 사람들 사이에 온갖 갈등과 대립, 살상과 투쟁이 발생하고, 인간 세계는 약육강식이 지배하는 정글이 된다. 인류의 위대한 스승들은, 이러한 인간들에 대해, 우리는 그러한 정글 속 짐승이 아닌(서로에 대해 적대적 관계가 아닌), 더 존귀하고 위대한 가능성의 존재임을 깨우쳐, 우리 인간을 높이, 더 나은 존재로 올려주려 하였다. 그리하여 석가는 자비(慈悲)를, 예수는 사랑을, 공자는 인의(仁義)를 말씀하셨다. 아름답고, 성스러운 가르침이 아닐 수 없다.

흔히들 정치와 종교에 대한 얘기는 하지 않는 게 좋다고 한다. 사람마다 생각이 다르고, 자기 소신을 가지고 있는데, 이를 화제로 삼으면 결국 의견의 다름 때문에 얼굴을 붉히거나, 감정을 상하기 쉽기 때문일 것이다. 그런 까닭으로 나도 이 글을 쓰기 전에 많이 망설였다. 그럼에도 내가 이 글을 쓰게 된 것은, 종교와 신앙 문제가 인간의 궁극적인 화두이며, 이에 대한 나의 생각을 말하고 싶었기 때문이다.

나는 인간의 모든 것, 제도나 관습, 법과 도덕, 종교, 학문, 예술 등 문화의 모든 분야가 우리 인간 삶의 필요에 의해 생겨났다고 생각한다. 그리고 이러한 모든 것은 처음 만들어졌을 당시에는 그 사회에 잘 맞게 합리적인 형태로 만들어졌을 것이라고 본다. 인간은 창조하는 존재이고, 그것도 가능한 한 완벽한 사물을 창조하고 싶어 하기 때문이다.

이런 상식적인 관점에서 볼 때 종교 또한 인간이 창조한 것이고, 인간을 위해 창조한 것이라 할 수 있다. 절대자, 신을 위해 창조한 것이 아니다. 만약 인간이 없다면 종교가 존재할 수 있겠는가.

원시인들의 생활을 살펴보면 신앙은 그들의 생활에서 가장 중요한 요소이다. 인간이 미개하고 힘없는 상태에서 절대자에게 의존하여 그들의 삶을 보호받고 영위하고자 했음은 자명한 사실이다. 그들은 모든 사물이 영혼을 지닌 존재라는 생각도 하고(애니미즘, Animism), 그들 생활과 밀접한 어떤 동물을 그들의 조상이라 생각하여 외경(畏敬)하기도 하고(토테미즘, Totemism), 절대자와 인간 사이를 연결해 주는 사람, 무당을 숭배하며 그를 지도자로 모시기도 했다(샤머니즘, Shamanism).

원시인의 신앙에서 가장 중요한 것은 바로 이 샤머니즘인데, 그들은 자기들이 직접 절대자와 소통할 수 없고, 반드시 절대자가 선택한 특별한 사람에 의해서만 소통이 가능하다고 생각했다. 샤먼은 인간의 뜻을 절대자에게, 절대자의 뜻을 인간에게 전달하는 전령이자 통역사였다. 원시인들은 무슨 일을 하든지 절대자의 뜻을 물어, 그 뜻을 따르려 했고, 이는 곧 샤먼이 바로 절대자의 대리인임을 의미한다. 따라서 원시인들의 모든 선택과 행위는 샤먼의 뜻에 의해 결정되었고, 인류는 오랜 동안 샤먼이 제사장이고, 통치자인 제정(祭政)일치 시대를 살아왔다.

이러한 샤먼의 임무는 첫째, 그 절대자를 섬기고 그 은혜에 감사하여 제사를 지내는 것, 둘째, 죽은 자를 좋은 곳(내세, 천국이나 극락, 혹은 저승)으로 천도하고, 살아남은 자를 위무(慰撫)하여, 새 삶을 살아가게 하는 것, 셋째, 새로 태어난 자를 축복하여 앞으로 잘 살아가게 하고, 넷째 병든 자를 치유하는 것, 다섯째 사람 사이의 송사(訟事)를 재판하는 것 등으로, 인간사의 중요한 일을 모두 주관했다. 역사가 진행되면서 종교 또한 위대하고 아름다운 종지(宗旨)를 지니고 발전하게 되었으나, 모든 성직자의 근본적인 역할은 샤먼의 그것과 다를 것이 없다. 다만 정교(政敎)의 분리에 따라 재판만이 분리되었을 뿐이다.

원시 씨족이나 부족들은 다들 자기 나름의 절대자를 신앙했고, 역사가 발전함에 따라 씨족국가가 부족국가로, 부족국가 민족국가로 발전함에 따라, 여러 신들이 공존하게 되었다. 그러므로 고대인들에게 다신교는 당연한 것이었다. 고대의 신들은 그 성격도 다양했다. 흔히 언급되는 그리스의 여러 신들은 인간의 관점에서 볼 때 부도덕하고 불합리한, 예측불가한 신들이다. 그들이 하는 일은 엉뚱하고 예측할 수 없으며 불가해하다. 북유럽 바이킹에 의해 숭배되었던 신 오딘은 격노하는 신, 광란하는 신으로 전쟁과 생식을 주관한다. 이에 비해 토르는 농업의 신이다. 겨울이 길고 안개와 추위가 혹독한 북유럽에서 농업은 생존을 좌우하는 중요한 생업으로, 이를 주관하는 신이 토르이다.

힌두교에도 수많은 신들이 나오는데, 중요한 신으로는, 창조의 신 브라흐마, 유지의 신 비슈누, 파괴의 신 시바가 있고, 선한 신 데바와 악의 신 아수라가 있다. 힌두의 이런 여러 신들도 인간의 선악과 운명에 무관심하고, 관여하지 않는다. 이에 비해 중앙아시아에서 태어난 유대교나, 크리스트교, 이슬람교의 신은 인간의 삶에 강력하게, 직접적으로 관여한다.

소아시아 부족들에게도 처음에는 여러 신들이 있었다. 구약성서의 여러 곳에 농경신이며 폭풍의 신인 바알과, 생식과 다산의 신 아세라가 등장한다. 선지자 엘리야가 바알과 아세라의 제사장 900명을 죽였다는 기록도 있다. 이스라엘의 부족 중 아브라함족이 다른 12부족을 통합하고 이스라엘이라는 국가를 형성함에 따라, 아브라함족의 군신(軍神) 야훼가 "나 이외의 다른 신을 섬기지 말라." 하며, 여러 부족의 신들 중에서 유일신으로 우뚝 솟아오르게 된 것이 구약의 역사이다.

세계에서 신이 가장 많은 나라는 일본이며, 일본인들은 사람이 죽으면 다들 신이 된다고 생각한다. 이처럼 인류사회에는 다양한 성격을 지닌 많은 신이 존재하며, 이는 서로 다른 환경에서 생존을 유지해온 인류 역사의 산물이다.

2.

종교란 말의 사전적 뜻은 '으뜸 되는 가르침'이다. 민족과 국가에 따라 살아온 역사가 다르고, 따라서 그 '으뜸 되는 가르침'도 다르다. 또한 그 민족의 역사에서 위대한 스승이 태어나면, 기존의 종교와 결합하여 새로운 종교가 탄생하기도 한다. 불타는 스스로 신이란 말을 하지 않았으나, 지금 불교에서 그의 위치는 타종교의 절대자와 조금도 다르지 않다.

종교가 가진 문제의 하나는 내 종교가 으뜸 되는 진실이라 믿기 때문에 타 종교에 대해 배타적이란 점이다. 인류의 역사를 보면 종교 때문에 무수히 많은 갈등과 전쟁, 살육이 일어났고, 현재도 종교 때문에 많은 국가, 많은 사람들이 고통을 당하고 있다. 인간을 위해 생긴 종교가 이렇게 인간을 죽음으로 내몰고 고통에 빠뜨린다면 '차라리 종교가 없는 게 낫지 않겠는가' 하는 터무니없는 생각도 해 본다.

그러나 인간은 종교적 존재이다. 절대자에게 귀의하여 구원을 얻으려는 영적 존재이다. 수수만 년 인간은 종교에 의지해 왔고, 앞으로도 그럴 것이다.

그런데 세계가 하나의 지구촌이 되고, 전 인류가 한데 어울려 살게 된 현대에도 종교는 여전히 배타적이다. 우리 종교가 '으뜸 가는 가르침'이므로 타 종교를 '으뜸가는 가르침'으로 인정할 수 없는 것이다. 으뜸이 둘이 될 수는 없는 게 아닌가. 여기에서 결코 양보할 수 없는 갈등과 대립이 발생한다.

지금 세계적으로 문제가 되고 있는 크리스트교와 이슬람교의 갈등은 상대방에 대한 배타적 자세 때문에 비롯된 문제이다. 사실 유대교와 크리스트교, 이슬람교는 같은 곳에서 태어나, 서로 영향을 주고받고 자란 친척간이라 할 수 있다. 그들이 하느님의 아들이고 아담과 이브, 아브라함의 자손이라는 종족관은 세 종교가 공통적이다. 다만 그 하느님의 이름이 유대교와 크리스트교에선 여호와(야훼)이고, 이슬람교에선 알라이다. 유대교의 종지(宗旨)는 정의와 평등이고, 이슬람교의 종지는 유대교의 그것을 차용, 그들의 현실에 맞게 변용한 형제애와 평등이다. 구약 모세 10계의 첫째가 "나 이외의 다른 신을 섬기지 말라."인데, 코란의 6서원 중 첫째가 "우리는 한 분 알라 외에 다른 신을 섬기지 않는다." 이다. 둘째, 도둑질하지 않고, 셋째, 간음하지 않고, 넷째, 어린이를 죽이지 않고, 다섯째, 나쁜 말을 하지 않고, 여섯째, 예언자에게 순종한다. 이 얼마나 모세 10계와 닮았는가. 심지어 이슬람에선 노아와 아브라함, 모세와 예수를 모두 선지자로 인정하고, 그 뒤에 태어난 무함마드를 마지막 신의 특별한 예언자로 섬긴다. 지금 서구와 미국의 최대 골칫거리인 무슬림에 의한 테러도 근본적으로는 종교적 갈등 때문인데, 무엇 때문에 1500년이 넘는 긴 기간 그렇게 격렬하게 싸운단 말인가.

무릇 위대한 종교에는 아름답고 고귀한 가르침이 있고, 이는 우리 인간의 삶을 더 높게, 더 존귀하게 들어 올려 주어야 한다. 그런 의미에서 어떤 명분이든 전쟁과 갈등, 살육과 파괴는 종교의 적이다.

오늘 석탄일을 축하하는 조계사 법요식에 가톨릭을 대표하는 신부 한 분이 부처님께 꽃을 봉헌하는 모습을 보았다. 나는 그 모습을 아름답다고 생각했다. 현대처럼 여러 민족, 여러 국가가 함께 어울려 살게 된 세상에선 타 종교를 존중하고, 타 종교인에 대한 열린 자세가 무엇보다 필요하다. 나의 종교가 중요한 만큼 타 종교도 중요하다는 생각을 가져야 한다.

향토애와 지역감정

예로부터 전해 내려오는 것들 중에 우리가 이어받아야 할 긍정적 요소는 전통이고, 하루라도 빨리 척결해야 할 부정적인 것들은 인습이다. 흔히 긍정적인 것과 부정적인 것을 분별하지 않고 다 전통이라 하는데, 이는 잘못된 것이다.

향토애는 자기가 태어나 자란 고향에 대한 사랑을 말하는 것으로, 모든 사람이 지닌 보편적 감정이다. 사람은 누구나 친숙한 것을 사랑한다. 부모형제가 그렇고, 친척이나 마을 사람이 그렇고, 고향이 그렇다. 더 나아가면 같은 지역 같은 민족으로까지 확대된다. 이는 자존심과 주체성을 가진 인간이 자기 존재의 존엄성을 확인하기 위한 심리기제로서, 너무나 당연한 것이다. 또한 사람은 그가 속한 집단이나 지역에 대해 애착을 가진다. 결국 애국애족심도 향토애의 발전된 한 형태라 할 수 있다. 학생들이 체육대회를 할 때 자기 반을 응원하고, 도(道) 대회에선 자기 시군을 응원하고, 국가 대항전에선 우리나라를 응원하는 것이 그 예이다. 만약 우주 전쟁이 벌어지면 전 인류가 똘똘 뭉쳐 외계인에 대항할 것이다. 원래 인간이란 개인으로 살아온 것이 아니라 집단으로 살아온 존재이다(예를 들어, 군대 가기 싫은 청년이 군대엘 가야 하는 것은 우리 인간의 삶이 집단으로 영위되고, 따라서 집단의 필요나 이익이 개인의 그것에 우선한다는 것을 보여준다). 따라서 자기 가족, 자기 고을, 자기가 속한 집단에 대한 사랑은 당연하고, 긍정적인 것이다.

그러나 지역감정은 내 지역 아닌 타 지역 사람을 근거 없이 배척하고, 폄훼한다. 우리 지역 사람은 무조건 훌륭하고 타 지역 사람은 무조건 나쁘다고 생각한다. '근거 없이 무조건'이란 말은 비이성적이고 맹목적이란 말과 동의어이다. 그런데 그 타 지역이 어디인가. 행정 편의를 위해 선(線) 하나로 갈라놓은 바로 우리 이웃이다. 금산군은 1963년 전북에서 충남으로 편입된 고을인데, 행정구역이 바뀌었다 하여 그곳 주민들이 갑자기 그 기질이 바뀌겠는가.

태조 이성계가 역성혁명으로 왕이 된 뒤 개국공신 정도전에게 8도 지역 사람들의 기질을 물었다 한다. 이에 정도전이 왈(曰), 경기도는 경중미인(鏡中美人, 거울 속 미인), 충청도는 청풍명월(淸風明月, 맑은 바람에 밝은 달), 전라도는 풍전세류(風前細柳, 바람 앞의 가는 버들), 경상도는 송죽대절(松竹大節, 소나무나 대나무처럼 큰 절개), 강원도는 암하노불(岩下老佛, 바위 아래 늙은 부처), 황해도는 춘파투석(春波投石, 봄 물결에 돌을 던짐), 평안도는 산림맹호(山林猛虎, 산 수풀의 사나운 호랑이), 함경도는 이전투구(泥田鬪狗, 진흙밭에서 싸우는 개)라 했다. 함경도 출신인 태조가 이전투구란 말에 언짢아하자, 정도전은 재빨리 석전경우(石田耕牛, 돌밭을 가는 소)라고 고쳐 아뢰었다 한다. 이 중 전라도의 풍전세류는 풍류를 아는 멋이 있다는 의미와, 주관 없이 대세에 휩쓸린다는 두 가지 의미가 있다.

현재 우리나라의 지역감정 중에 문제가 심각한 것은 전라도 사람들에 대한 전 국민의 편견이며, 그 중에서도 경상도와 전라도의 배타적인 감정이다. 평소엔 별 문제가 없어 보이다가도 선거철이 되면 뚜렷하게 지역감정이 실체를 드러낸다. 어떤 면에서 보면 지역감정을 누구보다 앞서 해소해야 할 정치인들이 오히려 지역감정을 부추긴 면도 있다.

훌륭한 소설가였던 오영수 선생이 1979년 1월 〈문학사상〉에 발표한 작품 「특질고」에서 "전라도 사람은 표리부동하고, 신의가 없다. 입 속 것을 옮겨줄 듯하다가도 떠날 때는 배신을 한다."라고 썼다가, 많은 사람의 지탄을 받은 적이 있다. 그가 전라도 사람에게 배신을 당한 적이 있었던가, 아니면 무의식에 그런 선입견을 가지고 있었던가. 사려 깊은 작가가, 그것도 글로 쓸 때는 많은 생각을 했을 게 아닌가. 설령 배신한 전라도 사람을 봤다 하더라도 한 개인의 일을 전라도 사람 전체의 기질로 생각하는 것은 '섣부른 일반화의 오류'로, 지성인으로서 해서는 안 될 일이었다. 이로 인해 〈문학사상〉은 반성하는 의미로 자진해서 3개월간 휴간하였고, 오영수 선생은

"늙고 병들어 사려분별 없이 씌어진 불초 소생의 글이 전라도민을 위시하여 각도의 저명인사와 문단 동호인들에게 누를 끼친 데 대해 거듭 사과의 말씀을 드리며 어떠한 벌이라도 감수할 것을 표명하는 바입

니다."

라는 사과 성명을 발표하였다.

지금 내 컴퓨터 옆에는 「어휘 풀이로 읽는 오영수 소설 사전」(민충환 편, 울산매일신문사, 2014)이란 책이 있다. 오영수 선생의 작품 줄거리를 약술하고 거기에 쓰인 정감 있는 사투리들을 사전식으로 정리한 책이다. 이러한 어휘를 발굴하기는 정말 쉬운 일이 아니다. 150여 편의 작품을 발표한 원로 작가가 어쩌다 그런 글을 썼는지, 참으로 안타까운 일이다.

지역감정은 우리를 맹목적이고 비이성적인 무지한(無知漢)으로 만든다. 국론을 분열시키고, 국력을 약화시킨다. 근거 없는 선입견이나 편견으로 함께 살아가야 하는 소중한 국민을 해치는 자해 행위이다. 백해무익한 인습이고, 시급히 척결해야 할 병폐이다.

6.
언론에 발표한 나의 짧은 생각들

삶의 현실과 당위(當爲)

우리 고대소설의 맹점으로 리얼리티가 없는 것을 드는 경우가 많다.

심청이가 용궁에서 연꽃을 타고 떠올라 왕비가 된다든지, 춘향이가 정경부인이 된다든지, 장화와 홍련의 원혼이 나타나 복수를 한다든지 하는 얘기는 분명 허무맹랑하고 비현실적이다. 현대소설의 미학은 리얼리즘을 바탕으로 하고, 이런 면에서 보면 치명적인 결함으로 지적될 수도 있다. 그러나 서구적이고 현대적인 소설관의 척도로써 우리의 고대소설을 평가한다는 것은 어떻게 보면 문화적 열등감의 발로라고 보아야 하지 않을까.

우리 고대소설이나 설화를 잘 살펴보면, 이야기의 전반부와 후반부가 확연하게 나뉘는데, 대체로 전반부는 리얼리티가 있는 현실의 세계를 그려주고 있으나, 후반부는 우리 선인들의 삶에 대한 소망과 당위(當爲)가 투영되어 완연히 비현실적이 된다.

심청은 인신공희(人身供犧)의 제물(祭物)로 죽고, 춘향이는 곤장 맞아 죽고, 장화 홍련은 억울한 누명으로 죽은 것이 현실이었다. 그러나 인간의 삶이 그렇게 아무 가치도 없이 속절없이 끝나버려도 괜찮을 것인가. 그래도 사람인데 그처럼 추악한 음모와 부당한 힘에 너무나 어이없이 유린되어버려도 괜찮을 것인가. 마치 시궁창에 버려져 썩어가는 쥐새끼 같아도 아무렇지도 않을 수 있단 말인가.

우리 선인들은 이에 대해 단호하게 "아니다"고 외친다. 그래서 작품의 후반부에 삶에 대한 그들의 소망과 당위가 투영되어 리얼리티가 부족한 이야기가 전개되는 것이다. 흥부전도 임경업장군전도 임진록도 콩쥐팥쥐도 모두 예외가 아니다.

현실의 삶만이 삶이 아니다. 우리가 마음속에 그리워하며 마땅히 그렇게 되어야 한다고 꿈꾸는 것은 모두 우리 삶의 중요한 일부분이다. 우리는 고대 소설에서 선인들의 삶에 대한 깊은 애정과 차원 높은 당위를 본다.

대전일보 〈한밭 春秋 92. 7. 3.〉

부패 불감증

북한 사람들은 모두 미쳐 있고, 남한 사람들은 모두 썩어 있다는 어떤 귀순용사의 말에 공감한 적이 있다. 사이비 종교와도 같은 광신적인 김일성 유일체제에 염증을 느껴 남쪽세계로 넘어와 보니, 이건 또 위에서부터 밑에까지 철저하게 부패해 있더라는 얘기였다.

연전에 홍콩의 어느 일간지에도 한국이 부패천국이라는 토막기사가 났었는데, 이 기사에 반론을 제기할 수 있는 사람이 이 땅에 있을까. 정치계, 관계, 법조계, 학계, 예술계 등 부패가 스며들 여지가 있는 부문은 하나도 빠짐없이 오염된 게 우리의 현실이고, 심지어는 썩어가는 것들에 소금 역할을 해야 할 종교계까지도 예외가 아니다. 연일 매스컴에 보도되는 크고 작은 부패 사례를 듣고 보다 보니, 이젠 모두들 어지간한 사건에는 놀라지도 분개하지도 않게들 되어 버렸다. 부패 불감증 환자들이 되어버린 것이다.

나는 순천에서 중학교 1년을 보냈는데, 그곳에 팔마비(八馬碑)가 있었다. 고려 충렬왕 때 청백리였던 순천부사 최석은 임기가 끝나서 순천을 떠날 때에 고을 사람들한테서 이삿짐을 싣고 갈 말 7필을 선물

받았다. 선정을 베푼 목민관에 대한 주민들의 성의였다. 최석은 그 호의를 거절할 수 없어 말들에 짐을 싣고 송도로 돌아온 뒤에 8필의 말을 순천으로 돌려보냈다. 그 동안에 새끼를 친 것까지 함께 돌려보냈던 것이다. 순천 사람들은 최석의 청렴함에 감읍하여 팔마비를 세웠다 한다(「고려사 31권」).

또 세종 때 영의정 황희는 자기가 잘 아는 유능한 젊은이를 종성부사로 천거했다. 그가 은혜를 갚으려고 수달피로 이불을 만들어 선사하자 황정승은 그 젊은이를 즉시 파면 조치했다. 사람을 잘못 보았다는 것이다. 어찌 최석이나 황희뿐이랴. 우리의 역사에는 맑고 올곧은 청백리의 기풍이 면면하게 이어져 내려 왔다.

그런데 지금 우리 사회는 어떤 모습인가. 경제도 민생도 민주도 통일도 다 시급하고 중요하다. 그러나, 그보다 더 시급한 것은 그 모든 것의 토대가 되는 청렴한 사회 기풍과 도덕성의 회복이다. 우리 모두 부패 불감증을 벗어나자. 부패를 심각하게 실감하는 것이야말로 그것을 치유하는 첫걸음이다.

대전일보 〈한밭 春秋 92. 7. 10.〉

낮은 데를 바라보자

서사문학(敍事文學)이란 누가(인물) 어떤 환경에서(배경) 어떻게 했다(사건)는 3요소를 갖춘 문학형태를 일컫는 말이다.

그런데, 이 서사문학을 고대에서 현대까지 통시적으로 훑어보면, 인간의 관심이 어떻게 변해 내려왔는가를 알 수 있다. 서사문학의 첫머리엔 동서양 공히 초월적인 신(神)들이 활약하는 신화가 자리하고 있다. 그 다음 주인공은 위대한 왕이나 영웅들이다. 중세의 서사시나 로망 등이 바로 그것이다. 근대소설에 와서야 비로소 보통 인간이 주역으로 등장하게 되며, 후대로 내려올수록 보통 인간 중에서도 못난 인간, 박해받는 인간, 억눌린 인간, 희생된 인간들에게 서사문학의 포커스가 맞춰지고 있다.

초월적인 신에서 위대하고 비범한 인간으로, 다시 보통 인간으로, 또다시 비참한 인간으로의 끝없는 하강(下降)이 의미하는 바는 무엇인가.

그것은 바로 우리 삶의 관심 대상이 높은 데서 낮은 데로 향하고 있음을 보여주는 것이 아니겠는가. 낮은 데에 던져져 있는 사람들의 짓눌리고 왜곡된 비참한 삶도 본질적으로는 신이나 왕, 영웅의 그것에 못지않은 존엄과 무게를 지녀야 함을 시사(示唆)하는 것이 아니겠는가.

최근 우리 사회의 관심은 온통 잘난 사람들에게만 쏠려 있는 것이 아닌가하는 느낌이 든다. 권세를 휘두르고 금력을 과시하는 몇몇 저명인사들이 매일 매일의 매스컴을 화려하게 누비고 있고, 유명 배우나 가수, 세계적인 스포츠 인사들의 일거수일투족이 일상의 화젯거리이다. 그리고 보통 사람들도 그들의 행동양태를 모방하려고 애쓰다보니 사회 전체가 붕 떠 있는 것 같다.

이제 우리 모두 시선을 낮은 데로 돌려야 하지 않을까. 그리하여 잘난 사람들을 본뜨려는 천민자본주의적인 허영과 과소비에서 벗어나서 차분한 일상과 겸허를 회복해야 하지 않을까. 그리고 우리의 이웃이며 우리의 일부인 낮은 곳에 있는 사람들의 삶에 혈육의 애정을 기울여야 하지 않을까.

대전일보 〈한밭 春秋 92. 7. 17.〉

'하면 된다' 유감

어떤 목적을 달성하기 위해 동원되는 수단과 방법은 두 가지 요소를 갖춰야 하는데, 그 하나는 능률이고, 다른 하나는 도덕적 정당성이다.

시행착오 없이 가장 빠르고 효과적으로 의도한 일을 성취해 내려는 능률의 중요성은 아무리 강조해도 지나치지 않다. 그런데 능률을 너무 중시하다 보면, 자칫 도덕적 정당성이 결여된 수단과 방법을 사용하게 되는 함정에 빠지는 경우가 많다.

돈을 벌려는 목적으로 사업을 시작한 기업가가 탈세와 분식회계, 정경유착, 입찰비리, 회사자금의 유용 및 횡령 등을 저지르는 사례는 능률을 극대화하려다가 도덕적 정당성을 상실하게 된 구체적 예가 될 수 있다. 여러 가지 시험에서 좋은 점수를 얻기 위해 부정행위를 하는 것도, 권세를 쥐기 위해 온갖 권모술수를 꾀하는 것도, 심지어는 탐욕에 눈이 어두워 도둑질이나 강도짓을 하는 것도 모두 마찬가지이다. 우리나라에선 제3공화국 박정희 군부 정권 시절부터 '하면 된다'는 구호가 널리 쓰였고, 또 그 구호처럼 여러 분야에서 괄목할 만한 성장을 이루었다. 그러나 그러한 과정에서 우리 사회는 지나치게 목표 달성만을 중요시하고, 결과만으로 모든 것을 평가하는 경향이 농후했다. 당연히 어떤 일을 이루는 과정과 수단의 도덕성은 소홀하게 평가되었다.

그런데 과정과 방법의 도덕적 정당성을 능률의 뒷전으로 밀어놓는 이러한 사회적 풍토가 근래 우리 사회의 온갖 부조리와 부패, 타락과 부정이 자라나는 토양이 되어왔음은 부인하기 어렵다. 목적이 아무리 좋고, 그것을 달성하려는 방법이 아무리 능률적이더라도 도덕적 정당성이 없으면, 그것은 이미 긍정적 평가를 받을 수 없는 것이다. 도덕적 정당성은 능률에 앞서 당연히 갖춰져야 할 기본 요소이다. 이는 사람을 평가할 경우에도 마찬가지이다.

이제 결과만을 보지 말고 과정과 방법의 도덕성에 시선을 돌리자.

이제는 아무 것이나 '하면 된다'는 안 된다. 도덕적 정당성이 없으면 어떤 것도 안 된다.

대전일보 〈한밭 春秋 92. 7. 24.〉

시련과 고난의 참 의미

「삼국유사」의 단군신화에는 곰이 마늘과 쑥을 먹고 동굴 속에서 21일을 견디어서 웅녀가 되는 얘기가 나온다. 쑥과 마늘은 쓰고 매워서 먹기 어려운 것이고, 동굴은 빛이 없는 암흑세계이다. 이는 미물(微物)인 곰이 신성한 환웅의 배필이 되기 위해서 거쳐야 하는 시련과 고난을 의미한다고 볼 수 있다. 신화비평에 의하면, 이러한 원형(原型)은 후대로 내려오며 여러 작품에 반영되어 나타나는데, 예컨대, 심청이는 인당수에 들어갔다가 나옴으로써 왕비가 되고, 춘향이도 감옥에 들어갔다가 나옴으로써 이 도령의 배필이 된다. 심청과 춘향의 원형이 웅녀라는 얘기이다.

「성서」를 보면, 모세는 고난의 사막을 건너서야 비로소 이집트의 왕자에서 이스라엘의 지도자로 변신되고, 예수도 40일간의 시험을 거쳐서야 한낱 목수에서 그리스도로의 화려한 변신을 성취한다.

우리 전통 사회에서도 예전에는 어른이 되기 위해서 꼭 거쳐야 하는 통과의례(通過儀禮)가 있었다. 무거운 들돌을 어깨 너머로 넘겨야 한다든지, 절벽과 절벽 사이를 건너뛰어야 한다든지, 귀화(鬼火)가 오락가락하는 음습한 공동묘지를 비 오는 밤에 다녀와야 한다든지 하는 것 등이 그 구체적 예이다. 성인으로서 마땅히 갖춰야 할 힘과 담력을 시험하는 내용들이다. 이러한 시험을 통과하지 못하면 나이가 성년을 넘었어도 품삯을 어른의 반 밖에 안 쳐준다거나, 두레 등에 끼일 자격이 없었다.

근래에 우리 중고등 학생들은 대학 입시라는 관문을 통과하기 위해 새벽부터 밤중까지 견디기 어려울 정도의 벅찬 학습에 매달리고 있다. 성장기 청소년들의 건전한 심신의 발달을 저해하는 비인간적인 제도라는 비판이 무성하다. 옳은 비판이고, 고쳐져야 할 제도이다.

그러나 다른 각도에서 보면, 치열한 입시 경쟁은 갖가지 유혹과 힘든 고난을 극복하고, 스스로의 능력과 의지를 확인하는 통과의례로서의 의미가 있지 않을까.

담대하게 어려움의 파도를 헤쳐 나가는 청소년은 아름답다.

대전일보 〈한밭 春秋 92. 7. 31.〉

먹는 것과 마음

사람의 마음은 우리 몸의 어디에 깃들어 있는 것일까.

우리말의 표현을 바탕으로 이를 살펴보면, 우리 한국인들은 사람의 마음이 뱃속에 들어있다고 생각하고 있음을 알 수 있다. 사촌이 논을 사면

배가 아프다느니, 뱃속이 다 들여다보인다느니, 뱃속에 구렁이가 여러 마리 들어 있다느니, 뱃속이 시커멓다, 배짱이 좋다, 뱃심이 있다 등의 표현을 보면 '뱃속'은 바로 사람의 마음을 나타낸 것임을 쉽게 알 수 있다.

생산력이 부족한 옛날에는 먹는 것의 해결이 지금보다 몇 배 어려웠고, 배불리 먹을 때와 굶주렸을 때의 마음이 정반대였을 것은 자명하다. 그래서 마음이 뱃속에 들어있다고 생각해서 앞에 열거한 그러한 표현이 생겨났음직하다. 사람의 만남에서 맛있는 음식이 필요한 소이연이다.

그래서 그런지 우리나라 사람들은 맛있는 음식을 많이 장만하여 대접하는 것이 손님에 대한 예의라고 생각한다. 일상생활에서도 지나치게 많은 음식을 장만하여 포식하는 경향이 있고, 따라서 못 다 먹고 버리는 음식도 적지 않은 것 같다. 한정식에 차려지는 음식 종류가 대개 22~30여 가지라는데, 그 중 젓가락 한번 안 댄 것이 반이 넘고, 30%쯤은 그냥 버린다고 한다. 요즈음 골칫거리 사회문제가 된 엄청난 쓰레기의 1/4 가량이 음식물 찌꺼기라는 것이 이러한 사실을 증명한다. 최근 들어 급증한 갖가지 성인병도 많이 먹어서 생긴 병이라는 데엔 이론(異論)이 없다.

맛있는 것을 많이 먹는 것은 삶의 큰 즐거움이다. 그러나 이젠 예전과 달리 먹는 것이 우리의 생존을 위협하지 않게 된 시대가 되었으니, 조금 덜 먹는 즐거움을 추구해야 할 때가 아닐까.

대전일보 〈한밭 春秋 92. 8. 7.〉

'빨리 빨리'와 소걸음

산업사회를 사는 현대인은 무엇이나 빨리 달성하고자 한다.

농경사회에선 아무리 바빠도 씨 뿌린 다음 상당 기간을 기다려야 수확을 할 수 있었는데 비해, 산업사회에선 사람들의 능력과 노력 여하에 따라 대부분의 일이 얼마든지 빨리 달성될 수 있다. 그 때문에 스피드는 현대인이 신봉하는 최고의 가치가 되었다. 그러다보니 내남 없이 보다 빠른 것을 추구하게 되었고, 자연히 꾸준한 노력과 끈질긴 인내심 등 농경사회에서 체득하게 되는 미덕은 실종되어 간다.

그런데, 인간의 삶은 공산품 제조와는 달리 그렇게 빨리 단숨에 성취되는 것이 아니다. 삶의 어떤 부문에서든 어느 정도의 수준에 도달하려면 장구한 시간의 노력과 인내가 필수적으로 요구된다. 자고 일어나보니 저명한 시인이 되어 있더라는 영국 시인 바이런의 말도 있지만, 이는 수사학적 표현일 뿐 인생의 진실이 아니다. 그는 남몰래 오랜 습작을 해왔던 것이다.

삶에는 경주마 같은 질주도 필요하지만 소걸음도 필요하다. 일찍이 조선조의 큰 스승이었던 남명 선생 조식(曺植)은 그에게 글을 배우고 출사(出仕)하는 정탁(鄭琢)에게 소 한 마리를 매 놓았으니 몰고 가라고 했다는데, 이는 외양간에 매인 진짜 소를 가져가라는 말이 아니라, 성급하고 경쾌하여서 무슨 일이나 빨리 성취하려는 정탁의 조급성을 경계한 것이었다. 정탁은 스승의 이 가르침을 평생 마음에 새겨, 승상의 자리에 오를 때까지 수십 년이나 벼슬자리에 있었지만 매사에 진중하여 일을 그르치지 않았다고 한다. 이순신 장군이 1597년 출병하라는 선조의 명에 불복하여 고신(拷訊)을 당할 때, 홀로 장군을 구명한 이가

240

바로 정탁 선생이었다.

최근 우리 사회는 빨리 출세하고 빨리 돈 벌고 빨리 성공하려는 사람들 때문에 정도(正道)에서 벗어난 탈법과 부정, 비리와 협잡 등이 어지럽게 판을 치고, 사회 전체가 불신의 늪에 빠져 있는 것 같다.

하나하나의 돌을 쌓아올려 마침내 높은 탑을 이룩하듯 정성과 인내로 자신의 삶을 실현하려는 자세는 고결하다.

대전일보 〈한밭 春秋 92. 8. 14.〉

참다운 신앙

우리 겨레는 종교적인 소질이 풍부한 민족이라는 말을 들은 적이 있다. 공감 가는 말이다.

우리 민족은 까마득한 옛날부터 한울님을 숭앙해 왔고, 무속신앙으로 여러 신(神)들을 신앙하였다. 삼국시대로 접어들면서 유불선(儒佛仙) 등의 외래 종교가 들어올 때도 큰 저항이나 희생 없이 토착화하였다. 18세기 후반 서양 선교사의 파송 없이 이벽, 정약전, 권철신 등에 의해 조선에서 자생적으로 발생한 천주교는 전 세계 크리스트교 전도사(傳道史)에서 기적처럼 얘기되고 있는데, 이러한 사례는 우리 민족의 종교적 소질을 예증하는 구체적 예이다.

실제로 지금 우리나라의 각 종교단체에서 과시하고 있는 신도수(信徒數)는 엄청나서, 천주교 5백여 만, 개신교 1천 2백여 만, 불교 1천 5백여 만 명으로 3천만 명을 넘어서 있고, 그밖에 숫자를 파악하기 어려운 뭇 군소종교의 신자들이 있다. 가히 종교왕국이라 할만하다.

그런데, 사회의 소금 역할을 하고 등불이 되어야 할 종교가 이처럼 번성하는데, 왜 우리 사회는 갈수록 썩어가고 어두워져만 갈까.

참다운 신앙이란, 완악(頑惡)하고 이기적인 인간들이 자기를 버리고 그 마음속에 어떤 절대자를 주인으로 맞아들여서 그 절대자의 뜻대로 사는 것을 의미한다. 성서에서 "거듭 태어난다."는 말도 이런 뜻을 표현한 말이 아닌가 한다.

그런데, 우리 민족의 경우, 신앙에 개개인의 현세적 욕망이 지나치게 강하게 투영되어, 그 절대자를 자기의 욕망이나 소원을 성취시켜줄 전능한 존재로 여겨 신앙하는 사람들이 적지 않은 것 같다. 종교가 자기의 복을 비는 이러한 기복신앙(祈福信仰)의 차원으로 전락될 경우, '나'가 주인이 되고, 절대자는 나의 욕망을 성취시켜주는 '전능한 하인'으로 전락한다. 마치 알라딘의 램프에 나오는 전능한 거인 지니 같은 하인이 된다. 이런 기복신앙으로는 결코 사회의 소금과 등불이 될 수 없다.

참 신앙만이 개인을 구원하고 사회와 국가의 소금과 등불이 될 것이다.

대전일보 〈한밭 春秋 92. 8. 21.〉

이상(理想)주의와 현실(現實)주의

어떤 사안(事案)이 발생하면, 그에 대처하는 방안은 여러 가지가 있는데, 이를 대별하면 이상주의적 대안과 현실주의적 대안으로 갈라짐을 알 수 있다. 이상주의적 대안은 명분은 뚜렷하나 그것을 시행하는 데 여러 현실적 어려움이 많고, 현실주의적 대안은 현실의 실리를 바탕으로 하니 명분과 비전이 약하다. 이상주의와 현실주의는 필연적으로 대립과 투쟁을 야기하며, 그 결과는 대개 현실주의가 승리하는 것으로 끝나는 것이 역사의 실체적 진실이다.

예컨대, 고려말 최영 장군의 명나라 정벌을 이상주의적 발상이라 하면, 이에 반대한 이성계의 사불가론(四不可論)은 현실주의적 발상이다. 병자호란 때 김상헌 등 척화파는 전자(前者)에 속하고, 최명길을 위시한 주화파는 후자(後者)에 속한다. 해방 직후 김구 선생이 주장한 남북한 통일정부가 전자에 속한다면, 이승만의 남한 단독정부는 후자에 속한다고 할 수 있을 것이다. 그런데, 최영 장군은 사형에 처해지고, 척화파는 심양으로 잡혀가고, 김구 선생은 암살된 데 비해, 이성계와 주화파와 이승만은 승리하여 권세를 장악하지 않았던가.

그렇다면, 패배가 운명적인 이상주의는 아예 처음부터 존재할 의미나 가치가 없는 것일까. 아니다. 승리한 현실주의가 지나치게 현실적 실리에 집착하여, 나아가야 할 방향과 목표를 갖고 있지 않는 데 대해, 그 현실주의에 방향과 목표를 제시해 주는 것이 바로 다름 아닌 그 패배한 이상주의이기 때문이다. 이성계의 북진정책, 효종의 북벌계획, 남한정부의 통일 지향은 모두 패배한 이상주의가 내세웠던 바로 그 명분과 목표가 아닌가.

최근 우리 사회의 큰 정치적 이슈가 되어 있는 지방자치단체장선거 문제도 이상주의와 현실주의의 갈등에 다름 아니다.

너무 높은 곳만을 쳐다보는 이상주의는 눈앞의 시궁창에 빠지기 쉽고, 눈앞의 실리만을 추구하는 현실주의는 나가야 할 방향과 목표를 잃기 쉽다. 이상주의와 현실주의를 조화시키는 지혜와, 상대방의 존재가치를 인정할 수 있는 넓은 마음이 절실히 요망되는 요즈음이다.

대전일보 〈한밭 春秋 92. 8. 28.〉

시골 초등학교의 황혼

고향엘 다녀오다가 몇 년 전 폐교가 된 시골 초등학교에 들렀다. 교문은 허물어져, 그 위에 새겨져 있던 학교의 이름은 흔적도 없어지고, 넓은 운동장엔 허리를 넘는 잡초가 무성하게 자라, 사람들이 다니는 곳만 가까스로 길이 나 있었다. 운동장가에 서 있었던 수십 그루의 아름드리 플라타너스 나무도 모두 사라지고, 학교를 빙 둘러 있던 담장도 허물어져서 흔적만 남아 있었다. 운동장 한쪽에 있었던 우물도 메워지고, 갖가지 꽃들이 계절을 바꿔가며 피어나던 화단도 처참한 폐허로 변해 있었다. 붉은 벽돌로 아담하면서도 견고하게 지어졌던 건물도 우중충하게 퇴락한 채 금방이라도 무너질 듯 힘겨운 모습으로 서 있었다. 적요와 침잠. 한때 400여 명의 어린이들이 뛰놀고 공부하던 학교가 인기척이라곤 찾아볼 수 없이 깊디깊은 적요 속에 침잠해 있고, 늦가을의 썰렁한 바람만이 누렇게 시든 잡초를 흔들어 대고 있었다.

나는 화단 가의 큰 바위에 앉아 한참 학교의 옛 모습을 떠올렸다. 아이들과 운동장에서 공을 찬 뒤 우물에 가서 두레박으로 퍼 올린 물을 나누어 마시고, 머리에 물을 뒤집어썼을 때의 상쾌함. 선생님이 쳐 주는 풍금 소리에 맞춰서 목이 터져라 부르던 노래. 책보에 흙을 퍼 날라서 화단을 만들고, 그곳에 심었던 맨드라미며 봉숭아, 해바라기, 코스모스. 학교 뒤뜰에 토끼장을 만들고 기르던 토끼. 운동회 때 평생 처음으로 장애물 경기에서 일등을 하여 부모님이 보는 앞에서 자랑스러웠던 일. 겨울엔 뒷동산에 올라가 산토끼를 몰고, 나무의 그루터기나 삭정이를 모아다가 난로를 피우고, 그 위에 데워 먹었던 도시락……. 갖가지 추억이 두서없이 머릿속을 스쳐 지나갔다.

오래 전 일이라 희미한 기억이지만, 1960년대에 영국의 저명한 일간지가 6·25로 폐허가 된 뒤의 우리나라를 취재하여 소개한 글을 읽은 적이 있다. 그 글에는 6·25로 인한 막대한 인명 피해와 폐허로 화해 버린 국토, 파괴된 산업 시설과 기아와 가난에 허덕이는 국민들의 삶을 시리즈로 연재했는데, 이러한 모든 절망적 상황에도 불구하고 한국의 미래에는 희망이 보인다는 낙관적 전망을 내 놓았다. 한국의 시골 집들은 모두 게딱지 같은 조그마한 초가들이지만 눈에 띄게 커다란 건물들이 읍면마다 두세 개씩 있는데, 그것이 바로 학교이고, 그 학교에는 새로운 시대를 짊어질 어린이들이 씩씩하게 자라나고 있기 때문이라는 것이었다.

나는 그 글을 읽으면서 과연 시골에서 가장 크고 번듯한 건물들은 모두 다 학교라는 걸 새삼 느끼고, 왜 늘 학교에서 생활하면서도 그런 것을 의식하지 못했을까 하는 생각을 하며 우리들의 모든 꿈이 학교에서 비롯되었다는 걸 알았다. 지금 우리가 향유하고 있는 상당한 정도의 근대화와 민주화도 그 싹이 모두 학교에서 자라난 걸 부인할 사람이 있겠는가. 우리나라의 놀라운 경제개발과 민주화를 연구한 한 서양의 논문에서 내린 결론이 '잘 교육된 다수 국민의 힘(well trained many people)'이었다 한다. 그런데 이제 시골 학교는 모두 무너져 황혼 속에서 종말을 맞이하고 있는 게 아닌가.

쓸쓸한 추회에 젖어 있는데, 건물 한쪽에서 갑자기 텔레비전 소리가 들렸다. 소리 나는 데로 가 보았더니, 뜻밖에도 연세가 칠팔십 되어 보이는 추레한 몇 노인이 옹기종기 모여 앉아서 텔레비전을 보고 있었다. 몇 사람은 이불을 덮고 자리에 누워 있다가 나를 보고도 몸을 일으키지 않는데, 멀뚱하니 나를 올려다보는 얼굴에 병색이 완연했다. 사회사업을 하는 복지단체에서 폐교된 교실 두어 칸을 빌려서 방으로 개조하고, 오갈 데 없는 무의탁 노인들을 수용하고 있다는 것이었다.

모교라서 한번 들러봤다는 나의 말에 한 노인이

"무엇하러 망한 학굘 찾아와? 속만 상하지! 여긴 죽을 때를 기다리는 사람밖에 없어!"

하고 말했다.

나는 과일이나 음료수라도 사다가 드시라며 약간의 돈을 내놓고, 무엇에 쫓기듯 그곳을 나왔다. 교문통을 나오다가 뒤를 돌아보니 황혼녘의 어스름이 을씨년스러운 건물 위로 내려덮이고 있었다.

중도일보 〈교육단상 2004. 1.〉

아이들, 어른의 거울

가까운 인척 중에 미국 사람과 국제결혼을 한 사람이 있는데, 그녀는 십 수 년을 미국에서 살다가 몇 년 전 우리나라로 돌아와 살고 있다. 친정 가족과 한국이 그리워서 남편을 졸라 한국에 있는 회사에 파견 근무를 하도록 하고, 아이들을 데리고 온 것이다. 그녀는 외국인 초등학교에서 아이들을 가르치는데, 비공식적이긴 하지만 그 학교에 다니는 한국인 아이들도 꽤 있다고 했다.

내가 한국 아이들과 미국 아이들의 차이 중 가장 뚜렷한 게 무엇이냐고 물었더니, 그녀는 한국 아이들이 교사의 말을 안 듣는 것이라고 했다. 미국 아이들은 대부분 교사의 말을 곧이곧대로 믿고 순종하는 데 반해, 한국 아이들은 잔머리를 굴리고 적당히 요령을 부린다는 것이었다. 그런데 나중에 보면 고지식한 미국아이들한테 약삭빠른 한국아이들이 뒤떨어진다면서 한국 아이들이 너무 영악해졌다고 탄식을 했다.

학생들과 함께 생활하다 보면 말 안 듣는 아이들을 많이 보게 된다. 해 오라는 숙제도 안 해 오고, 수업 중에도 휴대전화로 게임을 하거나 문자 메시지 보내는 데 열중한다. 머리 모양이나 복장 등이 교칙에 위배되어 주의를 주어도 곧바로 시정하지 않는다. 다 함께 청소를 하는 청소 시간에도 혼자 매점에 가서 군것질을 하고, 더 심한 아이들은 담배를 피우고, 갖가지 비행을 저지르기도 한다. 이렇게 말 안 듣는 학생들은 당연히 학습에 소홀하고, 그 성취 또한 기대하기 어렵다. 집에서도 부모의 말을 안 들을 게 불을 보듯 뻔하다.

왜 아이들이 이렇게 되었을까? 나는 그 책임의 많은 부분이 우리 기성세대와 부모에게 있다고 생각한다. 아이들이 말 안 듣고 잔머리 굴리고 요령이나 피우는 그런 바람직하지 않은 것들을 누구로부터 배웠겠는가.

아이들의 가장 큰 스승은 부모이고, 특히 어린애일 땐 더더욱 무엇이나 부모를 따라 배운다. 우리 학교의 젊은 동료 교사 한 분이 아침마다 화장실에서 신문을 읽었는데, 어느 날 그가 화장실에서 나오자 세 살배기 아들이 신문지를 들고 화장실로 들어가더란다. 무얼 하나 궁금해서 살그머니 문을 밀쳐 봤더니, 신문지를 거꾸로 들고 변기 위에 앉아 있더라고. 그 교사가 아파트 베란다에서 담배를 피우곤 했는데, 그 아들이 몰래 그의 담배와 라이터를 꺼내다가 베란다에서 불을 붙이려고 애를 쓰다 들킨 일도 있었다 한다. 그리고 맞벌이 부부라서 낮엔 할머니가 아이를 봐 주는데, 할머니가 이웃집 할머니들과 고스톱을 치는 걸 보고 배워서, '고! 스톱! 똥 나왔다! 바가지 썼다!' 하고 화투 놀이를 해서 한 동안 고민했다는 얘기였다.

그 아이가 여섯 살이던 작년에 아이가 귀여워하던 고양이가 차에 치여 치명상을 입었는데, 아이와 함께 고양이를 동물병원에 데려간 그 선생님은 치료비가 엄청나게 나온다는 수의사의 말에 크게 당혹하게 되었다고. 수의사는 중상을 입은 고양이를 안락사 시키고 다른 고양이를 한 마리 사다가 기르는 게 어떠냐는 의견이었으나, 그간 아들에게 생명의 존엄과 외경을 누누이 가르쳤던 그는 진퇴양난의 곤경에 처하게 되었고, 결국 말만 그럴싸하게 하는 아비가 되지 않기 위해 큰돈을 들여 고양이를 수술하여 살려냈다고.

지금 우리나라의 교육열은 갈수록 치열해지고 있고, 특히 젊은 부부들은 자녀를 한두 명만 낳아 잘 기르려는 추세이다. 그러다 보니 아이들은 유치원 시절부터 이 학원에서 저 학원으로 힘겨운 순례를 하면서 혹사당하고 있고, 사교육비가 눈덩이처럼 불어나 가계를 압박하게 되었다. 그러나 그 노력과 비례해서 아이들이 영재가 되고 수재가 되지는 않는다. 학교교육과 사교육만으로 아이들을 잘 기를 수는 없다.

무엇보다 부모가 진실하고 정성스러워야 아이들이 바르게 자란다. 어른들이 편법을 안 써야 아이들도 잔머리를 안 굴리고, 부모가 남과 더불어 사는 사회에서 갖춰야 할 미덕을 지녀야 아이들도 그러한 미덕을 따라 배운다.

우리의 학생들이 말을 안 듣는다면 그 원인이 우리 어른들에게 있지 않은지, 우리의 자녀들이 말을 안 듣는다면 그 원인이 부모에게 있지 않은지 성찰해 볼 일이다. 아이들은 결국 우리 어른들의 거울이기 때문이다.

중도일보 〈교육단상 2004. 1.〉

아이들에게 책을 읽히자

해마다 연례행사로 대학 입시철이 되면 나라가 발칵 뒤집힌다. 이번에는 대규모의 수능 부정행위까지 겹쳐서 더욱 난리를 치렀다. 우리나라의 교육열은 해가 갈수록 더욱 치열해지고, 부모들은 자녀 공부를 잘 시키기 위해 아이들이 초등학교 들어가기 전부터 노심초사한다.

나는 30여 년 동안 아이들을 가르치면서 잘 자란 아이들이 어떤 특성을 지니고 있는가, 관심 있게 살펴왔고, 그 결과 어렸을 때부터 책 읽기를 좋아하고, 많은 책을 읽은 아이들이 바르게 잘 자란다는 결론을 얻었다. 물론 교육학에서는 학습 성취에 영향을 미치는 지적, 정의적, 환경적 제반 요인들을 강조하고 있고, 나 또한 그러한 요인을 부정하지는 않는다. 그럼에도 불구하고 실제로 아이들의 학습에 지대한 영향을 미치는 것은 독서이다. 독서는 아이들의 각종 고차원적이고 종합적인 정신능력을 함양하는 데 거의 절대적이다. 책읽기는 아이들의 지적(知的) 호기심과 관심을 불러일으키고, 정서적 미적(美的) 도야(陶冶)를 성취시킨다. 사물과 현상을 깊이 있게 해석하고, 세계와 운명에 맞설 용기와 투지를 길러준다. 그리고 무엇보다도 독서는 학습을 빨리, 깊이 있게, 그리고 인내력을 가지고 끈질기게 잘 할 수 있는 능력을 길러준다.

우리나라의 학부모들은 자녀들의 학습 성취에 엄청난 투자와 노력을 기울인다. 조선 시대 사농공상의 수직적인 유교적 사회에서 사(士)는 공부를 많이 한 사람으로서 높은 사회적 지위를 향유했다. 그리고 그러한 전근대적 가치체계가 아직도 우리 사회에 뿌리 깊게 남아 있을 뿐 아니라, 좁은 국토에서 많은 인구가 살아가자니 자연 경쟁이 치열해질 수밖에 없다. 자녀들이 경쟁에서 뒤떨어지지 않도록 하기 위해 부모들은 각종 학원으로, 과외교습으로 자녀들을 내몬다. 유치원생에서부터 고등학생에 이르기까지 우리의 아이들은 새벽부터 밤중까지 뛰고, 또 뛴다. 부모들은 가계가 감당하기 어려울 만큼 무거운 사교육비를 지출하고, 지출한 만큼 자녀들의 학습 성취를 기대한다. 그러나 이러한 부모들의 기대와는 달리 보습학원과 과외교습이 학생들의 학업에 큰 도움을 주지는 못한다. 아이들이 주체적이고 능동적으로 학습해야 학습에 성과가 나는데, 보습학원이나 과외교습 모두 학생들을 수동적, 피동적으로 만들기 때문이다.

그런데 어려서부터 책읽기를 습관화한 아이들은 자기가 주체가 되어 능동적으로 학습하고, 긴 시간 집중하고 몰두하는 능력이 있다. 그래서 학원에 가기를 싫어하고, 부모가 학원에 가길 권장해도 혼자서 학습한다.

문제는 어떻게 아이들에게 독서의 습관을 길러 주고, 지속적으로 책 읽기를 계속하게 하느냐이다. 요즈음 독서를 지도하는 학원까지 생겼지만 자녀들의 독서 습관을 길러 주는 왕도는 부모들이 독서를 하는 것이다. 아이들은 늘 부모를 닮으려 노력한다. 부모가 책을 읽으면, 어린 아이들도 책에 관심을 갖고 책을 읽는다. 아이들이 글자를 깨치기 시작할 때부터 부모가 함께 책을 읽고, 그 책에 대해 아이들과 대화를 해야 한다. 자녀와 한 쪽씩 번갈아가며 책을 읽는 것도 좋은 방법이다. 중요한 것은 아이들이 완전히 독서를 습관화하도록 여러 해 계속해서 이러한 노력과 대화를 가정 문화로 정착시켜야 한다는 것이다.

이 글을 읽는 독자 중에 먹고 살기도 바쁜데 어느 겨를에 아이들과 함께 책을 읽느냐고 볼멘소리를 하는 분도 계실 것이다. 그러나 가치 있는 것은 쉽게 이루어지지 않고, 쉽게 이루어지는 일은 가치가 없는 게 세상 이치 아니겠는가.

새해엔 우리나라의 모든 가정에서 부모와 자녀가 함께 책을 읽는 아름다운 모습을 상상해 본다.

중도일보 〈교육단상 2004. 1.〉

이제 부패를 뿌리 뽑을 때다

우리의 수도 서울의 교육을 책임지고 있는 교육감이 몇 달 전 부정부패로 자리에서 물러나더니, 얼마 지나지 않아 서울시 교육청의 고위 장학관이 장학사를 선발하는 과정에서 거액의 뇌물을 받은 혐의로 구속되었고, 뒤이어 엊그제는 현직 교장 3명이 체포되는 비극이 일어났다. 서울만이 아니다. 충남과 대전에서도 교육감이 부정과 연루되어 임기를 마치지 못하고 물러난 것이 벌써 몇 번째인가.

교육계만이 아니다. 선출직 지방자치단체장이 부정부패로 물러난 것은 너무 비일비재하여 열거하기도 민망하고, 얼마 전 충남의 모 군청은 거의 모든 공직자가 부정에 연루되었다 하여 우리를 경악하게 했다.

무릇 지도자는 다른 사람들보다 특별히 더 뛰어난 능력과 도덕성을 갖추어야 한다. 그 중에서도 도덕성이야말로 우선적으로 갖춰야할 덕목이다. 도덕성이 없으면 그가 아무리 능력이 뛰어나다 하더라도 그의 말을 믿고 따라줄 사람이 없기 때문이다.

국제적인 부패감시 단체인 〈국제투명성기구〉가 1995년부터 해마다 발표하는 '국가 부패지수(약칭 CPI)'라는 것이 있다. 문자 그대로 국가별 부정부패를 여러 기준에 의해 평가하여 점수를 매긴 것인데, 핀란드와 덴

마크, 뉴질랜드, 아이슬랜드, 스웨덴 등이 청렴도에서 선두 그룹을 유지하고 있고, 아시아에선 싱가포르, 홍콩, 일본, 타이완, 말레이시아 등이 선두에 서 있다. 그런데 우리나라는 부끄럽게도 평가 대상 국가 91개국 중 2000년에는 48위, 2001년에는 42위, 2008년에는 40위를 기록했다. 경제협력개발기구(OECD)에 가입된 30개 나라 중 최하위로서, 우리의 현실을 객관적으로 보여 주는 낙인이라 할 수 있다. 우리 사회는 그 동안 모든 면에서 괄목할 만한 발전을 보여 왔지만, 위에서부터 아래까지 사회 곳곳에 부패가 만연하여, 우리 모두 부패가 한 사회의 기초를 허물어뜨리는 암(癌)이라는 사실을 의식하지 못하는 부패 불감증 환자가 되었다. 부정부패를 저지르다 발각되어 처벌을 받는 사람이 '운이 나빠서' 또는 '재수가 없어서' 라니, 이게 도대체 무슨 말인가.

최근 우리 정부는 2년 전에 시작된 세계적인 금융위기에서 다른 나라보다 먼저 탈출하면서 G-20 정상회의의 의장국이 되고, 대통령 직속기구인 〈국가브랜드위원회〉를 설립하고 우리나라의 국격(國格)을 높이자는 캠페인을 벌이고 있다. 우리의 국력에 걸맞은 국제적인 위상을 확보하고, 그만큼 대접을 받자는 것이다. 이러한 때에 밴쿠버 동계 올림픽에서 우리의 젊은 선수들이 세계를 깜짝 놀라게 할 만한 성과를 거두어 우리에게 큰 기쁨을 주고, 우리의 국격을 한껏 높여 주었다.

그러나 우리가 정말 세계인들이 모두 부러워할 만한 선진국이 되기 위해서는 가장 우선적으로 부정과 부패를 뿌리 뽑아, 청렴한 사회를 만들어야 한다. 경제도 민생도 민주도 통일도 다 시급하고 중요하다. 그러나 그보다 더 시급한 것은 그 모든 것의 토대가 되는 청렴한 사회 기풍과 도덕성의 회복이다.

중도일보 〈교육단상 2004. 1.〉

조기 퇴출 현상과 학생들의 진로

오래 친하게 지내는 고향 후배 한 명이 은행에 다니다가 1년 전에 퇴직을 했다. 갓 50이 된 그는 전업주부인 부인과 대학 1년생 아들, 고2 딸을 거느린 가장으로서, 이제부터 본격적으로 교육비가 들어갈 삶의 고비인데, 직장에서 퇴출을 당한 것이다. 그는 이발 체인점을 해 볼까, 24시간 편의점을 해 볼까, 식당을 열어 볼까, 등등 갖가지 궁리를 하다가, 최근 아파트 경비원으로 취업을 했다. 은행 지점장으로 상당한 사회적 지위와 경제적 여유를 누리던 그가 보수도 좋지 않고 근무환경도 열악한 아파트 경비원으로 일할 결심을 한 데에는 상당한 용기가 필요했다며, 씁쓸하게 웃었다.

내 동창들 중에 내로라하는 굴지한 대기업체에 다니던 친구들도 대부분 40대 전후반에 퇴출을 당했다. 그 중 한둘은 자영업을 하고 있고, 나머지는 실업자 신세인데, 일을 하지 못하는 데 대한 자괴감과 가장(家長) 역할을 제대로 하지 못하는 데서 오는 자아정체감의 상실 때문에 괴로워하고 있다. 사업에 실패하고 알코올 중독이 되어 아주 폐인이 된 친구도 있다.

한창 일할 나이에, 그리고 가정적으로도 지출이 가장 많아지는 인생의 고비에 직장에서 쫓겨나, 할 일을 잃고 일정한 수입도 없다는 것은 참으로 치명적이고 절망적인 일이다. 그런데 이러한 조기 퇴직이 이미 우리 사회의 일반적인 현상이 되어 버렸다는 데에 문제의 심각성이 있다. 최근 대학을 졸업한 우수한 인재들이 오랜 동안 높은 보수 때문에 각광을 받았던 대기업이나 금융기관보다 신분이 안정적인 각종 공사(公社)로 몰리는 현상이나, 그간 사회적으로 높은 평가를 받지 못하던 교직이나 공무원이 최근 인기 직업으로 부상하고 있는 것은 모두 이러한 조기 퇴출 현상과 관련이 있다.

당연히 고교생들의 대학 진학도 이러한 사회 현실의 직접적인 영향을 받는다. 최근 교육대학이나 사범대학의 커트라인이 다락같이 올라가고, 자연계의 최우수 학생들이 이공계를 기피하고 의과대학이나 약학대학으로 몰리는 것은, 교직과 의약 분야에는 조기 퇴출이 없기 때문이다(국가에서 이공계 진학 학생에게 장학금을 지급하여 우수 학생을 유치하려는 정책은 이런 점에서 극히 미시안적인 미봉책에 지나지 않고, 따라서 그 효과도 기대하기 어려울 것이다).

국가적 차원의 인력 관리 차원에서 볼 때에도 지나치게 빠른 조기 퇴출 현상은 결코 바람직한 일이 아니다. 조기 퇴출되는 인력들이 대부분 고등교육을 받은 전문 인력들인데, 장기간의 교육을 통해 양성한 인재를 제대로 활용하지도 않고 도태시킨다는 것 자체가 비효율적일 뿐 아니라, 한 가정의 기둥인 가장의 실직으로 인해 가정이 불안해지고, 나아가 사회 전체의 불안을 초래하기 때문이다. 더구나 과학, 의학의 발달로 평균 수명은 자꾸 늘어나는데, 몇 십 년을 일하지 않고 살아가는 인구가 이렇게 자꾸 증가한다면 장차 우리 사회가 그들을 위한 천문학적인 복지비용을 어떻게 감당하겠는가.

물론 이러한 조기 퇴출 문제는 한 개인이나 기업, 기관의 힘으로 해결할 수 있는 간단한 문제가 아니다. 국가와 사회, 기업체의 사(使)와 노(勞), 국민 전체가 이러한 현상의 심각성을 깊이 인식하고 공감대를 형성해서, 지혜로운 해결 방안을 도출하고, 시행해야 한다.

인재의 조기 퇴출 문제는 국가 차원의 과감한 정책적 접근이 시급한 현안이다.

중도일보 〈교육단상 2004. 1.〉

무엇을 표현할 것인가

발자크의 소설에 「알려지지 않은 걸작」이라는 작품이 있다.

주인공 프렌호퍼는 화가로서 그의 스승한테서 그림의 인물에 생명을 불어넣는 기술을 전수받는다. 그는 생명을 지닌 그림을 창조하기 위해 한 미녀를 10년 동안이나 한 캔버스에 그린다. 혼신의 노력을 기울여 필사적으로 매달리는 그의 노력에 비례하여 그의 그림은 점점 목표에 접근해 가지만, 결정적인 마지막 단계에서 도달하기 어려운 한계를 느낀다. 그는 모델이 잘못되었다고 생각하는데, 어느 날 친구이며 같은 화가인 뿌생이 자기 애인을 데리고 온다. 뿌생은 그녀의 육체가 완벽한 아름다움 그 자체라고 자랑한다. 프렌호퍼는 그녀의 육체를 보고 뿌생의 말이 과장이 아니라는 것을 알았다. 난생 처음 보는 휘황한 아름다움이었기 때문이었다. 그러나 다음 순간 그는 그녀의 육체를 보고 있지 않았다. 그의 시선은 자기가 그리고 있는 그림으로 돌아가 있었던 것이다. 프렌호퍼에게 있어서 현실은 이미 아무 의미도 없는 것이었고, 따라서, 뿌생의 애인은 그의 눈길을 붙잡을 수 없었던 것이다. 그의 관심은 이미 현실을 떠나 자기 그림 속의 세계에 갇혀 버린 것이다. 그러나 프렌호퍼가 평생을 매달렸던 그의 캔버스에는 무수하게 덧칠을 하고 개칠을 한 위에 꾸불꾸불한 선과 얼룩이 어지럽게 뒤엉켜 있을 뿐, 완전한 형상을 갖춰 알아볼 수 있는 것이라곤 여자의 다리 하나뿐이었다.

이상은 그 작품의 줄거리인데, 우리는 우선 프렌호퍼의 예술을 향한 구도적(求道的) 자세에 감명을 받게 된다. 그리고 다음 순간 현실과 삶의 문제로부터 격리된, 혹은 아무런 관련을 맺지 않은 예술이 필연적으로 빠지게 되는 함정을 인식하게 된다. 현실의 삶에 바탕을 두지 않은 주인공의 심미주의적 열정이 마침내는 허무주의와 자기 파괴의 무서운 결과를 초래하게 된 것이기 때문이다.

예술은 아름다움을 창조하는 작업이다. 그런데 아름다움이란 무엇이며, 그것은 어떤 것에서 오는 것인가 하는 문제에 대한 해답은 그렇게 간단하지 않다.

본래 아름다움은 시각, 청각, 촉각 등의 감각과 밀접한 관련이 있는 것으로서, 일반적으로 즐거움과 감동을 주는 것이라고 한다. 아름다움의 종류는 기준에 따라 여러 가지가 있는데, 종래의 미학(美學)에서 흔히 구분하여 말하는 아름다움으로는 자연미와 예술미가 있다. 자연미가 객관적인 자연물에 나타나는 미적 성질인데 비해, 이와 대립적인 예술미는 주관적인 인간 정신의 자유스러운 소산이다. 예술미에 있어서 이처럼 정신적인 내용이 강조되는 것은, 아름다움이 단순히 감각적 차원의 즐거움만이 아니라, 깊이 있는 정신적 감동을 줄 수 있는 것이어야 하기 때문이다.

그렇다면 구체적으로 무엇이(무엇을 표현해야만) 우리에게 즐거움과 감동을 주는 것인가.

흔히 문학에서는 그것을 삶의 진실이라고 한다.

'진실'이라는 단어를 사전에서 찾아보면, '거짓이 없고 참됨'이라고 쓰여 있는데, 이를 앞의 말에 대입해 보면, 거짓이 없고 참된 삶의 모습을 표현하는 것이 우리에게 감동을 준다는 얘기가 된다.

그런데, 과연 거짓 없고 참되기만 하면 그것이 우리를 감동시킬 수 있을까. 매일 밥 먹고 학교에 가고 놀고 잠잤다는 초등학생의 일기는 거짓이 아닌데도 무미건조할 뿐 감동적이 못함은 웬 일일까.

삶의 진실이란 과학적 진리와는 달라서, 상대적이 아닐까 하는 생각을 해 볼 때가 많다.

살인(殺人)을 예로 들면, 상대방이 어떤 위해(危害)도 끼치지 않았는데 그를 죽였다면 살인죄가 되고, 상대방이 작대기를 휘둘러서 그를 때려죽였다면 과잉방어가 된다. 상대방이 총을 쏘려고 해서 먼저 쏘았다면 정당방위가 되며, 전쟁터에서는 상대방을 많이 죽일수록 영웅이 된다. 이 4가지 경우를 과학적 입장에서 보면 모두 똑같이 사람을 죽인 것이 되지만, 우리의 삶에서는 이를 각기 달리 파악한다. 첫 번째 사람은 무거운 형벌을, 두 번째는 가벼운 형벌을, 세 번째는 무죄를, 네 번째는 전쟁 영웅이라는 영예와 훈장을 받게 된다.

그러면, 똑같은 살인인데, 어찌하여 어떤 사람은 형벌을 받고 어떤 사람은 포상을 받게 되는가. 이들의 행위를 구별하게 만드는 기준은 무엇인가.

그것은 절실성(切實性)이다. 전혀 그럴 필요가 없는데 살인을 했을 경우와, 상대방을 안 죽이면 자기가 죽게 되는 경우와, 상대방을 안 죽이면 자기는 물론이고 자기의 전우들까지 모두 죽게 되는 경우는 그 절실성이 각기 다르다.

흔히 로미오와 줄리엣의 사랑이나 춘향이와 이몽룡의 사랑을 진실하다고 표현하는데, 이런 경우 '진실'이란 말은 '절실'이란 말과 완전히 동의어임을 알 수 있다. 괴테의 베르테르의 경우, 그는 롯데를 너무 절실히 사랑해서 그녀가 아니면 살아갈 의미가 없다. 그러나 동시에 그는 너무나 도덕적이고 고결한 인간이라서 남의 약혼녀를 빼앗을 수도 없다. 그는 자신의 내부에서 요구하는 절실성과 외부(사회)에서 요구하는 도덕성, 두 개의 벽에 갇혀, 살해당한 사람이라 할 수 있다.

그렇다면, 감동을 주기 위한 모든 예술작품은 현실과 삶의 진실을 표현해야 하고, 이는 곧 절실성을 표현해야 한다는 결론에 도달하게 된다. 독일 공군의 폭격에 의해 아비규환으로 화해버린 바스크의 소도시 게르니카의 비극을 대담하게 형상화한 피카소의 「게르니카」나, 6·25 후의 절박한 삶의 모습과 절실한 소망을 그린 박수근과 이중섭의 그림들이 우리에게 감동을 주는 것은 우연이 아니다.

최근 여러 예술 작품들을 훑어보면, 우리 현실과 삶의 절실성과는 동떨어진 채 개인적인 서정성이나 기교적 형식적 아름다움의 추구에 매달리고 있는 인상을 많이 받게 된다.

현실에 굳게 뿌리내리고 삶의 절실성을 표현하는 예술이 참 예술이다. 현실과 삶의 절실한 문제를 쓰고, 그림 그리고, 춤추고, 노래한 작품이 아름답다.

〈충남예술 제43호 1992. 5·6월호〉

7.
심규식 소설에 대한 평설

역사의 어둠과 시대의 타락에 대한 성찰

윤성희(문학평론가)

1.

역사현실의 문맥을 지우려는 최근의 소설 현상 속에서 소설의 권위적 담론은 이제 없어졌다고 해도 지나치지 않을 것이다. 90년대의 중반 지점에서 바라보는 소설은 이미 주인공과 세계 사이의 대결로 특징되는 골드만식의 장르가 더 이상 아니다. 또한 소설은 훼손된 세계에서 진정한 가치를 추구하는 루카치적인 이야기 방식도 더 이상 아니다. 우리의 90년대 소설은 루카치나 골드만이 이끌었던 저 80년대의 장엄하고도 고전적인 문학사회학을 폐기하고 일상적 현실의 미시적 단면을 파고드는 '새로운' 감수성의 정신으로 '새로운' 독자들을 설득하려고 한다. 다원화 사회의 다원적 가치라는 현란한 포장지를 몸에 두른 '새로운' 소설들이 우후죽순으로 치솟아 오른다. 끊임없이 새로운 모델과 새로운 디자인이 기획되고 선전된다. 그러한 자극 없이는 오늘의 상품소비 유통구조에서 문학상품이 설 자리가 허용되지 않기 때문이다. 이것이 90년대의 중심에 와 있는 오늘의 소설사적 지형이다.

이런 판국에 심규식의 소설은 단연 구형일 수밖에 없다. 그의 소설은 90년대로부터 멀리 떨어져 있는 것처럼 보인다. 그러나 우리의 상품시장 관행이 그렇듯이 구형은 대개의 '새로움'이 간과하기 십상인 견고성과 내구성을 바탕으로 소비자의 신뢰에 접근한다. 심규식의 소설을 소비하는 독자라면, 또는 구형에 애착을 갖는 독자라면, 우리 사회의 기본모순과 갈등을 견고한 소설미학으로 담아내려는 그의 소설을 새로운 디자인의 상품과 단순비교하지 않을 것이다. 새로운 세대에게 있어서 새로운 것의 소비는 하나의 특권처럼 의식될지 모르지만, 그리고 신선한 아름다움의 추구는 모든 문학예술의 또 다른 존재이유가 될 터이지만, 그러나 그것만으로 시대를 꿰뚫는 보편적 가치의 정당성을 부인하기에는 충분하지 못하다. 인간 가치의 고귀함에 대한 믿음과 인간 정신의 자유로움에 대한 전망은 어떤 경우에도 결코 포기될 수 없는 이 시대의 보편적 가치이다.

심규식의 소설이 겨냥하는 탄착점은 이러한 보편적 가치를 훼손하는 우리 시대의 비틀리고 일그러진 모든 삶의 조건들 앞에 놓여 있다. 멀리는 일제강점기의 왜곡된 삶으로부터 지금 여기의 풍속적 현장에 이르기까지, 복원되지 않은 역사의 공동(空洞)으로부터 인간의 운명적 비극성에 이르기까지, 모든 '타락한 세계'를 향하여 작가의 시야를 개방해 놓고 있다. 그러나 나는 무엇보다 이들 소설에서의 심규식다운 개성을 '타락한 세계'로 전경화(前景化)되는 갈등구조의 중심에 민족모순의 강력한 자장(磁場)을 설치한 다음의 작품들에서 찾고자 한다. 우리 문학이 줄기차게 추적해 온 하나의 고전적인 주제이자 여전히 정직한 대면을 요구하는 민족의 상처가 담겨 있는 작품 군으로서의 「거둘 수 없는 잔」「돌아와요 부산항에」「우리 시대의 碑銘」「미륵제」들이 그것이다. 그것들은, 아직껏 우리의 현재를 구속하면서 진행형의 상태로 남아 있는 역사의 굴곡과 어둠을 드러내는바, 심규식은 여기서 가장 생생하고 풍부한 인간의 보편적 가치에 대한 통찰을 얻어내고 있기 때문이다.

따라서 이 글은 억압의 역사 속에 맡겨진 인간 가치의 고귀함이 어떻게 훼손되고 복원되는가를 보여주는 이들 네 편의 소설에 초점을 맞추면서, 오늘의 삶의 현장에도 관심의 고삐를 늦추지 않는 나머지 작품을 통독하고자 한다. 그리고 오늘의 새로운 감수성의 소설을 견뎌낼 수 있는 그의 소설적 견고성이 어디에 발원점을 두고 있는지를 아울러 확인하고자 한다.

2.

심규식은 먹빛으로 도색되어 있을 뿐인 식민지 역사의 공동을 깊숙하게 파고들면서 지금까지 우리 시대를 짓누르고 있는 고통의 뿌리를 들추어 확인한다. 그것이 비록 아픈 일이기는 하지만 억압의 정체와 상처를 드러내지 않고서는 훼손된 가치의 복원이 불가능하기 때문이다.

중편소설인 「거둘 수 없는 잔」의 경우, 안뽕할멈이라는 한 인간의 훼손된 삶이 어떻게 민족의 집단적 상처와 연결되는지를 확연하게 보여주는바, 그것은 어머니 세대의 삶과 아들 세대의 삶이 겹쳐지면서 확보되는 구조적 중층성에 의해서 더욱 깊이를 얻는다. 이 소설의 주인공인 안뽕할멈 한열렬은 주권상실의 시대를 가장 굴욕적으로 살아야 했던 소위 종군위안부 출신 중의 한 사람이다. 고향 근처의 여고보에 재학 중이던 열여덟 살의 한열렬은 정거장에 동생을 마중 나갔다가 젊은 순사들에게 강제 연행됨으로써 꽃다운 꿈과 육신을 몰수당하고, 그로부터 파란으로 얼룩진 삶을 살게 된다. 육신과 영혼을 끝없이 갉아 먹히며 침략자들의 성욕해결의 도구가 되어야 했던 시절, 참을 수 없는 수모를 견디며 동물적인 삶을 끝내 지킬 수 있었던 것은 오직 자신을 파멸로 이끌었던 젊은 순사들에 대한 증오심 때문이었다. 연행하던 길로 그녀의 정신과 육체를 번갈아 늑탈했던 일본인 순사 이시와라

262

와 오오까에 대한 원한 때문이었다. ("열럴이와 효순이는 그 무수히 많은 일본군의 무지막지한 몸에 짓눌릴 때마다 매번 그들의 얼굴을 떠올리면서 불같은 원한과 증오를 짓씹었다. 하루에도 몇 번씩 자살해 버리고 싶은 충동이 치밀 때마다 그들을 치열하게 증오함으로써 그 충동을 이겨냈다.") 마침내 전쟁이 끝나 귀국한 뒤 천신만고 끝에 일본에 밀항한 그녀는 결국 원수들을 찾아 응징한다. 그들을 살해한 것은 7년간의 증오심에 종지부를 찍는 일이었지만, 자신의 삶을 유린한 그들을 평생 잊어서는 안 될 일이었다. 그래서 그녀는 아픈 상처를 확인하고 기억하기 위해서 두 사람의 제사를 지내고 있는 것이다.

그러나 안뽕할멈의 아들 명우는 어머니의 내연하는 상처를 알 길이 없다. 이해할 수 없는 어머니의 행동에 대한 불만을, 어머니에 대한 거리두기로 희석할 뿐이다. 오히려 명우는 그가 근무하는 일본인 합작회사의 본사 손님들에게 '약삭빠른 계산'을 해 가며 그들의 환심을 사기 위해 '그들이 마음에 있어 하는 기생들을 불러다가' '호텔방에 들여보내 수청을 들게' 하는 새로운 위안부 조달자로서의 현실적인 삶의 조건에 편승해 있다. 어머니 세대의 굴욕적인 삶의 방식은 침통스럽게도 아들 세대에 그대로 환원되었던 것이다. 뿐만 아니라 한일 간의 특수한 물리적 역학관계와 역사적 연속성이 이제는 자본의 너울 속에 교묘히 은폐됨으로써 아들 세대는 보다 정치하게 일본에 예속되어 가고 있었던 것이다.

그렇다면 굴종과 예속의 역사를 떨쳐낼 길은 없는가? 작가는 있다고 대답한다. 그것은 잊지 않는 일이다. 어머니의 제사의식은 사적 원한 감정과 민족적 정체성의 결합을 통한 상처의 공적 제헌(祭獻) 행위이며 기억의 보존을 위한 일종의 의식화 행위이다. 기억을 보존하려는 어머니의 의식화 행위는 아들의 삶에 개입하고 그것이 마침내는 아들의 민족적 정체성에 대한 인식, 역사적 이성에 대한 개안(開眼)을 촉발하기에 이른다. 그럼으로써 "잊지 않기 위해서 그러네!"라고 결연하게 말하는 어머니의 '거친 손을 으스러지게 쥐는' 아들의 손도 그것을 잊지 않겠다고 말하게 되는 것이다. 바로 이 지점에서 굴종의 순환회로 위에 놓여있는 인간가치, 나아가 민족적 가치의 고귀함을 지킬 수 있는 희미한 전망이 보이기 시작한다.

한편 단편소설 「미륵제」는 또 하나의 민족 모순인 분단비극에 초점을 맞추면서 두 가문의 붕락을 형상화한 작품인데, 여기서 작가는 6·25전쟁이 가해자와 피해자가 서로 물고 물리면서 끝없는 상처를 주고받았던 민족적 자해행위에 다름 아니라는 역사적 인식을 보여 준다. 그러나 이 상처 주고받기의 비극성은 역사의 한 분절점 위에서 발생한 독립 단락의 이념적 대결에 의해서가 아니라, 역사적 인과와 연속성의 구조로부터 증폭된 것이었음을 뚜렷이 보여 준다. 그것은 주인공 김득귀가 대일본제국의 '새로운 신민임을 자긍하는' '가내야마 도꾸로'라는 이름으로부터 해방된 나라의 '악질 매국노 김득귀'로 급격히 몰락했다가 다시 '일약 총경이 되어 읍내 경찰서장으로 금의환향하는' 역사의 아이러니에 그대로 맞물려 있다. 여기에 '지독한 불령선인이며 악질 공산주의자'이자 '엄청난 거물 국사범'인 지형택 일가와의 불화와 보복이라는 악순환이 가족사적 대결구조를 빚어내며 마침내 두 가문을 공멸로까지 몰고 가는 것이다. 따지고 보면 이 타락과 광기의 역사 속에서는 어느 누구도 가해자가 될 수 없다. 김득귀와 지형택의 가족사를 내포한 우리의 민족사는 우리 모두가 무한궤도로 질주했던 역사적 맹목의 피해자이며 굴절된 역사의 하수인일 뿐이라는, 혐오스럽지만 끝내 수락하지 않을 수 없는 역사적 진실을 가르쳐 준다. 그러므로 이 소설의 종결 단락이 보여주는 김득귀 노인의 참회와 그가 올리는 「미륵제」는 소모적으로 반복되는 극한대결의 역사적 순환 고리를 끊어내고 용서와 화해에 이르려는 동시대인으로서의 반성적 의식을 반영하는 것이라 하겠다.

심규식의 소설에서는 비교적 현대적인 풍속화를 그리고 있는 것으로 보이는 「우리 시대의 碑銘」과 「돌아와요 부산항에」조차 역사적 경험으로서의 '타락한 세계'를 중요한 밑그림으로 삼고 있다. 「우리 시대의 碑銘」에서는 대지주이며 친일파 면장이었던 권광조를 독립투사로 분장하여 송덕비를 세우려는 입신(立身)한 아들 권치혁과 그 파렴치한 행위에 암묵적인 동조자로 들러리를 서는 마을 사람들의 역사적 불감증이 그려진다.

「돌아와요 부산항에」에서는 일인과 결탁하여 문화재를 빼돌리려는 한 젊은이의 눈먼 양심이 그려진다. ("에, 내일은 이 마을이 낳은 위대한 인물 권치혁 장군, 아니 권치혁 장관님의 선친 권광조 군수님의 송덕비 제막식이 있겠습다. …… 또한 제막식 뒤엔 맛있는 술과 음식으로 푸짐한 잔치가 있을 예정이니, 한 분도 빠짐없이 참석해 주시기 바람다. 꼭 참석해 주시기 바람다. 이상 이장이 말씀드렸습다." —「우리 시대의 碑銘」) "남규가 피범벅이 된 얼굴로 불퉁스럽게 고함을 질러댔다. 한 번도 그에게 그렇게 버릇없이 불손한 태도를 취한 적이 없던 녀석이었는데 변해도 너무 변해버린 것이었다. 큰돈이 손에 쥐어질 것 같자 간이 뒤집히고 환장을 해버린 것이 분명하였다". —「돌아와요 부산항에」) 모두가 목전의 떡고물에 양심이 탕진되어버린 우리 시대의 저열한 풍속적 삽화이다. 그러나 이러한 타락의 배후에도 민족적 정체성을 상실했던 지난 시대의 역사의 공백이 드리워져 있다. 그리고 그

공백 속에 '주민들을 새 황국신민으로 개조하기 위해 광분하였던' 권광조의 친일 매국과, k시 k고보(高普)에서 역사 선생을 하던 일본인 가꾸에이의 집요한 문화재 수탈이 퇴적되어 있다 선친의 친일 대가로 상속받은 부와 권력의 세습이 그 후대에까지 허용되는 한, 우리의 젊은이가 물신만을 예배하며 굴욕적인 노예성을 만성화시키는 한, 훼손된 민족적 자존과 양심을 회복할 길은 없다.

그렇다면 어떻게 할 것인가. 앞서의 소설들은 용서와 화해, 또는 기억 속에 보존하기의 방식으로 갈등의 종결에 도달한다. "용서는 하되 잊지는 말자."는 식의 그러한 방법은 역사의 왜곡과 파행에 의해 찢겨졌던 인간가치를 회복하는 가장 이상적이고 온건한 방식이 될 수 있을 것이다. 그러나 화해와 용서라는 도덕적인 종결은 우리가 선택할 수 있는 민족적 자존 회복의 가장 이상적인 가능성이면서 갈등의 핵심을 비껴가는 일시적인 미봉이거나 관념의 조작에서 멈출 나쁜 가능성이기도 하다. 관념의 조작에 의한 가짜 화해는 또 한 번 역사를 우롱하는 민족적 나르시시즘에 불과하다. 따라서 용서와 화해가 관습적인 수사에 머물지 않기 위해서는 거기에 일정한 전제가 포함되어 있어야 한다. 실명(失明)의 역사를 명징하게 드러내기 위한 어둠과 거짓에 대한 맞섬이 그것이다. 그리하여 그것은 갈등을 잠재우는 형태의 것이 아니라, 새로운 갈등을 빚어내는 문제제기의 방식으로 인간가치의 고귀함을 찾으려 한다. 「우리 시대…」와 「돌아 와요…」의 주인공들은 용서와 화해가 아닌 또 다른 문제제기(갈등 야기)의 방식으로 훼손된 인간가치의 회복을 꿈꾼다. 「우리 시대…」는 박우동과 최창구 두 노인으로 하여금 날조된 송덕비의 비문을 쪼아내게 함으로써 권광조의 죄업에 대한 역사적 단죄를 시도한다. 「돌아와요…」는 문화재 유출을 공모하는 자신의 아들과 일본인 동업자를 당국에 고발함으로써 역사의 부끄러운 반복으로부터의 단절을 꾀한다. 그러한 행위들은 외롭기는 하지만, 거짓과의 싸움이라는 점에서 민족의 내부모순과 상처를 치유할 수 있는 또 하나의 희망으로 다가온다. 인간적 가치의 고귀함과 인간 정신의 자유로움이라는 보편적 가치를 억압하는 일체의 허위로부터 해방되기 위해서는 새로운 갈등을 야기하는 싸움도 한 방법일 수 있기 때문이다.

3.

지금까지 살펴 본 심규식의 소설들은 타락한 역사에 의해서 개인의 삶이 얼마나 유린되며 나아가 민족적 삶이 얼마나 상처받고 있는지를 보여 주었다. 이는 우리의 삶을 짓누르는 억압의 정체가, 일제 강점과 민족분단의 내부모순으로 점철된 역사의 중력에 있음을 보다 분명히 하는 것이라 하겠다. 그러나 역사란 언제나 현재적 상황의 집적에 의해서 확장되고 깊어진다. 따라서 작가는 역사의 깊이를 투시하는 시선과 함께 역사를 구성하는 요소로서의 현재적 상황에 대해서도 시야를 개방할 것을 요구받는다. 이러한 요구에 대한 대답이 「바람 부는 개펄」을 비롯한 나머지 작품들이다.

이들 작품에 이르면 이제 가치의 타락은 역사에서뿐만 아니라 작가가 몸담고 있는 동시대의 삶에까지 강력히 관여하게 된다. 가치의 타락과 유실(流失)을 '바람'으로 상징화하고 있는 「바람 부는 개펄」에서 '수백 년 동안이나 한 집안같이 오손도손 살아오던' 농(어)촌 공동체의 모습은 산업화의 난기류에 속수무책으로 휩쓸린다. 바다를 매립하여 임해공단을 조성하려는 건설 계획이 발표되자 막대한 어업 보상금을 놓고 주민들은 두 편으로 분열되어 서로 반목하기에 이르는 것이다. 오직 바다를 생업의 터전으로 삼아왔던 '어촌계' 주민들과 농사를 주업으로 하면서 어업으로 생계에 보탬을 삼던 맨손어업자의 '어민협회'가 보상금 분배 과정에서 노골적인 불화를 빚어낸 것이었다. ("이제 어촌계와 어민협회는 하나의 먹이를 놓고 다투는 두 마리의 짐승처럼 날카로운 이빨과 발톱을 드러내고 으르렁거렸다.") 화목했던 농경문화적 공동체는 자본주의적 욕망의 발톱에 의해 갈갈이 찢기고 파괴된다. 인간적 삶의 가치와 관계성의 미덕은 산업화의 바람에 휩쓸려 사라지고 현실 세계는 다만 먹이라고 하는 동물적인 욕망의 작동체계에 따라 움직이고 조종된다. 욕망이 파괴하는 것은 이제 화해롭던 과거의 농(어)촌만이 아니라 모든 가치의 근원으로서의 인간다움이다. 인간적 정체성은 확실히 위기에 처해 있는 것이다.

이웃과의 관계를 분열시키는 먹이 갈등의 골은 「청자상감운학문병」에서 한층 더 깊어져서 혈연적 관계를 만신창이로 만드는 상황으로까지 발전한다. 농한기면 으레 궁벽진 농촌을 돌아다니며 고서화나 골동품을 수집하여 쏠쏠한 횡재를 챙기곤 했던 '그'가 어느 날 국보급 골동품인 청자상감운학문병을 발견한다. 골동품을 입수하기 위해 갈급령이 난 그가 돈을 마련하는 과정에서 '문자 그대로 불알친구 사이'이기도 했던 육촌지간의 형제인 경수에게 골동품의 소장처를 발설하게 되고 급기야는 그에게 먹이를 가로채이게 된다. 믿었던 재종에게 먹이를 빼앗긴 그의 분노는 마침내 두 가족 간의 폭력을 유발하게 되고 폭력적 관계로 인하여 혈통적 친연마저 파괴시키는 것이다. 그러나 더 문제적인 것은 경수가 그 빼돌린 골동품을 서울의 갑수 형님에게 가져갔다가 되려 사기만 당하고 돌아온다는 데 있다. 말하자면 먹고 먹히는 그 끝없는 사기의 순환 논리가 우리의 현실을 지배하고 있는 삶의 논리라는 데 문제가 있는 것이다. 그것은, 먹이 앞에서는 동물의 논리만 존재할 뿐 어떠한 인간적 관계도 허용될 수 없다는 현실의 비정성, 혹은 관계의 타락을 여실히 보여주는 것이다. 심규식은 이 소설에서 인간적 정체성이 위기에 처한 이러한 동시대의 삶을 다소 냉소적으로 성찰하고 있다.

「순치 안 되는 녀석」에서도 현실사회의 관계의 타락이 그대로 답습된다. 인간적 가치가 가장 창조적으로 관리되어야 할 학교 집단에서조차 그것은 비정하게 방치되고 있다. 표면적으로 보면 이 소설의 갈등구조는 교련수업의 집총훈련을 거부하는 학생과, 그것을 교육의 불가침적인 권위에 대한 도전으로 해석하는 학교당국의 대립에 맞춰져 있다. "전 누굴 찔러 죽이는 것을 배우려고 학교에 온 것이 아닙니다. 전 죽이는 것보다는 살리고 사랑하는 것을 배우고 싶습니다"고 항변하는 진수의 논리에 대해서 학교는 '국시와 국책을 거역하는 것'에 대한 배타적 징계로 맞선다. 그러나 더 자세히 들여다보면, 진수가 목숨을 끊은 뒤 '학교에 불똥이 튈 것부터 걱정하면서, 그가 책임을 지고 최선을 다해 학교와는 관련이 없는 것으로 아퀴를 지으라고 내뱉듯' 말하는 교장의 태도나 '진수의 죽음에 자기가 연루되었나 하는 데에만 신경을 곤두세우고 발뺌부터 하려'드는 학생주임의 태도에서 저열하고 방어적인 생존 논리만을 발견할 수 있는 것이다. 생존 논리란 곧 먹이의 논리이기도 하다. 먹이의 논리 앞에서 인간은 꿈꿀 수 없다. '제가 꿈꾸는 그런 삶을 살아가기가 쉽지 않다는 걸 깨달았'다는 유서를 남겨놓은 진수의 자살은 그러므로 먹이의 논리에 대한 거부이기도 할 터이다. 그런 의미에서 진수의 죽음을, 앞서의 소설들이 보여준 바 이권을 앞에 놓고 서로 으르렁거리는 인간 가치의 상실 현장에 대한 가장 준엄하고 강력한 항의로 읽을 수도 있을 것이다. 죽음과 같은 치열한 방식이 아니고는 오늘의 위기를 설득할 수 없을 정도로 우리의 삶은 철저하게 타락했기 때문이다.

4.

지금까지 우리가 읽은 소설에서 확인하였듯이 심규식의 대부분의 소설적 관심은 역사와 현실의 타락에 바쳐지고 있다. 그것은 그가 관계를 맺으며 살아가는 삶의 조건 속에서 추구해야 할, 또는 회복해야 할 인간 보편의 중심가치에 대한 비판적 성찰의 결과라 할 만하다. 그러나 「아트로포스의 가위」를 보면서, 그가 기왕에 즐겨 입었던 역사의식의 의장(意匠)을 벗어두고 또 하나의 새로운 질문법을 찾아나선 것이 아닌가 하는 생각을 해본다. 우선 「아트로포스의 가위」라는 상징적 표제 자체가 신화의 공간으로 미끌어져 내려간 인간 삶의 속 모습을 들추어내기 때문이다. 이미 거기에는 역사현실의 문맥이 사라지고 난 뒤의 절대적 풍경만이 남아 있다. 아트로포스는 누구인가. 그녀는 인간의 운명을 베로 짜는 소위 운명의 여신으로, 천을 짜다가도 언제든지 큰 가위를 들어 실을 싹둑 잘라버리는 표독한 심술을 가지고 있다. 여신의 심술에는 도덕적 순결성이니 역사적 필연성이니 하는 이념의 문제들이 스며들 여지가 없다. 저항할 수 없는 운명, 인력(引力)만이 주인공의 삶을 지배하고 조종할 뿐이다.

형인 '나'에 의해서 관찰 요약되는 주인공 철우의 삶은 철저하게 운명의 힘에 포박되어 있다 부모를 잃고 고아로 자란 형제가 그 신산한 삶을 견디면서 '지멸있게 일'해 온 보람도 없이 철우는 뺑소니차에 치여 두 다리를 절단해야만 했다. 아트로포스 여신의 가위질에 철우의 삶은 그만 동강난 것이다. 절망의 극지에서 그의 삶이 무참하게 꺾이고 있던 무렵, 철우는 같은 처지의 정순이라는 여인을 만나 그 짜부러진 삶을 일으켜 세우게 된다. 정순이와 더불어 비롯된 삶의 '싱그러운 의욕'은 철우로 하여금 이제 그들 앞에 펼쳐질 새로운 삶을 기꺼이 감당하기로 결심하게 한다. 그러나 운명의 여신 아트로포스는 이들의 인생에 또 한 번 시샘의 가위를 들이댄다. 불구의 몸으로 임신한 정순이가 산고를 견디지 못하고 죽음의 상황에 직면하게 된 것이다.

「아트로포스의 가위」에서 사회적 조건과 분리된 삶의 비극성은 견고한 순환의 고리로 묶여 있어 인간의 의지가 개입할 틈을 허용하지 않는다. 그러나 인간의 의지나 현실과의 구체적 매개가 없는 삶이란 어디까지 가능할 것인가? 물론 심규식의 소설이 드러내는 것은 그것 나름대로 세계 이해의 한 방식이 될 수 있을 것이다. 소설의 갈등이론에서 개인과 운명의 대립관계는 인간의 실존을 드러내는 중요하고도 전통적인 방법의 하나이기 때문이다. 그럼에도 불구하고 심규식의 소설에서 역사 현실의 문맥을 지우려는 경향이 문학적 쟁점의 공동화(空洞化)라는 최근의 탈역사화 경향과 맞아떨어지는 것이 아닌가 하는 혐의를 버리기는 쉽지 않다. 심규식 소설의 주제 변화를 그의 상상력의 근본적인 변화로 예단하기는 아직 이르지만, 그렇더라도 그것은 자기갱신의 한 동력이 될 수 있을 때에만 의미 있는 것임은 말할 나위도 없다.

그러나 심규식은 오늘의 일그러진 삶 속에서도 여전히 인간가치의 보편성의 근원을 찾아나서는 고단한 순례자임에 틀림없다. 시류를 곁눈질하지 않고 오직 오늘의 소설이 나아가야 할 중심을 붙들고 늘어지는 범속하지 않은 휴머니스트이다. 그리하여 아직도 불행한 역사적 상처와 왜곡된 현실이 원격조종하는 자장 안에 갇혀서 고통스러워하는 루카치의 제자이다. 그의 미학은 바로 여기, 시대를 짊진 그의 고통에 있다.

윤성희 평론집 〈문학의 발견 1997〉

| 부록 |

심규식 연보(年譜)

1950년
- 경인년 음력 11월 19일(양력 12월 27일) 전남 곡성군 겸면 대명리 164번지에 서 출생.
- 호적에는 1951년 5월 4일생으로 등재. 본관 청송(靑松). 부 심석구와 모 고점 순의 7남 1녀 중 2남.

1957년
- 3월 흥산초등학교 입학.

1963년
- 3월 순천중학교 입학. 숙부 심판구 선생이 순천에서 초등교사로 계셨으므로 형 심대영이 숙부 댁에서 기숙하며 순천중학교를 다니고 있었음.

1964년
- 2월 중1을 수료하고 광주에 있는 조선대학부속중학교로 전학. 형 심대영이 광주고등학교로 진학하자 형과 함께 학교에 다니기 위해 전학하게 됨.
- 형 심대영과 광주시 북동에 자취방을 얻어 자취 생활 시작. 이후 5년간 자 취함.

1966년
- 3월 광주고등학교 입학.

1967년
- 광주고등학교 문학상 〈동광문학상〉에 소설을 공모하여 당선. 이때부터 문학 에 뜻을 두고, 도서관에서 살다시피 함.
- 광주고등학교 교지 〈光高 17호〉에 학술 논문 「超人과 權力意志—니체의 생 애와 사상」 발표.
- 한국의 대표적인 시인들의 시집을 두루 섭렵하고, 그 중 유명한 시를 독서노 트에 옮겨 적고, 그 대부분을 암송하였음. 특히 김남조의 사랑에 대한 정결 한 갈망을 담은 시를 많이 외웠음. 시에 대한 이러한 열정은 훗날 나의 문장 에 리듬을 부여하는 영향을 미쳤다고 생각함.

1968년
- 교지 〈光高 18호〉에 학술논문 「김동인의 自然主義와 耽美主義」 발표.

· 그리스 로마 신화와 단테의 신곡, 보카치오의 데카메론, 밀턴의 실낙원에서 부터 셰익스피어, 괴테, 도스토예프스키, 톨스토이, 등 세계적인 고전과 명작을 두루 섭렵함. 문사철(文史哲)에 대한 나의 교양은 이 시기에 그 바탕을 마련했음.

· 형 심대영이 음악을 전공한 것을 인연으로 음악 감상을 많이 했으며, 덕분에 여러 세계적인 명곡과 아리아를 원어로 익혀 불렀음.

1969년

· 3월 공주사범대학 국어교육과 입학. 공주사범대학을 선택하게 된 것은 당시 국립사대는 학비가 면제되어 있었고, 어린 시절부터 가르치는 것에 의미와 보람을 두고 있었기 때문임.

· 대학 문학동인 〈수요문학〉에 가입. 수요일마다 작품 품평회를 하고, 1년에 2권의 동인지를 간행했으며, 해마다 〈문학의 밤〉 축제를 열고, 시화전을 개최하였음.

· 독서 동아리 〈바인 클럽(Vine club)〉 회원으로 활동. 매주 1회씩 모여서 그 주에 읽은 책에 대해 세미나를 개최함.

1970년

· 소설을 쓰는 조동길과 의기가 상통해서, 2학년 때 공주시 옥룡동에 있는 그의 집으로 들어가서 한 방을 사용하며 생활. 평생의 지기가 됨.

· 4월 〈수요문학 제5집〉에 단편소설 「삽살 꺼꿀이」 발표.

· 9월 조동길, 강석주, 노동섭, 최병두와 동인 〈허당(虛堂)〉을 결성하고 5인 창작집 〈虛堂〉에 단편소설 「바람을 거슬러서」 발표.

· 10월 〈수요문학 제6집〉에 단편소설 「파도같이라도 휘몰아쳐라」 발표.

1971년

· 3월 같은 과의 신입생인 김정숙을 만나게 되었으며, 이후 학교를 졸업할 때까지 한결같이 적극적인 구애 활동을 하였음.

· 8월 〈수요문학 제7집〉에 단편소설 「장마, 그 지루한 초상」 발표.

· 3월~11월, 대학 축제의 연극 책임을 맡고, 연출가로서 오학영의 희곡 「악인(惡人)의 집」을 공연하였음.

· 12월 학회지 〈금강문학〉 편집위원으로 활동. 〈금강문학 제6집〉에 단편소설 「그해 환절기의 한파」 발표.

1972년

· 2월 〈수요문학 제8집〉에 단편소설 「기쁘다 구주 오셨네」 발표.

· 대학교지 〈공주사대학보〉 편집위원으로 활동. 교지 〈公州師大學報 제6호〉에 단편소설 「잔염(殘炎)」 발표.

· 10월 유신체제 출발. 박 정권의 독재정치 시작.

· 11월 〈수요문학 제9집〉에 유신체제 비판 단편소설 「우리들의 환계(環界)」 발표.

· 1972년 12월 학회지 〈금강문학〉 편집위원으로 활동. 〈금강문학 제7집〉에 유신체제 비판 단편소설 「그해 늦가을 어느 오전」 발표.

· 대학 재학 동안 문학에의 열정에 사로잡혀 학과 공부보다 〈수요문학〉 동인 활동에 열중하였고, 이 기간에 소설과 시에 대한 기본적인 안목이 형성되었다고 생각함.

· 소설 창작과 동인지와 학회지, 교지 등의 편집 활동에 많은 노력을 쏟았음. 스승 조재훈 교수의 영향을 많이 받았음.

1973년

· 2월 10일 공주사범대학 국어교육과를 졸업. 중등2급 정교사 자격증 취득.

· 3월 충청남도 서천군 서천여자고등학교 국어교사로 발령을 받고 부임.

· 5월 4일. 군에 입대하여 전주에 있는 국군 35사단 훈련대대에서 6주의 훈련을 마침. 군번육군 62035220번.

· 7월 경기도 평택에 있는 〈KATUSA 교육부대〉로 배치.

· 9월 경기도 의정부시에 있는 I Corps(한미1군단) 제51통신대대에 배치.

1975년

· 1월 부친 심석구 별세(향년 55세).

1976년

· 1월 6일. 병장으로 제대함.

· 3월 충남 당진군 합덕여자고등학교 국어 교사 부임.

1977년

· 3월 충남 서산군 부석고등학교 부임.

1978년

· 1월 22일(음력 77년 12월 14일) 모친 고점순 별세(향년 56세).

· 3월 충남 예산여자고등학교 부임.

· 11월 12일 오래 사귀던 김정숙(당시 서산여고 국어교사)과 결혼, 예산읍 향천동의 한옥 고가의 한쪽 방에 세를 들어 삶.

1979년

· 9월 2일 중등 교원 1급 정교사 자격 취득.

· 10월 14일 딸 다은 태어남.

· 예산여고 축제인 〈향천제〉의 연극을 맡아서 1979년부터 4년간 4 편의 연극을 공연함. 희곡은 모두 손수 창작한 창작극으로서, 1979년 「예산판 이몽룡

던」을, 1980년 「심 황후뎐」을, 1981년엔 「예산판 홍보뎐」을, 그리고 1982년엔 「김 왕조의 낙조」를 상연하였음.

1982년
· 11월 14일 온양시 모종동 주택공사 아파트 7동 210호를 구입하여 이사.
· 12월 31일 교육감 〈모범교사 표창장〉 받음.

1983년
· 3월 충남 천안여자고등학교 부임.
· 4월 8일 아들 항 태어남.
· 출산 후유증으로 아내 김정숙 심하게 앓았음.

1984년
· 천안시 구성동 481-12번지 단독주택을 구입하여 이사함.

1987년
· 문학동인 〈신인문학〉에 가입함. 당시 〈신인문학〉의 동인은 시를 쓰는 손종호, 임승빈, 김백겸, 박광천, 서정학, 소설을 쓰는 강태근, 김기흥, 조동길, 평론을 하는 윤성희, 송재일 등이었고, 강신용, 임관수, 최종원 등이 합류함.
· 천안시교육회로부터 〈교육공로 표창장〉을 받음.
· 12월 문교부장관 〈모범교사표창장〉을 받음.

1988년
· 3월 천안중앙고등학교로 부임.
· 〈신인문학 제3집〉에 단편소설 「장림(長霖)」 발표.
· 88 서울 올림픽 개최.

1989년
· 3월 단국대학교 교육대학원(국어교육 전공) 입학.
· 〈신인문학 제4집〉에 단편소설 「번제(燔祭)」 발표.
· 7월 부대동 227-15 번지에 300여 평 과수원 매입. 장차 전원주택을 짓기 위해 미리 땅을 마련함.

1990년
· 〈신인문학 제5집〉에 단편소설 「신강정오수도(新江亭午睡圖)」 발표.

1991년
· 1월 25일 〈천안문인협회(문협천안지부)〉에 가입함.
· 3월 충남 예산중앙종합고등학교 부임.
· 8월 단국대학교 교육대학원(국어교육 전공) 졸업. 교육학 석사(석제1054호).

학위논문 「장길산(張吉山) 연구(지도교수 송하섭)」 간행.

·9월 심규식, 조동길, 강태근, 김기홍의 4인 창작집 「네 말더듬이의 말더듬기」를 녹원출판사에서 간행.

·11월 〈곰나루 문학 제1집〉에 단편소설 「미륵제」 발표.

1992년

·1. 14. 천안신문 「네 말더듬이의 말더듬기」 중 「심규식의 단편에 대한 평론」 게재. - 윤성희 평론가

·6월 격월간 〈충남예술 제43호〉에 예술 논설문 「무엇을 표현할 것인가」 발표.

·6월 〈천안문학 제13집〉에 단편 「이무기 낚기」 발표

·6월 월간 문예지 〈문예사조 6월호(통권 23호)〉에 소설 신인상 당선으로 등단. 당선작 「미륵제」외 1편. 심사위원은 소설가 구인환, 이동희였음.

·6월 15일 천안신문 인터뷰 내용 게재.

·7~8월 대전일보 〈한밭 春秋〉란에 칼럼 연재. 「삶의 현실과 당위(當爲)(92.7.3)」「부패불감증(92.7.10)」「낮은 데를 바라보자(92.7.17)」「'하면 된다' 유감(92.7.24)」「시련과 고난의 참 의미(92.7.31)」「먹는 것과 마음(92.8.7)」「'빨리 빨리'와 소걸음(92.8.14)」「참다운 신앙(92.8.21)」「이상주의와 현실주의(92.8.28)」 등을 일주일에 1편씩 게재.

·10월 30일 〈제7회 청구문화제 소설현상모집〉에 단편 「돌아와요 부산항에」 당선.

·10월 〈천안문학 제14집〉에 등단 기념 특집으로 단편 「돌아와요 부산항에」, 중편소설 「제사지내는 여인」 발표.

1993년

·3월 〈충남소설가협회〉 결성에 창립회원으로 참여. 지요하, 조동길, 김명주, 이사형, 이길환, 이걸재, 양병옥, 김우영, 김제영, 박청운, 정안길 등이 회원으로 참여하였고, 회장의 업무는 지요하가 맡았음.

·5월 〈천안문학 제15집〉에 단편소설 「아직도 불고 있는 바람」 발표.

·8월 〈소설충청 제1호〉에 중편소설 「거둘 수 없는 잔」 발표. 이 작품은 중편소설 「제사 지내는 여인」을 대폭 개작한 작품임.

·9월 27일 중도일보 〈이달의 문학〉에 심규식의 「거둘 수 없는 잔」 평론 - 평론가 정순진 게재.

·10월 〈충남예술 제51호〉에 꽁트 「김 노인의 반란」 발표.

·11월 〈충남문학 제24집〉에 단편소설 「순치 안 되는 녀석」 발표.

·11월 〈신인문학 제8집〉에 단편소설 「투견(鬪犬)」 발표.

·11월 〈천안문학 제16집〉에 단편소설 「바람 부는 개펄」 발표.

276

1994년

- ·5월 〈천안문학 제17집〉에 단편소설 「아트로포스의 가위」 발표.
- ·5월 26일 중도일보 〈이달의 문학〉에 「아트로포스의 가위」에 대한 평론(평론가 윤성희) 게재.
- ·8월 〈소설충청 제2호〉에 중편소설 「그곳에 이르는 먼 길」 발표.
- ·9월 천안농업고등학교 부임.
- ·9월 4일부터 〈대전일보〉에 단편 「청자상감운학문병」을 연재함.
- ·10월 〈계간 문단 제19호〉에 꽁트 「그날 그는 아카시아 향내를 맡았다」 발표.
- ·11월 중편소설 「거둘 수 없는 잔」으로 〈제1회 충남동인지문학상〉 수상.
- ·11월 〈충남문학 제25집〉에 단편소설 「우리 시대의 비명(碑銘)」 발표.
- ·11월 〈천안문학 제18집〉에 단편소설 「장마일기」 발표.
- ·12월 〈충남 작고 소설가 연구〉의 편집위원으로 위촉되어, 소설가 '심훈' 편을 편집하고, 위의 저서에 심훈에 관한 전기와 연고지 당진 부곡리 탐방기 「'상록수' 의 고향」을 발표.

1995년

- ·5월 〈천안문학 제19집〉에 단편소설 「청산에 살어리랏다」 발표.
- ·9월 창작집 『그곳에 이르는 먼길』과 『돌아와요 부산항에』를 〈도서출판 이서원〉에서 간행. 〈그곳에 이르는 먼 길〉에는 중편 1 편과 단편 7 편, 꽁트 1 편이 수록되었고, 〈돌아와요 부산항에〉는 중편 1편, 단편 7 편, 꽁트 1 편, 평론가 윤성희의 작품 해설 1 편이 수록됨. 두 창작집의 표지 디자인은 아내 김정숙이 맡았음.
- ·11월 〈신인문학 제10집〉에 단편소설 「산군(山君)을 찾아서」 발표.
- ·11월 〈충남문학 제26집〉에 중편소설 「사로잡힌 영혼」 발표.
- ·12월 평론가 윤성희, 시인 이심훈, 아동문학가 소중애와 의기투합하여 문학 동인 〈백매문학〉을 결성함(후에 소설가 박경철 합류). 〈백매문학〉이란 1개월에 100매씩의 원고를 쓰자는 뜻에서 붙인 명칭임. 동인지를 계간으로 간행하기로 하고, 그 이름을 〈좋은 문학 좋은 동네〉로 결정함. 5년간 20집을 간행하기로 함.

1996년

- ·3월 공주사범대학에 강사로 출강하여 현대한국소설론 강의(2010년까지 계속함).
- ·11월 〈천안문학 제22집〉에 단편소설 「강 건너 남쪽」 발표.
- ·11월 〈충남문학 제27집〉에 단편소설 「머나먼 남쪽 나라」 발표.

1997년
 ·1월 심규식 소설론 「역사의 어둠과 시대의 타락에 대한 성찰- 평론가 윤성희 〈문학의 발견 (1997.1. 시문학사)〉.
 ·6월 〈천안문학 제 23집〉에 단편소설 「라일락 향기, 혹은 강 건너기」 발표.
 ·7월 계간 〈좋은 문학 좋은 동네 제1집〉에 오래 구상해온 대하장편소설 「망이와 망소이」의 제1부 제1장 「미륵뫼」편 발표. 이후 5년간 매 3개월마다 원고 250~300매씩을 쓰는 강행군을 계속함.
 ·12월 창작집 『그곳에 이르는 먼 길』과 『돌아와요 부산항에』로 〈제12회 충남문학대상〉 수상.
 ·12월 〈충남문학 제28집〉에 단편소설 「김늑대 약전(略傳)」 발표.
 ·12월 평론가 윤성희, 시인 이심훈, 아동문학가 소중애와 함께 〈충남의 예술 전3권〉 집필 의뢰를 받아서, 〈충남의 예술 제1권〉의 예산군 지역을 담당하여, 예산 지역의 문화, 예술을 탐방, 소개하는 글 발표.
1998년
 ·6월 〈천안문학 제25집〉에 단편소설 「순이」 발표. 〈소설충청 제6호〉에 재수록.
 ·12월 〈충남의 예술 제2권〉에 충남 서천군의 문화와 예술을 탐방, 소개하는 글 발표.
1999년
 ·3월 충남예술고등학교 부임.
 ·5월 〈천안문학 제27집〉에 단편소설 「어떤 해후」 발표.
 ·7월 창작집 「사로잡힌 영혼」을 도서출판 효성에서 간행. 중편 1편과 단편 6편이 수록되었고, 표지 디자인은 아내 김정숙이 맡았음.
 ·12월 〈충남의 예술 제3권〉에 충남 공주시의 문화와 예술을 탐방, 소개하는 글 발표.
2000년
 ·12월 〈소설충청 제8호〉에 단편소설 「검은 강」 발표.
2001년
 ·10월 천안시 부대동 227-15번지로 전원주택을 지어 이사를 함.
2002년
 ·5월 29일 천안시교련회장의 〈모범교육자 표창장〉을 받음.
2003년
 ·3월 온양여자고등학교 부임.
 ·5월 〈제13회 허균문학상 소설부문 본상〉 수상.

2004년

· 1, 2월 〈중도일보〉의 '교육단상'에 교육 칼럼 연재 시작. 「시골 초등학교의 황혼」 「아이들, 어른의 거울」 「아이들에게 책을 읽히자」 「이제 부패를 뿌리 뽑을 때다」 「조기 퇴출 현상과 아이들의 진로」

2005년

· 5월 15일 아내 김정숙 부총리 겸 교육장관의 〈교육공로표창장〉 받음(제6370호).

· 5월 14일 충남교련회장으로부터 〈특별공로상(제1046호)〉 수상

2006년

· 2월 〈한국예술문화단체총연합회〉의 〈표창패〉를 받음.

· 3월 계간 〈문학마당 제14집〉에 평론 「시대의 어둠에 대한 통절한 증언과 진실의 힘」 발표.

· 9월 계간 〈문학마당 제16집〉에 단편소설 「통큰 사람 이태평 회장네」 발표.

· 12월 〈충남예술 제108호〉에 「충남의 예술인-초연하고 꿋꿋하게 소설문학의 지평을 향해 가는 삶」이라는 제목으로 소설가 지요하가 쓴 나의 삶의 기록이 게재됨(2008년 11월 지요하의 예술인 탐방기 〈하늘을 우러러 산천을 보듬고 인성을 가꾸느니〉에 재수록됨).

2007년

· 3월 천안신당고등학교 부임.

2008년

· 8월 천안신당고등학교에서 36.5년의 교직 생활을 마감하고 명예퇴직함. 같은 날 아내 김정숙도 천안두정고등학교에서 33.5년의 교직 생활을 마치고 함께 명예퇴직함.

2009년

· 2월 〈한국소설가협회〉와 〈한국문인협회〉에 가입함.

· 2월 28일 37년간 국민교육 발전에 이바지한 공로로 〈옥조근정훈장(제43199호)〉을 수여받음. 아내 김정숙도 〈옥조근정훈장(제 43197호)〉을 함께 받음.

· 12월 〈소설충청 제17호〉에 중편소설 「정란신성대종」 발표.

2010년

· 12월 예전에 썼던 「예산판 이몽룡뎐」을 대폭 개작한 희곡 「이판본 이몽룡뎐」을 〈소설충청18호〉에 발표.

· 12월 〈문학 마당 33호〉의 〈작가 조명〉란에 소설 「우리 시대의 비명(碑銘)」과 〈심규식 연보〉, 그리고 심규식 문학에 대한 총평 「진화론적 세계관에 대한

항거에서 예술성 추구로의 여정」 - 평론가 임관수' 게재.

2013년

· 11월 내 작품 「우리 시대의 비명」에 대한 평론 「돌에 새긴 시간」 -조동길 교수의 저서〈소설교수의 소설읽기〉.

2013년

· 1013년 5월 신장 질환 패혈증으로 입원하여 62일 만에 퇴원, 동년 10월 다시 입원하여 36일 만에 퇴원. 극히 위독한 상황에서 가까스로 소생함.

2013년

· 10월 1일, 아내〈김정숙 수채화전 (총 22작품)〉을 천안시민문화여성회관에서 개최함.

2014년

· 1월 25일 딸 다은 결혼. 사위 김태훈.

2016년

· 7월 15일 외손자 김지우 태어남.

2017년

· 8월 또다시 응급실로 들어감. 혈압이 40~18로 의사로부터 또 '준비해야겠다'는 말을 들었으나 기적적으로 회생.

2018년

· 8월 단편소설 「석봉선사 구전(石峯禪師口傳)」을 월간문학지〈한국소설 229호〉에 상재함.

· 9월〈한국소설 230호〉에 소설 「석봉선사 구전」에 대한 평론가 임헌영의 서평 실림.

2019년

· 심규식 자전(自傳)적 수상록 「낭만의 에뜨랑제 세상을 향하여 나아가다」 간행.